봉필현 소설집

# 천국엔 천사가 없다

봉 필 현 지음

도서출판 동 강

봉필현 소설집

# 천국엔 천사가 없다

## P 머리말

이 가을에 단편집을 출간하며....

지금 것 가을에 책을 출간한 적이 없다.

지금까지 책을 출간하며 봄에 책을 낸 기억밖에는 없기 때문에 가을에 책을 내려니 쑥스러운 기분이다.

그러나 책은 독서의 계절인 가을에 내는 것이 원칙이라는 생각에 변함이 없다.

그래서 올해는 늦은 감이 있지만 서둘러 책을 내려고 한다.

그동안 문학지에 게재했던 작품들과 미 발표작을 한데 묶은 단편집이다.

일 년에 한 권씩만 발표했는데, 이젠 일 년에 두 권씩은 발표해야 할 것 같다.

나이가 들어가니 더 늦기 전에 한편이라도 더 발표를 해야 되겠다는 생각이 들었기 때문이다.

자신이 세상에 왔다 갔다는 것을 무엇으로 남길 것인가?

여러 가지가 있겠지만 그래도 소설만한 것도 없을 듯하다.

인생은 짧지만 예술은 길다 했으니 나는 작가로써 작품을 남겨 독자들의 머릿속에 영원히 기억되고 싶다.

그래서 서둘러 이 가을에 “천국엔 천사가 없다.”란 단편집을 출간 하게 되었다. 우리가 생활 속에 언제나 일어날 수 있는 사건들을 잔잔하게 써보려 했다. 미흡한 작품이더라도 재미있게 보아 주시면 감사할 것이다.

2019년 11월에.... 봉 필 현 배상

## Contents(차례)

# 1
# 귀향(歸鄕)

봉필현 단편

날이 밝아오기에는 아직 이른 시간이다. 가로등이 희뿌옇게 어둠을 밝혀주고 있을 뿐이다. 겨울이 시작되는 초겨울의 찬바람은 칠원댁의 작은 몸에 사정없이 부딪쳐 온다. 가로수의 앙상한 나뭇가지 사이로 눈발이 간간이 날리고, 찬바람에 낙엽들이 이리 구르고 저리 구른다. 모든 것이 차갑게만 느껴져 온다. 인적 하나 없는 도시에는 무엇이 그리 바쁜지 차들이 사정없이 질주를 한다. 그녀의 발걸음은 아까부터 서울역을 향하고 있다. 동쪽으로부터 날이 훤히 밝을 무렵에야 그녀는 서울역 앞에 도착을 했다. 그녀는 서울역 건물을 한번 흘깃 보고는 가지고 있는 보따리를 가슴으로 품은 채 건물 속으로 빨려들 듯 빠른 걸음으로 대합실로 들어간다. 이른 아침 대합실의 풍경은 마음을 어지럽게 한다. 추워서 그런지 쪼그린 채 잠든 사람 둘이서 포갠 채 잠이 든 사람, 잠에서 깨어 멀뚱멀뚱 눈을 뜨고 무언가 생각에 빠져 있는 사람, 박스를 깔고 자고 있는 사람 등, 여러 표정의 사람들이 한눈에 들어온다. 대합실을 한 바퀴 둘러보니 빈자리가 거의 없을 정도로 빼곡하게 들어차 있는 가운데 구석 쪽에 겨우 한자리가 비어 있다. 그녀는 못 쓰는 물건을 구석에 처박듯 구석진 자리에 자신을 아무렇게나 처박는다. 그리고 무심히 고개를 들고 여러 형태의 사람들을 천천히 돌아본다.

"저 사람들은 어디서 와서 어디로 가는 것일까? 이 추운 겨울날 따뜻하게 대해줄 가족들은 있는 것일까? 가족이 있다면 왜 저러고 있는 것일까?"

생각하며 자신의 처지를 돌아본다.

어제 밤이었다. 며느리로부터 할 말이 있다는 소리를 들었다. 그렇지 않아도 요즘 들어 눈칫밥을 얻어먹고 있다는 기분이 들고 있던 참이었다. 그녀는 가슴이 철렁했다. 아무리 생각을 해보아도 자신에게 할 말이 있을 것 같지 않은데 무슨 일인가?

문득 아들 유빈이 외국에 나가기 전의 일이 떠오른다. 그날은 일찍 잠들었다가 심한 갈증을 느껴 물을 마시러 나오던 중이었다. 일부러 들으려고 했던 것은 아니었는데 안방에서 두런거리는 하는 소리가 들렸다. 평상시 아들 내외가 잠자기 전에 하는 이야기로만 생각했다. 그런데 별안간 며느리 특유의 금속성 같은 날카로운 음성이 귀를 후벼 파는 듯이 들려 왔다.

"여보, 나는 저 노인네와 함께 사는 게 정말 싫어요. 저 노인네는 어느 것 하나 마음에 드는 데가 없어요. 종교가 나하고 맞길 하나, 내가 절에 가면 저 노인네는 교회에 가고, 한 집에 함께 살면서 다른 점만 있지 도대체 나하고 맞는 것이 있어야지. 사람이 함께 살면 서로가 동질감을 느껴야 하는데 눈만 뜨면 서로가 이질감을 느끼며 살아야 하니 나도 저 노인네와 맞추려 노력하는데도 한계가 있는 것 같아요."

며느리는 칠원댁이 듣지 않는다고 그러는지는 모르지만 어머니 소리는 아예 빼고 노인네라고 부르고 있었다. 그런데 기가 막힌 것은 아들인 유빈이도 그런 소릴 들으면서도 한마디도 며느리를 나무라지 않고 있었다. 도리어 유빈은 며느리를 달래려고 애를 쓰고 있는 모습이다.

"여보, 어머니는 내가 어려서부터 자신의 인생을 희생 시키며 살아오신 분이요. 애초에 당신은 나와 어머니가 교회에 나가는 것을 알고 결혼을 하였고 당신도 함께 나가기로 작정을 하였던 것 아니겠어요? 어머니를 내어 쫓으라고 하는 얘기 같은데 도대체 지금 어머니를 어디로 보내 드린단 말이요."

"요즈음엔 양로원도 많고 실버타운 같은 곳도 많지 않아요. 차라리 저런 노인네는 친구들도 있는 실버타운이 제격이지요."

그러나 유빈은 괴로운 듯 했다.

"여보, 제발 어머니 얘기는 그만 둡시다."

흥, 듣기가 싫어요? 아이들도 친구들에게 저 노인네가 창피해 죽겠대요. 종교문제도 그래요. 어느 땐 교회에서 예배를 보러 오는데 그럴 때면 나는 이웃이나 밖에 나가 있어야 되는데 왜 내가 집을 두고 밖으로 돌아야 해요. 당신 알아서 하세요. 나와 아이들이냐 아니면 저 노인네 둘 중에 선택하세요."

"음~"

유빈은 몹시 곤혹스러운 듯 했다.

"내가 노인네를 그냥 내치겠다는 것도 아니고 시설 좋은 실버타운에 모시겠다는 건데 그게 그리 잘못된 거에요? 그런 데 가면 신앙생활도 자기 마음대로 할 수 있고 친구들도 있어 얼마나 좋아요."

한참 침묵이 흘렀다. 유빈은 화를 참고 있는 것 같다. 누구보다 유빈을 잘 아는 칠원댁이다.

“나는 어머니께서 처음부터 우리들의 결혼을 반대하셨던 이유를 이제야 알 것 같아요. 나는 사람의 삶이란 것이 별 것이냐 생각했는데 그게 아니었어요. 당신이 나를 사랑한다고 했을 때 신앙도 사랑만 있으면 쉽게 극복이 될 줄 알았어요. 그러나 오늘 나는 당신에게 절망을 느끼고 있어요. 지금 것 당신이 누려왔던 문화와 종교가 어머니와 내가 누렸던 문화와 종교의 차이는 극복이 될 수 없는 것인가? 하고 나에게 반문을 하고 있어요.”

유빈의 음성은 쓸쓸했다.

“무슨 말인지 알겠어요. 내가 이번에 외국에 다녀와야 하니 다녀온 후 어머니와 상의하여 그리하도록 하지요.”

유빈의 말을 마지막으로 듣고 그녀는 물을 입에 대지도 못한 채 살며시 방으로 돌아와 잠을 설치며 밤을 꼬박 새웠다.

유빈은 자랄 때부터 착한 아들이었다. 대학 3학년 방학 때의 일이다. 교회에 열심히 나갔던 유빈은 그 해 청년 야영회에 가게 되었다. 장소는 청평 유원지 상류였는데 물이 맑고 깨끗했다. 장마가 막 끝난 직후라 물이 많고 물살도 매우 빨랐다. 한창 청년들과 어울려 캠프 준비에 몰두하고 있을 때였다.

“사람 살려, 사람 살려.”

하는 여자의 비명소리가 들렸다. 모두가 깜짝 놀라 쳐다보니 젊은 여자가 물에 휩쓸려 내려가며 자맥질을 하고 있었다. 그러나 발만 동동 구를 뿐 누구하나 물살이 세어 감히 뛰어들어 구할 생각을 못하고 있었다. 더구나 그녀와 함께 온 일행들도 소리만 지를 뿐 속수무책으로 있을 뿐이었다. 그때 유빈이

윗옷을 벗어 던지고 물속으로 뛰어 들었다. 능숙하게 수영을 하여 다가간 그는 뒤로 접근해 여자의 머리채를 조심스럽게 낚아챘다. 그리고 서서히 가장자리로 끌고 나오기 시작했다. 얕은 물로 나온 유빈은 여자를 어깨에 둘러메고 올라온다. 주변에서 상황을 지켜보고 있던 사람들이 환호를 한다. 유빈은 땅으로 올라와 평평한 땅에 여자를 뉘었다. 여자는 실신해 축 늘어져 있었고 물을 많이 먹은 듯 배가 불룩했다. 유빈은 능숙하게 인공호흡을 하기 시작했다. 얼마 후 여자는 많은 물을 토한 후 깨어났다. 유빈과 며느리는 그 일로 인연이 되어 이미 군대를 다녀와 복학을 한 유빈이 대학을 졸업하자 결혼을 한 것이다. 그녀의 부친은 중견그룹을 운영하고 있었고 재력이 튼실하다고 소문난 기업이었다. 그런 가정에서 그녀는 무엇 하나 부족함이 없이 자랐다. 그래서 그랬는지 그녀는 자기주장이 강했다. 자신이 하기 싫은 것은 아무리 자신에게 유익한 것이라 하여도 하지 않는 성격이었다. 그리고 웬만한 것은 돈으로 해결하면 된다는 생각의 소유자였다. 너무 귀하게 자라서 그런지는 모르지만 한마디로 가정교육이 제대로 되어있지 않은 여자였다. 그래서 결혼 말이 나왔을 때 칠원댁은 핑계로 두 집안이 너무 차이가 난다고 반대를 했지만 그녀의 부친은 유빈을 귀한 딸의 생명을 살린 은인이라 하여 혼인에 매우 적극적이었다. 거기에는 그녀의 아버지의 계산이 깔려 있었다. 유빈은 경제학과 출신이었는데 서울대에서도 최상위 성적을 기록하고 있는 재원이었다. 그녀의 아버지가 탐을 낼만한 인재였던 것이다. 또 더 매력적이었던 것은 가까운 인척도 없이 유빈이 홀어머니와 함께 살고 있다는 것이었다. 아내가 죽고 고명딸과 함께 살고 있는 그는 데릴사위로 들여도 된다는 조건이 될 수 있었다. 자신이 찾던 최상의 신랑감이었다. 사랑을 하면 눈이 먼다 하더니 유빈 또한 그녀의 단점은 못 보는 것 같았다. 그 가정이 불교를 믿는 집안이었지만 그 아버지나 며느리감도 개종을 하면 되는 것 아니냐며 적극적이었다. 유빈 또한 그녀를 무척 좋아하는 것 같아 칠원댁은 많은 고민 끝에 자식 이기는 부모 없다는 생각과 함께 모든 것을 운명으로 받아 드리기로 했다. 그렇게 해서 혼인이 이루어졌고 세월이 흐르며 아이를 낳고 살면서 고부간 갈등은 차츰 종교적 차이에서 나기 시작했다. 집안 살림도 그랬다. 그녀는 부족한 것 없이 자란 습성 때문인지 모든 살림은 자신의 마음대로 했고 모든 것이 자기중심이었다. 말이 시어머니지 실제는 가정부나 마찬가지였다. 원래 칠원댁은 유순한 사람이었다. 조그만 체구에 살아온 길은 힘들었어도 곱게 늙어서 사람들은 젊어서 미인 소리를 많이 들었을 거란 소리를 자주 했다. 또한 마음이 강직하고 누구에게도 신세를 지기 싫어했고 불우한 사람을 보면 자신이 어려우면서도 그냥 지나치지를 못하였다. 마음이 여렸던 그녀는 며느리에게 마음 상할 말을 들었어도 아들 모르게 혼자 속으로 삭이며 일절 말을 하지 않았다. 그렇게 하는 것이 아들의 가정을 지켜주는 것이라 여겼기 때문이었다.

어제 해가 질 무렵이었다. 하고 싶은 말이 있다는 며느리와 칠원댁은 공원 호숫가에 서 있었다. 어둠이 내리기 시작한 호숫가에는 부드러운 바람에 잔잔한 잔영이 일고 있었다. 잔영이 흐르는 호수를 바라보면서도 누가 먼저 말을 하지 못하고 한참의 침묵이 흘렀다. 그러나 무거운 침묵을 깬 건 며느리였다.

호수에 퍼지는 작은 파문을 바라보고 있던 칠원댁의 뒤로 다가온 며느리는 칠원댁의 어깨에 두 손을 올려놓으며 부른다.

"어머니."

며느리는 떨리는 음성으로 칠원댁을 부르고 있었다. 마음에 갈등이 이는 것 같았지만 숨긴 채 단호한 어조였다.

"제가 잡고 있는 이 손으로 어머니를 저 호숫가로 밀면 어떻게 될까요?"

이미 무슨 말이 나올 거란 각오를 한 바였기에 칠원댁은 아무런 동요도 없이 대답을 했다.

"뭐, 어떻긴 물에 빠져 죽겠지."

"그러면 어머니는 어머니의 며느리가 시어머니를 호숫가로 밀어서 죽게 한 비정한 며느리라고 내일 아침신문에 대문짝만하게 대서특필 되는 걸 원하세요?"

칠원댁은 며느리의 진의를 이미 알고 나온 사람이었다.

"에미야, 나는 네가 무슨 말을 하려는지 이미 알고 있단다. 그러니 내가 마음을 정할 시간을 다오."

그러자 며느리는 당황하는 모습이 역력했다. 칠원댁이야 지난번에 우연찮게 들은 이야기라 마음에 각오를 하고 있었기에 크게 동요할 일은 없었지만 이미 시어머니가 다 알고 있다는 듯 말을 하니 며느리는 아무리 강심장이라도 당황할 수밖에 없는 것 같았다. 그러나 며느리로부터 그런 말을 직접 듣는 칠원댁의 마음도 착잡하기는 마찬가지였다.

"저는 그이와 결혼을 하고 살면서 지금까지 행복하다고 느낀 적이 한 번도 없었습니다. 가끔이지만 교회에서 교인들이 오면 당황하게 되고 교회가 싫으니 어머니도 싫어지게 되었습니다. 또 생활방식도 저와는 너무도 맞지가 않았습니다. 어머니는 지금도 옛날 음식을 선호하지만 저와 아이들은 그런 음식은 입에도 대지 않잖아요. 무엇이든지 이중으로 해야만 되잖아요. 어머니 저도 지쳤어요. 이젠 저의 가족끼리 오붓하게 살고 싶어요. 물론 어머니가 저의 자유를 구속한 적은 없어요. 그러나 전 왠지 불편하거든요. 그로 인하여 그이와 다투는 일이 많았어요. 어머니, 어머니가 불편하지 않도록 시설이 좋은 실버타운 같은 곳으로 보내드릴게요. 저 좀 이해해 주시면 안 될까요."

칠원댁은 가끔 아들 내외가 다투는 소리는 들었지만 자신으로 인해 부부간 갈등의 골이 이렇게까지 깊은 줄은 몰랐다. 그동안 아들이 얼마나 괴로웠는가는 유빈의 말을 듣지 않아도 며느리의 말로만으로도 충분히 알 수 있을 것 같다.

"늙은 것이 눈치도 없이 주책없이 살고 있었어. 그동안 유빈이가 에미라고 말도 못하고 얼마나 괴로웠을까."

진즉에 떠나지 못한 것이 후회스럽기만 하다.

"그러면 애비는 모르는 일이겠지?"

"애들 아빠한테는 말했지만 못 들은 일로 하겠다고 했어요. 그러나 마침 그이가 해외 출장 중이라 어머니께 저의 생각을 말씀드린 겁니다."

며느리의 마음을 진즉에 알고 있었지만 직접 듣고 보니 다리에 힘이 빠진다. 다리가 아프다는 핑계로 공원 풀밭에 앉았다.

"그래, 그렇게 하자구나, 나도 차라리 그게 좋을 것 같다. 그곳에 가면 친구도 생길 것이고 내가 다니고 싶은 교회도 마음대로 다닐 수 있겠지."

말은 그렇게 하지만 마음은 아프다.

"이제 유빈이에게 내가 할 일은 다 한 거야. 저 애들이 나를 버린다 해도 슬프거나 화낼 일도 아니지, 너희들이 마음 편히 살 수 있다면 내가 떠나야지."

그녀에게 있어서 시설 좋은 실버타운이 무슨 소용이 있겠는가. 그녀는 얼마 남지 않은 삶을 손자 손녀 커가는 모습을 보며 살다가 가는 게 소원이었다. 그러나 며느리가 이렇게 까지 나올 때는 어떤 결심을 하고 나왔는가를 알 수 있을 것 같았다. 아들이 끝내 우기고 자신이 나가지 않겠다면 다음 행동은 불 보듯 빤한 것이었다. 분명 이혼도 불사할 것이었다. 그러나 유빈은 이혼을 할망정 자신을 내칠 위인이 못 된다는 것을 칠원댁은 잘 알고 있었다. 아들의 가정 파탄이 날 것은 분명한 것이었다. 칠원댁은 자신이 떠나는 것이 아들의 가정을 지켜주는 것이라 판단이 서자 며느리에게 웃는 표정을 지으며 말했다.

"그러면 수일 내로 내가 나가지, 실버타운이나 양로원 같은 곳은 필요 없다."

며느리는 실버타운이나 양로원은 필요 없다는 말에 의아해 하면서도 기분은 좋은 표정이었다.

"실버타운이 싫다면 어쩌시려고요?"

"걱정할 것 없다. 이 넓은 세상에 내 한 몸 갈 곳이 없겠니."

이렇게 말을 해놓고 칠원댁은 모두 잠든 틈을 타 아들에게 부담을 주지 않기 위해 해외에 근무하는 아들이 오기 전에 아무도 모르는 곳으로 떠나려는 것이었다.

8시에 출발하는 하행선 열차표를 개찰한다는 멘트가 있었다.

"할머니는 어디까지 가십니까?"

옆에 앉았던 칠원댁과 비슷한 연령대의 할머니가 묻는다.

"저는 가까운 곳입니다."

그녀는 가고자하는 행선지를 정한 것도 아니건만 무심코 가까운 곳이라고 대답을 하고 만 것이다. 원래 그녀의 고향은 평택이었다. 유빈이 12살 때에 고향을 떠나 무작정 서울로 올라왔다.

"아, 잘됐네요. 나는 평택까지 가는데 할머니와 동행이라 심심치는 않겠네요. 그러면 이야기나 하면서 함께 가시지요. 저도 일행이 없답니다."

칠원댁은 평택까지 간다는 그 할머니의 말에 반가운 마음이 들었다. 그러나 자신의 처지가 생판 모르는 사람에게까지 반가움을 내색할 형편은 아니었기 때문에 아무런 표시를 하지 않았다. 칠원댁은 무심코 가까운데 간다고 대답을 했지만 왜 그렇게 대답을 했는지는 자신이 생각해도 그 이유를 알 수 없었다. 경황없이 한 말이지만 칠원댁의 마음 한 구석에 고향인 평택에 언젠가는 한 번은 가야 한다는 생각은 항상 가지고 있었다. 그녀에게는 남동생이 하나 있었다. 부모를 어릴 때 여의고 동생과 둘이 된 그녀는 같은 마을에 사는 청년과 결혼을 하여 유빈을 낳고 살았다. 그러던 중 어느 해 장마가 한창인 때에 남편과 동생이 장에 다녀오던 중 다리를 건너다 장마 비에 냇물이 불어 다리가 무너지는 바람에 그만 물에 휩쓸려 내려가고 말았다. 남편은 마을 사람들의 도움으로 시체는 찾았지만 동생은 실종되어 살았는지 죽었는지 생사도 알 길이 없었다. 젊은 아낙이 아이 하나를 데리고 시골에서 산다는 것은 쉬운 일이 아니었다. 죽은 남편이 조금의 땅마지기라도 남겨놓은 것과 부모에게 물려받은 땅이 좀 있었다. 그러나 여자의 힘으로 농사를 짓는 일은 힘에 부친 일이었다. 거기에 젊고 반반한 과부가 남편도 없이 혼자 사니 치근덕거리는 사람이 한 두 사람이 아니었다. 그러던 어느 날 이웃의 홀아비가 그녀에게 눈독을 들이고 수작을 부리는 것을 본 마을 사람들이 가만있을 리 만무했다. 소문은 순식간에 퍼져서 도저히 그곳에선 살 수가 없었다. 소문이 그렇게 퍼지자 이웃의 홀아비는 더욱 노골적으로 나오기 시작했다. 그녀는 소문은 소문일 뿐이라는 생각으로 행여 동생이 살아서 돌아올까 하는 기다림으로 10여 년을 살았지만 끝내 동생의 종적은 찾을 길이 없었다. 10여 년을 기다려도 동생의 소식이 없자 죽은 것이라는 판단이 섰다. 그러자 고향이 싫어졌다. 젊은 과부라고 치근덕거리는 사람들도 싫었지만 남편과 동생을 잃은 것이 더 싫었다. 그녀는 살던 집과 농토를 가까운 친척에게 살라고 맡기고 서울로 가 자리를 잡는 대로 연락을 할 테니 혹 동생이 돌아오면 연락을 달라고 부탁을 하고 떠나왔던 것이다. 농토를 팔지 않은 것은 부모가 물려 준 것이기에 행여 동생이 살아 있다면 동생의 몫이었기 때문이다. 다만 죽은 남편이 남겨놓은 재산은 팔아서 가지고 올라 왔지만 몇 푼 안 되는 돈이라 겨우 서울 창신동 산동네에 작은 판잣집을 얻을 돈에 지나지 않았다. 그렇게 삶에 지치다 보니 고향에 한 번도 연락을 못하고 살았다. 창신동의 판자촌에 살면서 이사를 자주 하였기에 전화를 놓는다는 것도 그녀의 형편에는 꿈같은 일이었다. 그녀는 그동안 동생에게는 무심하게 살았다는 생각이다. 시체를 찾지 못했으니 그녀는 지금도 동생이 어디엔가 살아 있을 것만 같다. 살아 있으면 언젠가는 만나겠지 하면서 살아온 세월이 30여 년이 지난 것이었다. 유빈이 2살 때의 일이니 얘기를 해주지 않아 그 일을 알 리가 없다. 그녀는 잊고 있던 동생이 고향 어디엔가 살고 있을 것만 같다.

"30여 년이란 세월이 흘렀는데 어디엔가 살아 있다면 많이 늙었겠지."

먹고 살기가 힘들어 지금 것 잊고 살았던 동생이 떠오르자 고향에 가보아야 한다는 생각이 든다. 부모 없이 자란 그 불쌍한 동생을 잊고 산 자신을 원망해본다. 마음이 거기에 이르자 별안간 고향에 내려가야겠다는 마음에 급히 하행선 열차표를 끊고 동행하기로 한 할머니를 황급히 쫓아간다. 완행열차지만 아직 이른 시간이라 손님이 그리 많지는 않았다. 마주보고 앉을 수 있는 자리에 앉자 칠원댁은 한결 마음이 편안함을 느낀다. 무작정 집을 나왔을 때는 목적지도 없었지만 지금은 가야 할 곳을 정하고 보니 한결 편하고 마음이 가벼워 진다. 일단 고향에 가면 전에 살던 집과 땅을 친척에게 빌려주고 왔기 때문에 내려간다 해도 그리 걱정 될 일은 없었다. 그동안 까마득히 잊고 살았던 일이 한꺼번에 생각이 났던 것이다. 차라리 고향에 가는 마음이 가벼워지는 것이다.

"그래, 어쩌면 잘된 일일거야. 하나님께서 무심하게 동생을 잊고 산다고 고향으로 낙향해 동생을 찾아서 함께 살라고 이런 시련을 주었는지도 몰라."

경부선 완행열차는 정각 9시에 기적을 울리며 서서히 서울역을 출발한다.

눈이 하얗게 쌓인 벌판에 찬바람이 윙윙거리며 휘몰아친다. 하얀 눈 위에 흰 두루마기를 걸친 노년의 남자가 처연한 눈길로 무슨 말이라도 할 듯 유빈을 바라보고 있다. 그 노인은 무척 추워 보였다. 유빈은 그 노인에게 먼저 말을 걸었다.

"무슨 일로 이 추운 곳에 서 계십니까?"

"난 지금 것 이곳에서 너를 기다렸단다."

"누구신데 저를 기다렸단 말씀입니까?"

"내가 누군지는 내 얼굴을 자세히 보면 알 것이다."

그 노인의 음성은 윙윙 울렸다. 유빈은 눈을 크게 뜨고 자세히 그 노인의 얼굴을 들여다본다. 눈이 부시다. 창백한 얼굴 모습에서 이 세상 사람이 아닌 것 같은 느낌을 준다. 겁이 나기도 하지만 자세히 보니 어디에선가 낯이 익은 모습이다. 눈도 코도 입도 자신과 놀라울 만큼 닮아있다. 전에 어머니가 한 말이 떠오른다.

"유빈이는 아버지를 꼭 빼닮았단다."

그래도 누구라고 꼬집어 말할 수가 없다.

"낯이 많이 익은 모습인데 알 수가 없습니다."

"그래 당연한 것이다. 네가 태어나 1년도 안 돼 너의 모자를 두고 떠났으니 네가 나를 어찌 알겠느냐. 내가 너의 아비란다. 내가 이 추운 곳에서 너를 기다린 것은 지금 너의 어머니 처지가 딱해서란다."

노인은 그 한마디를 남기고 바람 부는 벌판으로 홀연히 사라지고 만다.

"아버님, 아버님."

외처보지만 말은 입안에서 돌뿐 나오지를 않는다. 유빈은 깜짝 놀라 일어났다. 꿈이었다. 옷이 땀에 흥건하게 젖어 있었다.

"무슨 일일까?무슨 일로 생면부지의 아버님이 꿈속에 나타났을까? 어머니 신상에 무슨 일이라도 생겼단 말인가? 시계를 보니 6시였다. 한국은 지금쯤 낮 1시쯤 되었을 것이다. 급히 사무실로 향했다. 집으로 전화를 하기 위해서였다. 집에 전화를 해도 신호는 가는데 받는 사람이 없다. 유빈의 마음이 불안해지기 시작한다.

"도대체 모두가 어디를 갔기에 전화도 안 받는담."

유빈이 가족을 뒤로하고 이곳 중동건설 현장에 온지도 1년여가 지났다. 아내가 자신이 고국에 있을 때 어머니와의 분가를 몇 번이나 상의해 왔지만 묵살하고 말았다. 이곳에 와서도 전화로 자주 통화를 했지만 별일이 없다고 생각해 마음 놓고 있던 참이었다.

"그런데 이런 꿈을 꾸다니 뭔가 예감이 좋지를 않아."

유빈이 있는 곳은 스포츠 센터를 짓고 있는 현장이었다. 3년 정도의 공정 기간을 잡고 한창 공사가 진행 중이었다. 축구장과 수영장을 비롯 다목적 실내 체육관을 허허벌판의 모래 위에 짓고 있었다. 유빈은 이곳에 현장 소장으로 부임하여 1년간을 최선을 다하고 있는 중이었다. 한국이 초겨울이면 이곳은 우기 철이다. 메말랐던 모래사막에도 파릇한 풀이 돋아나고 앉은뱅이 꽃들이 노랗고 빨갛게 형형색색으로 아름답게 피어난다. 이럴 때면 짧은 기간이지만 양떼들과 낙타 떼들은 생일을 맞이한 것처럼 넓은 사막을 누비며 오랜만에 부드러운 풀로 포식을 하게 되는 것이다. 사무실에서 돌아온 유빈은 가볍게 샤워를 한 후 식당으로 향했다. 밥을 타다놓고 앉았으나 입맛이 나지를 않는다. 몇 숟가락을 뜨고 사무실로 출근을 했다. 일이 손에 잡히질 않는다. 헬멧을 쓰고 현장을 한 바퀴 돌아보아도 마음이 시원치를 않다. 1년 전 첫 삽을 뜰 때는 망망한 모래밭이었는데 뽀얀 모래먼지와 우렁찬 굉음이 울리면서 기초인 토목공사를 마치고 지금은 건물이 여기저기서 삐죽거리며 솟아오르고 있었다. 사무실로 돌아온 후 집에 다시 다이얼을 돌렸다. 그쪽에서 신호음이 몇 번인가 울리더니 아내의 목소리가 들려온다.

"여보세요?"

"여보, 나요. 집에는 별일 없지요?"

"별일은 무슨 별일이요."

"그럼 다행이고, 집안 일이 궁금해서 해본 전화요. 어머니는 건강하시지요?"

"밖에 놀러 나가셨어요. 곧 돌아오시겠지요."

아내는 조금 당황한 음성이었지만 큰일이 있는 것 같지 않다.

"어머니가 편히 계시다니 다행이요. 물론 당신과 아이들도 건강해야 하고요. 내가 어젯밤 에 이상한 꿈을 꾸어 마음이 편치 않아 전화를 했어요. 모두가 건강하다니 됐어요."

유빈은 수화기를 내려놓았다. 그러나 왠지 어머니의 목소리를 듣지 못한 것이 못내 꺼림칙하기만 하다. 아내의 차분하지 못했던 음성도 그렇고 마음이 개운치가 않다.

"별일이야 있겠어."

별일 없을 것이란 생각을 하며 마음속의 꺼림칙한 마음을 털어내려 차에 올랐다. 아직 개통을 하지 않아 차가 다니지 않는 도로이기 때문에 마음이 답답할 때는 늘 이 도로를 차를 몰고 달렸다. 도로의 끝에 다다르면 높지 않은 절벽이다. 절벽 밑으로 펼쳐진 땅이 쓸모없는 모래사막이지만 광활해 보인다. 차에서 내려 흙더미에 앉았다. 저 광활한 사막이 푸른 초원이라면 한없이 구르고 싶다. 옛날 어릴 적 푸른 잔디 위에서 종달새를 잡았다 놓쳤던 일이 새삼 떠오른다. 금방이라도 넓은 모래땅이 푸르른 초원으로 변하고 하늘 높이 종달새가 날아오르며 청아한 목소리로 우지질 것만 같다. 유빈은 눈을 감는다.

유빈이 어릴 적 다니던 학교 길은 구불구불한 산길이었다. 왕복 20리 길이었으니 어린 아이가 다니는 등교 길로선 먼 거리였다. 아침에 등교할 때는 아름드리 참나무 숲을 지나고 솔향 냄새 향긋한 울창한 소나무 숲을 지나면 잔디가 파랗게 펼쳐진 초원지대가 나타난다. 유빈은 학교 가는 길에 매일 보는 곳이지만 이곳을 지날 때마다 항상 마음이 상쾌하다. 거기에 종달새가 푸른 하늘로 날아오르며 청아한 노래로 우짖을 때는 푸른 초원과 함께 자연의 하나로 동화되어 버림을 느낀다. 유빈은 계절 중에 오월을 가장 좋아한다. 파란 잔디 위에 푸른 하늘로 치솟으며 우짖는 종달새 소리는 청아함 그 자체다. 유빈은 책가방을 끼고 터벅터벅 산길을 걷고 있었다. 그때 걷고 있는 근처에서 푸드득 하며 새가 날아간다. 종달새였다. 직감적으로 근방에 종달새 집이 있구나, 하고 근방을 유심히 둘러보니 평지에 수염과 같은 풀이 있다. 가까이 가보니 과연 종달새 집이 있었고 알이 세 개가 있었다. 종달새는 새끼를 까기 위해 알을 품고 있었던 것이다. 유빈은 그때부터 학교에 갈 때와

올 때는 꼭 종달새 집을 둘러보는 습관이 생겼다. 종달새는 머리에 뿔처럼 벼슬이 달렸는데 다른 새보다 몸집이 컸다. 유빈은 매일 종달새를 보며 한번쯤 종달새를 만져보고 싶은 호기심이 마음속에 일기 시작했다. 묘책을 생각했지만 묘안이 떠오르지를 않는다. 골똘히 생각하던 유빈은 손뼉을 탁 쳤다. 학교가 파한 후 유빈은 책가방을 메고 산으로 뛰었다. 멀리 책가방을 내려놓고 보니 오늘도 변함없이 종달새가 알을 품고 있었다. 유빈은 낮은 자세로 엎드려 살금살금 기어가기 시작했다. 오월의 풀냄새가 싱그럽게 코를 자극한다. 유빈은 긴장을 늦추지 않고 조금씩 전진한다. 땀이 비 오듯 흐른다. 이제 손을 뻗으면 잡을 거리에 도달 했는데 종달새는 졸고 있는지 전혀 눈치를 채지 못하고 날아갈 기색이 보이지 않는다. 유빈은 가슴이 콩닥콩닥 손이 덜덜 떨려온다. 두근거리는 마음과 떨리는 손으로 슬며시 손을 뻗고 번개처럼 낚아챘다. 부드러운 새털의 감촉이 손에 와 닿는다.

"와~ 성공이다."

그러나 순간의 환희도 잠시, 방심했던 탓인지 푸드득 거리던 종달새가 유빈의 손을 빠져나간다. 그리고 유빈을 비웃기라도 하듯이 푸른 하늘로 높이 날아오른다. 유빈은 허전하고 분했다. 허탈해진 유빈은 잔디에 벌렁 드러누웠다. 오월의 햇빛이 따사롭다. 허전해진 유빈은 이내 잔디밭에서 잠이 들었다. 한참을 자다가 눈을 뜨니 주위는 온통 어두움이 깔려 있었다. 꽤 오랜 시간을 잠들어 있었던 모양이다. 건너편 공동묘지 쪽에서 빨간 불이 반짝거리고 있다. 도깨비불인 것 같다. 유빈은 무서움에 떨기 시작했다. 얼굴에서는 겁에 질려 진땀이 흐른다. 공동묘지 쪽에서 도깨비불이 금방이라도 이곳으로 쫓아올 것만 같다. 무서움에 질려 울음이 터져 나오려 한다. 그러나 도깨비불에 자신의 위치를 가르쳐 주는 것 같아 소리 내어 울 수도 없다. 유빈은 무서움에 곧 질식할 것만 같다. 그때였다.

"유빈아, 유빈이 어디 있니?"

어머니 목소리였다. 유빈은 방금 지옥에서 천국으로 온 기분이었다.

엄마, 엄마 나 여기 있어."

어머니는 마구 뛰어오는 듯 했다. 유빈은 무서움과 기쁨이 교차해 눈물과 콧물이 범벅되어 어머니 품에 쓰러질 듯 안긴다. 모자는 한동안 부둥켜안고 있었다. 어머니는 밭일을 마치고 집에 들어오니 유빈이 보이질 않았다. 웬일인가 걱정이 된 어머니는 아이들에게 물으니 학교에서 아직 오지 않은 것 같다는 것이었다. 혹시나 하는 마음으로 산으로 허겁지겁 올라왔던 것이다. 그날 유빈은 어머니의 등에 업히어 산을 내려오면서 어머니의 등이 넓다는 생각을 했다. 넓은 사막을 보니 그 모래 벌판이 어릴 때 뛰어놀던 푸른 초원으로 변하고 하늘에서는 종달새가 청아한 소리로 우짖으며 날아오를 것만 같다. 왠지 오늘 따라 그때 어렸을 때 느꼈던 어머니의 넓었던 등이 그리워진다.

그때였다.

"소장님, 여기 계신 줄 알고 급히 왔습니다."

"무슨 일이 있습니까?"

"아닙니다. 소장님 댁에서 전화가 왔었습니다. 사모님께서 급히 전화를 달라 하셨어요."

"음, 그래요?"

대답을 하는 유빈의 표정이 굳어진다. 집에서 전화가 와 급히 전화를 해 달라고 했다면 분명 좋은 일은 아닐 것이란 생각이다.

"무슨 일일까? 혹시 어머니에게 무슨 일이 난 것은 아닐까?"

생각이 여기에 미치자 유빈은 급히 차에 올랐다. 현장 사무실에 도착하자 수화기를 들고 곧장 집으로 다이얼을 돌리기 시작했다. 손이 떨려와 제대로 걸리지를 않는다. 몇 번의 시도 후 수화기의 신호음이 들리고 곧 이어 아내의 음성이 들려왔다.

"여보세요."

"나요. 무슨 일로 급히 전화를 달라고 했어요?"

"별일 아니에요. 어머니가 어제 나가셔서 아직 안 들어오셨어요. 조금 걱정이 되어 전화를 했어요. 노인네가 어디 간다고 하면 누가 가지 말라고 하나 왜 아무소리도 없이 나가서 안 들어온담."

아내는 대수롭지 않다는 듯 도리어 짜증스런 음성이다. 유빈은 화가 치밀어 올라서 한마디 쏘아주고 싶었지만 자신이 한국에 있어서 어머니를 찾을 수 있는 것도 아니고 아내를 달래서 어머니를 찾게 하는 것이 순리라는 생각에 꾹 참고 있는 것이었다.

"내가 어젯밤에 이상한 꿈을 꾸었다고 하지 않았소. 그 꿈을 꾸고 예감이 좋지 않아요. 빨리 가실만한 곳을 찾아보도록 해요."

유빈은 수화기를 내려놓았다. 그러나 마음은 좀처럼 진정이 되질 않는다. 유빈은 부잣집 딸인 그녀와 결혼을 한 후 많은 날을 후회 했다. 어머니와 둘이서 가난하게 살아온 그의 정서와 부잣집 딸로 부러울 것 없이 살아온 아내와는 정서적인 측면에서 차이점을 느껴 부딪칠 수밖에 없었다. 마음 같아서는 당장 공사현장을 박차고 귀국 비행기에 몸을 실고 싶으나 이제 시작한지 일 년여 되어서 책임 없이 기초공사가 막 끝난 현장을 팽개치고 갈 수도 없는 입장이었다. 마음이 안정이 안 되니 갈증만 난다. 냉수기의 물을 컵에 받아 벌컥벌컥 마셔대기만 한다. 그래도 마음에 답답함은 가시지를 않는다. 담배 한 개비를 꺼내어 입에 물었다. 불을 붙인 후 길게 빨아들인 다음 한숨을 토해 내 듯 후우~하고 길게 뱉아 낸다. 하얀 연기가 유빈의 답답한 마음인 것처럼 서서히 퍼져 나간다. 하얀 연기 속에 어머니와 함께 살았던 고향마을이 선명하게 떠오른다. 마을 앞을 흐르는 실개천, 그 실개천을 가로질러 만들어 놓은 외나무다리, 봄이면 개천을 따라 아름답게 피어났던 개나리, 진달래, 벚꽃, 모두가 지금은 그립기만 한 정경들이다. 유빈의 눈가에 이슬이 맺힌다. 원래 착실한 기독교 신자였던 유빈은 지금의 아내와 살면서 어머니 몰래 그녀와 많이도 부딪쳤었다. 불교 신자였던 그녀는 유빈과의 결혼을 위하여 유빈의 요구대로 침례 받는 것을 감행하면서 결혼을 했다. 그러나 기독교에 대한 신앙심이 깊지 않았던 그녀는 갈수록 칠원댁과 유빈을 이해하지 못하여 갈등의 골만 깊게 파여 가고 있었던 것이다. 유빈 또한 그녀와의 갈등 속에서 회사 일을 핑계로 교회에 나가지 못했으며 괴로움을 잊으려 피우지 못하던 담배도 피워보고 때론 술도 입에 대기 시작했다.

“불쌍한 어머니, 이 추운 겨울에 어디로 가셨을까? 그래서 어젯밤 꿈에 아버지께서 내 꿈에 나타나셔서 알려준 것이구나.”

유빈은 공사가 끝나면 귀국해 아내와 이혼을 해야겠다는 결심을 몇 번이고 다짐한다.

열차는 남쪽을 향해 달리고 있다. 차창 밖으로 보이는 풍경은 삭막하기만 하다. 가을걷이를 끝내고 난 들판의 모습은 벼 끄트러기만 보일뿐 을씨년스럽기만 하다. 텅 빈 들판에 서 있는 허수아비의 모습이 자신의 모습처럼 외로워 보인다.

“뭘 그렇게 열심히 생각하세요? 이거 하나 잡숴 보세요. 시장할 텐데....”

서울역에서부터 함께 동행 했던 할머니가 김밥 한 덩이를 건넨다. 그리고 자신의 이야기를 하기 시작한다. 그 할머니의 고향은 경기 여주라 했다. 서울에 살고 있는 막내딸네 집을 들려 며칠 쉬고 평택에 살고 있는 둘째딸네 집을 가는 중이라 했다. 슬하에 딸만 셋을 두었는데 큰 딸은 자신과 가까운 이천에 살고 둘째는 여주에서 함께 살다가 남편이 교통사고를 당하여 죽자 시댁의 연고인 평택으로 내려가 식당을 운영하며 살고 있는데 남편도 없이 어린 아이들과 혼자 살고 있는 둘째 딸이 늘 안쓰러워 자신이 손수 지은 곡식들을 보내주기도 하며 자주 찾아가 보기도 한다는 것이다. 그 할머니의 이야기를 들으며 며느리에게 버림받고 늙은 몸 의지할 곳을 찾아 열차를 타고 가는 자신이 외롭고 초라하다는 생각이 든다. 차라리 딸자식만 둔 그 할머니가 부러워 보인다. 이야기를 하며 오다보니 시간

가는 줄 모르고 평택역에 도착을 했다. 동행을 하던 할머니가 먼저 급히 내린다. 칠원댁도 그 할머니의 뒤를 따라 내렸다. 그러자 예의 할머니가 칠원댁에게 묻는다.

"할머니도 평택에서 내라나 보지요?"

"네, 이곳에서 찾아볼 사람이 있어서요."

"그러세요. 전 여기서 안중이란 곳으로 가야합니다."

"그렇군요. 전 원곡 쪽으로 갑니다. 서로 반대 방향이네요. 안녕히 가세요."

그 할머니와 작별 인사를 하고 천천히 걸어 본다. 지척에 있으면서도 30여 년간 와보지 않았던 평택은 너무 많이 변해 있었다. 그녀는 버스터미널로 향했다. 역에서 그리 멀지 않은 곳에 버스터미널이 있었다. 30분 정도 가면 고향마을이다. 마침 고향으로 가는 버스가 막 출발을 하려는 참이었다. 칠원댁이 버스에 오르니 곧 버스가 출발을 한다. 그러나 분명 고향으로 가는 버스인데 예전 길이 아니다. 고향길이 너무 달라져 있었다. 30여 년 전에는 길옆으로 과수원이었다. 그러나 과수원은 거의 사라지고 아파트가 우후죽순처럼 즐비하게 서 있었다. 30여 년이 넘어서야 찾아온 강산이 세 번이나 바뀔 정도였으니 분명 변하긴 했을 것이란 예상을 안 한바는 아니었다. 버스를 타고 가는 고향의 옛길이 사뭇 낯설기만 하다. 30여 분이 채 안 되어 버스는 고향마을 앞에 도착을 했다. 뚝뚝 떨어져 있는 마을이 세 군데나 되어서 삼동네라 부르기도 한다. 원칠원, 새말, 수촌이란 이름을 따로 갖고 있지만 전체를 칠원리라고 했다. 칠원댁은 그 중 수촌이 고향이었다. 차에서 내려 10분도 채 안 되어 갈 수 있는 거리였다. 들어서는 길부터 낯이 설기만 하다. 예전의 기억을 더듬어 전에 살던 집을 찾으니 그 자리에는 예전에 살던 집은 없어지고 반듯한 콘크리트로 지은 2층 집이 서 있었다. 아무 기별도 없이 별안간 내려온 그녀를 맞이할 그 집에 사는 사람을 생각하니 미안한 마음이 앞선다. 오랜만에 와보니 고향 사람들도 많이 바뀐 것 같다. 그녀를 알아보는 사람이 별로 없었다. 그녀는 남편의 묘를 먼저 들르기로 하고 산으로 향했다. 묘지 관리는 그 집에 살고 있는 사람에게 부탁을 했기에 깨끗이 단장되어 있었다. 그 사람들의 마음 씀씀이를 알 것 같아 마음이 한결 편안해진다. 남편의 묘는 저수지가 내려다보이는 양지 바른 곳에 있었다. 요즘은 나무를 때지 않아 숲이 너무 우거져 오기도 힘들었지만 깨끗이 단장된 묘지 주변은 숲이 우거져 아늑함을 느껴진다. 그녀는 준비해온 약간의 제물(祭物)을 묘지 앞에 차려놓고 무릎을 꿇었다.

"여보, 미안해요. 너무 오랜만에 왔지요? 그동안 너무 힘들게 살다보니 당신도 잊고 산 듯해요. 유빈이도 이제는 살만하고 하니 이젠 내가 이곳에서 당신 곁으로 갈 때까지 당신 묘를 돌보며 살까 해요. 그녀는 남편 묘에 성묘를 하고 내려오며 빈손으로 들아 갈 수가 없어 슈퍼에서 간단한 선물을 준비했다. 집 앞에 당도하니 문이 열려 있었다. 막 대문을 나오려던 집 주인은 칠원댁을 보더니 반색을 한다.

"아유, 이게 누구십니까? 유빈이 엄마 아니십니까. 그런데 어떻게 소식도 없이 사셨어요. 그리고 뭔 선물을 다 사오시고...."

마침 바깥주인이 놀라기도 한 표정이지만 눈에는 반가움의 눈물이 맺히며 반색을 한다.

"죄송합니다. 핑계 같지만 낯선 서울에 올라가 힘들게 살다 보니 소식 한번 전하기도 힘들었어요."

"잘 오셨어요. 이 집일랑은 너무 낡아서 헐고 새로 지었습니다."

그는 주인에게 묻지도 않고 지었다고 미안해하는 표정이 역력했다.

"예쁘게도 잘 지었네요."

"그건 그렇고 마침 잘 내려 오셨습니다. 이 마을 전체가 아파트 부지로 선정이 되어 땅에 대한 보상이 이루어지는데 연락을 하려니 연락할 곳을 모르니 답답하기만 했어요. 걱정을 했는데 잘 오셨어요."

" 아, 그래요? 그럼 이 동네에 아파트를 짓는다는 거네요."

"네, 맞아요. 천지가 개벽이 되는 거지요. 이 시골구석이 이렇게 될 줄 누가 알았겠어요. 유빈이 어머니 앞으로 나올 보상금만도 몇 십억이 될 겁니다."

"그렇게나 많이요?"

아무 생각 없이 내려 왔는데 이렇게도 돈벼락을 맞을 줄은 꿈에도 몰랐던 칠원댁이다.

"그런데 혹 내 동생의 소식은 좀 없었나요? 오랜만이지만 동생 소식이라도 들을까 해서 내려왔어요. 그리고 이제 나이도 있고 해서 이곳에서 살까 하는 마음이기도 하고요."

"그 친구가 살아서 왔다면 그보다 좋은 일이 어디 있겠어요. 30년 전에 떠나시고 나서 한 번도 연락이 없어요. 만약 그 친구가 살아서 돌아 왔다면 무슨 수를 써서라도 소식을 드렸지요. 그리고 이곳에 오셔서 사신다면 좋지요. 아무려나 공기가 서울보다야 훨씬 좋지요."

그녀는 절망 끝에 낙향할 때는 아무런 희망의 끝이 보이질 않았다. 떠날 땐 별 볼일 없던 척박한 땅이 일확천금을 안겨 줄 줄은 꿈에도 몰랐다.

"그동안 집도 잘 지켜 주셨고 땅도 잘 지켜 주셔서 제가 이렇게 모든 일이 잘 된 것 같습니다. 곧 이집도 헐리겠네요. 그럼 어디로 가실 작정이신지요?"

"우선 이산매 산 근처에 임시로 묵을 집을 지어줄 것 같습니다. 그곳에 있다가 아파트가 지어지면 다시 이곳으로 오려고 합니다. 그럼 유빈이 어머니께서는 어떻게 하시렵니까? 그쪽에 집을 지으면 저희들과 함께 살다가 이곳으로 와도 되지 않을 런지요?"

"전 우선 보상금을 탄 후 결정 하도록 하겠습니다."

"그러면 임시 집으로 옮길 때까지는 여기서 묶으셔야지요."

"네, 그렇게 하겠습니다. 신세 좀 져야겠네요."

"그래야지요."

그렇게 결정을 하고 여장을 푸니 그동안의 마음고생이 심했는지 그만 덜컥 몸살이 나고 말았다. 그러니 이집 내외의 따뜻한 정성으로 3일 만에 일어날 수 있었다. 그러나 문제는 생각지도 않은 돈이 생겼고 그 돈으로 무엇을 할 것이냐가 문제였다. 그는 살아오며 생각한 일들은 많았다. 불우한 사람들을 위하여 일하고 싶었으나 마음뿐이지 그런 일을 실행해야할 돈이 그녀에겐 없었다. 그러나 이제는 돈은 있으나 막상 하려니 무엇부터 시작을 해야 하는지 고민이 되는 것이다. 독실한 기독교 신자였던 그녀는 우선 교회부터 찾고 난 후 모든 것을 결정

하기로 마음을 먹었다. 예배일이 되니 교회를 나가야 했다. 마침 찾으니 교회는 멀지 않은 곳에 있었다. 시골 교회라 그런지 타지에서 온 사람이라고 모두들 반갑게 맞이해 준다. 예배가 끝난 후 목사와 상담하기로 했다. 목사님은 오십대 초반으로 아직 젊었는데 반갑게 칠원댁을 맞이해준다.

"무슨 일로 상담을 하시려고 하는지요?"

"전 이곳을 떠 난지 30여 년이 됐습니다. 그 오랜 세월을 서울에 있으면서 소식도 없이 살다가 와보니 너무도 세상이 바뀌었어요. 전에 친척에게 맞기고 간 척박한 땅이지만 그걸 찾아 이곳에 와 농사나 지으며 남은 인생을 살려 했는데 그 땅이 개발이 된다하여 나에게 땅값으로 보상을 하여 준다 하네요. 작은 돈도 아니고 일확천금이니 그 돈을 어떻게 쓰나 걱정입니다."

"그러면 무엇을 하겠다고 생각을 한 것은 있습니까?"

"네, 전부터 병들고 가난한 사람을 위한 요양원 같은 일을 하고 싶었습니다."

"그렇다면 우리 교회에서 운영하던 요양원이 있는데 돈이 없어 운영이 어려워져 잠시 문을 닫고 있습니다. 그걸 인수 하셔서 운영을 하면 어떨는지 모르겠습니다."

"어디에 있는 건지 알 수는 없으나 한번 구경 좀 시켜주시면 안될 런지요."

"아닙니다. 교회에서 그리 멀지 않은 곳에 있습니다. 함께 가보시지요."

그곳은 칠원댁도 잘 아는 곳에 위치해 있었다. 산으로 둘러싸인 곳이었는데 나무가 많아 공기가 맑고 요양원으로서는 최적의 장소였다. 그녀는 그 요양원을 인수키로 하고 주택공사에 땅에 대한 배상금을 신청했다. 얼마 후 돈이 통장에 입금이 된 것을 확인한 칠원댁은 곧바로 수리에 들어갔다. 교회에서 운영을 하다 잠시 닫았다 하지만 약 1년 여 손길이 닿지 않아 손볼 곳이 꽤 많았다. 부서진 곳은 고치고 더러운 곳과 내부는 페인트로 칠해 놓으니 새로운 건물이 지어진 것 같았다. 깨끗해진 요양원에 교회의 주선으로 새로운 손님을 받기 시작했다. 우선 암 진단을 받아 병원에서 포기한 사람들이 첫 번째 손님이었다. 칠원댁은 교회의 도움을 받아 우선 자연식으로 암환자를 치료했다. 치료법은 오염되지 않은 자연에서 채취한 과일과 채소류로 짜여진, 식단에 따라 섭취하는 방법이었다. 난치병에 의하여 생명을 포기 당했던 사람들이 자연 치료법으로 좋아지기 시작했다. 끝내 치유가 되지 않고 죽는 사람도 가끔 있었으나 더 많은 사람들이 회복이 되어가는 과정을 보면서 희망을 갖게 되는 사람들이 하나 둘 늘어 갔다. 죽음을 목전에 두었던 사람들이 조금씩 건강을 찾아가며 밝은 모습을 보일 때 칠원댁은 이 사업을 한 목적에 대하여 큰 보람을 느꼈고 피곤한 생활이지만 희망 속에 하루가 간 것을 늘 신께 감사하고 기도했다. 오늘도 일을 마치고 잠시 쉬고 있을 때 전화의 벨이 울린다.

"엔젤 요양원입니다."

"원장님이시죠? 여기 교회입니다. 지금 중환자가 교회와 가까운 곳에서 죽어가고 있어요. 그 환자요양원으로 가야 되는데 별안간에 빈자리가 있을지 모르겠습니다."

"자리가 없으면 만들어야지요. 사람이 죽어가고 있는데요. 어떻게든 자리는 마련을 해 놓을 테니 빨리 데려 오도록 하세요. 준비해 놓겠습니다."

그렇게 전화를 끊고 칠원댁은 직원들과 함께 환자를 받을 준비를 했다. 얼마 후 목사와 장로가 환자를 차에서 내려 업고 온다. 닦지를 않아 몸에선 악취를 풍기고 있었다. 우선 욕실로 들어가 따뜻한 욕조 물에 담그니 너무 오랫동안 씻지를 않아서 물이 금방 더러워진다. 별안간 욕실 안이 분주해졌다. 여럿이 달려들어 닦아도 때가 끝도 없이 밀려나온다. 목욕을 끝내고 깨끗한 수건으로 물기를 닦고 칠원댁이 미리 준비한 침대에 눕혔다. 그 사람은 간암에 걸린 사람이었다. 얼굴은 이미 검게 변해 있었고 복부엔 복수가 차 병색이 가볍지 않음을 말해 주고 있었다. 그는 누워서 숨이나 겨우 쉴 정도의 죽은 거나 다름없는 송장과 같았다. 칠원댁은 그 환자를 자신이 돌봐 주어야 하겠다는 생각을 했다. 왠지 모르게 측은해 보였고 생판 모르는 사람 같지 않은 느낌이 들어서였다. 칠원댁은 그 환자를 돌보기 시작한 후부터 언제 어떻게 될지를 몰라 밤낮을 가리지 않고 그 환자 곁에 붙어 있어야만 했다. 그 환자는 고열도 있었고 아무 것도 먹지를 못했다. 다만 여러 가지 약초로 끓인 물을 수저로 입에 억지로 넣어주는 정도였고 링거를 맞으며 생명을 연장할 수밖에 없었다. 그렇게 힘든 한 달이 지날 무렵, 칠원댁의 지극한 정성 때문에 그랬는지 그 환자는 정신이 돌아오기 시작했다. 얼굴도 처음 볼 때와는 확연히 달라진 모습이었다. 그는 죽을 조금씩 먹기 시작했다. 그리고 또 한 달이 지났다. 이젠 앉아서 이야기를 할 정도까지 회복이 되어가고 있었다. 정신이 들고 난 후 그는 약간의 반항적인 모습을 보였었다.

"흥, 이렇게 나를 돌보는 이유가 무엇 때문이요? 당신들 교회 선전하려는 것이라면 일찌감치 때려치우고 나를 내다 버리도록 하세요. 가증스런 사랑이라는 이름의 가면을 집어 던지란 말입니다."

"전에 무슨 일이 있었는지는 모릅니다. 여긴 내가 원장으로 있는 요양원이에요. 어떤 일이 있어도 그런 일은 일어나지 않을 것입니다. 맘 푹 놓고 병이 낫기를 힘쓰세요."

시간이 지나며 그는 칠원댁의 사심 없는 진정한 사랑을 몸소 느끼기 시작했다. 예전에 자신이 있던 곳과는 완전히 다름을 느끼고 있었다. 그가 반항적이었던 데는 그럴만한 사연이 있었다. 그가 쓰러져 있을 때에 어느 교단에서 행려병자라 하여 구휼해 주겠다며 데려 갔는데 시간이 흐르니 귀찮았는지 내쫓아서 병이 더 악화가 되었다. 그 후 어느 교회에서 도움을 준다 하여도 믿지를 않게 되었다는 것이다.

그에겐 위로 형이 있었다. 다정다감한 형네 부부가 어느 날 불의의 교통사고로 죽었다. 하루아침에 고아가 된 조카들을 형을 대신하여 부양해야만 하게 되었다. 노동판에서 힘들게 일하여 대학까지 보냈건만 조카들이 크고 철이 드니 자신 몰래 집을 팔아 어디론가 사라지고 말았다. 조카들은 그가 자신들과는 피도 섞이지 않은 남이라는 것을 알았기 때문이었다. 조카들 때문에 결혼도 하지 못하고 지금 것 살아 왔는데 배신감에 치를 떨며 괴로움을 술로 달랠 수밖에 없었다. 그러다 보니 이렇게 병까지 얻게 된 것이었다. 이곳에 오게 된 것은 조카들이 이곳 어디에 산다는 소문을 듣고 왔다가 병이 너무 악화되어 죽게 된 것을 교회에서 구하게 된 것이다. 그는 여기까지 이야기를 하며 회한의 눈물을 흘리고 있었다.

"자, 그만 울어요. 자꾸 울면 몸에도 해로워요."

칠원댁은 그를 달래려 애를 썼다.

"울지 않으려 해도 왠지 지난 세월이 억울해서 자꾸 눈물이 납니다."

"나도 혼자인데 이곳에 있는 동안은 나를 누님이려니 생각하고 함께 살아요."

"정말입니까? 외롭게만 살아 왔는데 전 그렇다면 너무 좋지요. 제 이름은 전민수예요."

"아, 그래요. 나는 사람들이 칠원댁이라 부르기도 하지만 본 이름은 하순례라 한답니다."

민수는 너무 고생을 해 겉늙어서 그렇지 한참 동생 같았다. 그는 시간이 갈수록 차분한 성격으로 바뀌어 가며 종교에 귀의를 하였다. 칠원댁은 믿음의 사람으로 변해가는 민수가 고맙기만 했다. 어차피 민수는 치료를 아무리 잘한다 해도 간이 이미 이곳에 오기 전 치료의 한계를 넘어 있었기 때문에 기적이 일어나지 않는 한 한시적인 생명일 수밖에 없었다. 다만 그의 생명을 좀 더 연장하는 것 외에는 다른 방법이 없었다. 그러나 그 방법은 현대의학이 말하는 판정일 다름이지 자연의학에서는 도전할 수 있는 의학의 한 부분일 수도 있었다. 그렇게 일 년 여를 살아가던 어느 날 칠원댁이 아침을 들고 민수의 방을 들어선 순간 기겁을 하며 혼비백산할 수밖에 없었다. 그가 밖으로 나오려 했는지 문 앞에서 문을 열려고 안간힘을 쓰다가 쓰러져 있었다. 칠원댁은 처음엔 혼비백산 했지만 마음이 진정이 되자 그의 심장이 뛰고 있는지 확인한 후 그가 살아 있음에 안도의 숨을 쉴 수 있었다. 일 년여 동안 그는 무척 다정다감했었다. 마치 자신의 친누나처럼 칠원댁에게 살갑게 대했다. 그동안 건강도 많이 좋아져 혈색도 처음 이곳에 올 때와는 딴판이었다. 그는 곧 병원으로 가 간 검사를 해보니 신기할 정도로 수치가 회복이 되어가고 있다는 소견서를 받아 들었다. 그렇게 좋아진 사람이 왜 정신을 잃고 쓰러졌는지 의문이 들뿐이었다. 요양원으로 돌아온 칠원댁은 그의 방을 정리하기 위하여 들어가 하나하나 정리해 나가고 있었다. 그때 한통의 편지가 발견이 되었다. 그가 교회에 남긴 편지였다.

성도 여러분께 드립니다.

저는 병이 중하여 언제 죽을지 몰라 미리 글을 남겨 성도 여러분께 감사하는 마음을 전하려 합니다. 살아생전에 사람대접도 받지 못하고 살던 한 인간을 사람대접을 하여 주시고 사람답게 살다가 가게 하여 주신 주님과 목사님을 비롯해 장로님 모든 성도님께 고마움을 전합니다. 이곳이 나에겐 얼마나 따뜻한 곳이었는지 모릅니다. 어렴프시나마 언젠가 제가 이 교회에 다녔던 것 같은 생각이 드는군요. 누나의 손을 잡고 다녔던 기억이 말입니다.

"여호와는 나의 목자이니 내가 부족함이 없으리로다.
그가 나를 푸른 초장에 누이시며 쉴만한 물가로 인도
하시는 도다."

이곳은 너무 따뜻해 정말 주님의 푸른 초장과 같다는 생각을 해본답니다. 전 전지전능하신 하나님께서 세상을 창조하셨음을 믿으며 우리의 죄를 대속하신 독생자 예수그리스도를 믿습니다. 아멘.

전민수 드림

이렇게 편지는 끝을 맺고 있었다. 그리고 노트에 빼곡하게 정성들여 써놓은 일기장을 발견할 수 있었다.

0000년 0월 0일

나는 요즘 공연히 일기가 쓰고 싶어진다. 내가 세상에 유일하게 남길 게 이것 밖에 없기 때문일지도 모르기 때문이다. 나는 형이 있다고 하였지만 그 형은 나의 친형이 아니다. 내가 그분을 친형처럼 섬긴 것은 그분이 나를 살렸기 때문이다. 40여년 전 그분은 내가 강가에서 떠 내려와 몸이 만신창이가 되어 죽어가고 있을 때 나를 구하여 살려 주었기 때문이다. 그분의 말을 빌리면 머리 쪽에 심한 상처가 있었다 하는데 떠내려 올 때에 돌이나 어떤 물체에 심하게 부딪쳐 그런 것 같다고 하였다. 또한 그 영향으로 기억을 상실하게 된 것 같다는 것이다. 나는 지금까지 기억을 상실하여 그 전의 나는 누구인지 알 길이 없다. 나는 지금까지 실제 내 나이가 몇인지도 모르며 내가 아닌 전민수로 살아왔다. 그런데 요즘 부쩍 하순례 누님이 내 친누님 같은 생각이 듦은 왠지 모르겠다. 그분을 만나고 나서 내 잃었던 과거가 조금씩 살아나는 것 같다. 나는 고향이 어디인지 모른다. 그러나 이곳이 나의 눈에는 익은 것 같다. 어느 날 매형과 내가 강가에 고기를 잡으러 갔다가 물에 휩쓸린 것 같다. 그리고 그 후론 죽은 형님과 조카들과 함께 살아 온 것이다. 그런 요즈음과거가 조금씩 기억이 나는 것이다. 누나의 이름은 하순례였고 내 이름은 하순식이었던 것 같다. 아니 분명 내 이름은 하순식이었다. 아! 그 누님은 내 누님 하순례가 분명하다. 빨리 만나고 싶다. 밤이 왜 이리 길까? 오늘은 배가 더 부룩하다. 대장청소라도 해야겠다.

그는 이렇게 일기를 써놓고 아침이 오기를 기다리다 사십여 년을 헤어졌던 누나를 불러보지도 못하고 쓰러진 것이다. 칠원댁은 민수의 일기장을 읽으며 몸이 굳어 감을 느낀다. 그리고 오열을 한다. 앞에 동생이 있었는데도 알아보지 못한 자신이 한없이 원망스럽다.

"순식아! 처음 봤을 때부터 어쩐지 남 같지 않은 마음이 들었단다. 흐흐흑흑~ 네가 살아 있었구나. 미안하다 한눈에 알아보질 못해서, 그러나 시간이 너무 흘러 네 모습이 너무 변했더구나."

칠원댁은 기쁨과 슬픔이 섞인 눈물을 하염없이 쏟아내고 있었다.

–끝–

# 2

# 목신(木神)의 분노

봉필현 단편

시장에 나간 길에 남편이 좋아하는 족발을 좀 샀다. 남편은 유난스러울 정도로 족발을 좋아했다. 그래서 그런지 밖에 나갔다 들어 올 때는 꼭 족발을 사가지고 들어 왔다. 남편은 늦은 밤까지 일을 하기 때문에 잠자기 전에는 배가 고프다며 족발을 먹어야 잠을 잤다. 요즘은 공장 일이 바쁜 관계로 남편이 밖에 나올 일이 없었기에 오늘은 내가 시장을 보러간 길에 족발을 좀 샀던 것이다. 하루 일이 끝나고 10시쯤 되었을 때 나는 사가지고 온 족발을 먹기 좋게 잘라서 족발을 먹을 때 찍어 먹는 새우젓과 함께 가지고 들어갔다. 남편은 오랜만에 먹어서 그런지 족발을 맛있게 먹는 것이었다. 그렇게 족발을 맛나게 먹은 남편은 피곤해 자겠다며 이불 속으로 들어간다.

"음식을 먹고 바로 자면 몸에 안 좋기도 하고 양치질을 하고 자야지요."

"내일 새벽에 일찍 일어나 할 일이 있어."

그렇게 말을 하고는 잠자리에 들어 금방 코를 골며 잠이 들었다. 정말 피곤하긴 했던 것 같다. 나는 측은한 마음으로 잠이 든 남편을 확인하고야 방을 나왔다.

"잠도 빨리도 드네. 허긴 피곤하기도 할 거야."

나는 남편이 먹은 음식 그릇과 쓰레기를 치우고 내 방으로 들어와 바로 잠을 청했다. 남편과는 내가 폐경이 온 후부터 방을 따로 쓰고 있었다. 함께 잠을 자게 되면 남편은 나이가 들었음에도 아직 힘을 주체할 길이 없는지 잠자리를 요구할 때가 많았다. 나이가 들고 갱년기가 오면서 나는 자주 요구하는 남편이 귀찮았다. 그래서 귀찮게 하는 남편과의 잠자리를 피하고 편히 생활하고 싶어 각방을 쓰게 된 것이다. 다음날 잠을 자고 일어나 식사 준비를 한 다음 남편을 깨우러 방으로 들어가니 남편은 아침 일찍 일어나 어디를 갔는지 없었다.

"아침에 일찍 일어나 할 일이 있다고 하더니 어디를 갔나?"

나는 어제 족발을 먹고 잠자리에 들며 남편이 하던 말이 생각나 대수롭지 않게 생각했다.

"새벽에 일어나 할 일이 있어."

하고 잠이 들었기 때문이다. 그러나 한 시간이 지나도 남편은 돌아오질 않고 있었다. 평소엔 아침 일찍 일어나는 일이 없던 사람이었다. 남편이 일찍 일어 날 때는 산에서 주워온 통나무를 도끼로 패어 장작을 만들 때만 있을 수 있는 일이었다. 그러나 장작도 잔뜩 만들어 쌓아 놓아 요즘은 할 일이 별로 없어 늦잠을 충분히 자고 일어나곤 했다. 그러던 남편이 말 한마디 없이 아침 일찍 나가서 들어오질 않고 있는 것이었다. 그러나 그리 걱정이 되지는 않았다. 원래 성실한 사람이었고 꼼꼼한 사람이었기 때문에 별일이 있겠느냐는 생각이었다. 그렇게 생각을 하고 있는데, 앞집 아저씨가 급한 목소리로 대문을 두드리는 것이었다.

"아주머니, 큰일 났어요."

"옆집 아저씨가 아침 일찍 웬일이야?"

나는 깜짝 놀라 대문을 열고 앞집 아저씨를 맞이했다. 옆집 아저씨는 숨을 헐떡이며 뛰어와 간신히 침을 삼키며 말을 했다.

"아저씨가 저기 산 입구에 쓰러져 돌아가셨어요."

"뭐라구요? 그게 무슨 소리에요?"

"아저씨가 산 입구에서 죽었단 말이에요."

"뭐라고요?"

청천벽력 같은 소리였다. 나는 혼비백산하여 앞집 아저씨를 따라가고 있었다. 숨을 헐떡이며 뛰면서도 머릿속은 온통 벌집을 쑤셔 놓은 듯 별 에 별 생각이 다 떠올랐다. 앞집 아저씨가 멈추어선 곳은 산으로 올라가는 입구였는데 남편은 바로 산 입구에서 쓰러져 이미 숨이 멎은 상태였다. 남편 손에는 검은 봉투에 쌓인 소주가 16병이나 들어 있었다. 남편은 소주병이든 비닐 봉투를 누가 가지고 갈 것도 아닌데 꼭 쥐고 있었다. 남편은 평소에 술을 조금도 마실 줄 모르는 사람이었다. 그런 사람이 한 두병도 아닌 16병의 소주를 무엇 때문에 가지고 있었을까? 의문이 들기 시작했다. 이곳에선 술을 살 때라고는 도로 옆에 있는 작은 구멍가게뿐이 없었다. 남편이 죽었다는 소문은 작은 동네에 삽시간에 퍼져 나갔다. 우선 경찰에 신고를 먼저 해야 했다. 신고를 받고 출동한 경찰들은 남편이 죽은 주변에 말뚝을 박고 노란 줄을 처 사람들이 들어가지 못하도록 했다. 잠시 후 구멍가게 주인이 와 남편의 죽음을 확인 하고는 새벽에 가게 문을 두드려 문을 여니 소주 16병을 달라고 하더라는 것이었다. 이 근처에 공장들이 있어 밤샘을 하고 아침에 해장을 하기 위해 소주를 사가는 사람들이 가끔 있어 이상하게 보진 않았다고 했다. 그러나 나는 아무리 생각을 해도 남편이 소주를 사야할 이유가 없었다. 무언가에 홀린 기분이 들었다.

남편이 죽기 한 달 전이었다. 집 뒤에 오래된 아름드리 참나무가 있었다. 그 참나무 밑에 큰 뱀들이 산다며 공장에서 일을 하며 함께 살고 있던 남동생이 그 참나무를 베어 버리겠다고 하였다.

"누나, 저 큰 나무뿌리 밑으로 큰 뱀들이 들락거리거든. 어느 때는 구렁이가 참나무 위로 올라가 있는 것을 보고 놀란 것이 몇 번인지 모르겠어. 저 참나무만 보면 뱀 생각이 나서 기분이 나빠. 베어버려야 뱀들이 없어질 것 아니야."

"나도 뱀이 나무 위로 올라가는 것을 몇 번인가 보긴 했지. 아마 나도 자세히 보니 나무 밑에 뱀 집이 있는 게 아니고 입구는 나무 밑이지만 집은 옆에 있는 바위 밑에 있는 것 같더라."

"집이 어디 있건 뱀들이 나무에 올라가 있는 것을 볼 때마다 징그러워 죽겠어. 나무에 꿈틀거리며 올라가는 모습을 볼 때마다 깜짝깜짝 놀라게 되거든. 볼 때마다 소름이 끼쳐."

"그래도 생명이 있는 것들의 집인데 그것을 없애는 것은 좀 그렇다 얘."

"에이, 난 모르겠어, 매일 재네들 볼 때마다 징그러워 못 보겠어. 오늘 저 나무를 베어버릴 거야."

그렇게 말을 한 동생은 아침을 먹고 바로 톱을 가지고 나가 그 큰 참나무를 베어 버렸다. 그 참나무 옆에는 큰 바위가 있었는데 큰 뱀들은 참나무 뿌리 부분에 구멍을 뚫어 입구를 만들고 바위 밑에 집을 짓고 살고 있는 것 같았다. 참나무를 베어 놓았으니 그냥 방치해 둘 수도 없는 노릇이었다. 동생은 나무를 베어내긴 했지만 그 나무를 도끼로 패서 장작으로 만드는 일은 전혀 문외한이었다. 나는 그 일을 남편에게 시켰다. 남편은 12남매의 맏이어서 그런지 못하는 일이 없었다.

"여보, 이 나무 이대로 방치해 놓을 거예요? 도끼로 패서 장작으로 좀 만들어요. 거추장스럽잖아요."

그러자 그날따라 남편은 나를 향하여 도끼눈을 뜨고 노려보는 것이었다. 남편과 결혼해 살면서 남편의 그런 모습은 처음 보는 일이었다. 남편은 결혼하고부터 지금까지 단 한 번도 눈을 흘기거나 내가 요청한 일을 거절한 적이 없었다. 그런데 그날 도끼눈을 뜨고 나를 노려봤던 모습은 무엇엔가 혼이 빠진 듯한 모습이었다. 그런 남편은 그날 그 고목이었던 참나무를 모두 도끼로 패서 장작을 만드는데 무척 힘들어 하는 모습이었다. 그런 일이 있은 후 밤이면 산에서 뱀의 울음소리가 들리곤 했다. 나는 처음엔 그 소리가 무슨 소리인지 몰랐는데 마을 사람들이 뱀의 울음소리라고 했다. 깊은 밤 들려오는 뱀의 울음소리는 소름을 돋게 하기에 충분했다. 그런 일이 있은 지 얼마 후 남편은 그렇게 허무하게 죽고 만 것이었다. 남편의 죽음은 의문 투성이었다. 그가 왜 새벽에 나가 먹지도 못하는 소주를 16병씩이나 사가지고 꼭 껴안은 채 죽은 것이며 또 왜 산으로 올라가는 입구에서 죽어야 되었는가 하는 의문이 가시질 않았다. 새벽에 산 입구에서 죽었다면 그 새벽 시간에 산에서 무엇을 하려고 그 소주를 사가지고 올라가려던 것일까?

경찰서 수사팀에서는 남편의 시신을 확인 한 후 국립과학수

사연구소에서 부검을 실시해야 할 것 같다는 의견을 내놨다. 사인을 규명해야 한다는 것이었다. 그러나 나와 동생은 남편의 시신을 칼로 흠집 내는 것이 싫어 부검을 반대했다. 그러자 경찰은 나와 동생을 의심했다. 남편을 동생과 함께 살해하고 들통이 날 것 같아 부검을 반대한다는 것이었다. 남편의 장례를 3일장으로 계획했지만, 장례식은 뒷전인 채 나와 동생은 경찰서로 연행되고 말았다. 경찰서로 연행되어 3일간을 꼬박 조사를 받았다. 그동안 남편의 시신을 부검한 결과 아무런 결과도 얻지 못한 채 심장마비에 의한 사망으로 추정 된다는 결과만 받고 남편의 사망 사건은 종결이 되었다. 아무런 혐의가 없자 나와 동생은 바로 풀려 나왔다. 경찰서에서 풀려 나온 나는 바로 남편의 장례를 치러야 했다. 화장터에서 화장을 한 후 산에 남편의 유골을 뿌렸다.

남편이 죽은 후 또 이상한 일이 벌어졌다.

우리 옆에는 도자기를 굽는 도공이 있었다. 그 도공은 도자기를 구워 쌓아 놓기만 했지 팔지를 못했다. 도공은 자신이 예술가라며 자신이 만든 도자기는 예술품이기 때문에 싸게는 팔지 않는다는 지론을 가지고 있었다. 이름도 알려지지 않은 도공이 자신은 예술가라는 자부심만 갖고 도자기 값을 비싸게 부르니 누구하나 관심을 갖는 사람이 없었다. 어쩌다 도자기를 사러온 사람이 있으면 비싼 값을 불러 그냥 돌려보내기 일쑤였다. 그러니 자연히 생활이 궁핍할 수밖에 없었다. 늘 생활에 쪼들리던 도공의 아내는 우리 집으로 쌀이며 필요한 것들을 얻어 가기도 하고 가끔 돈도 빌려가기도 했다. 그러나 한 번 돈을 빌려 가면 갚을 줄을 몰랐다. 그도 그럴 수밖에 없었다. 남자가 도자기만 잔뜩 만들어 팔지는 않고 쌓아 두기만 하니 생활은 자연스럽게 궁핍할 수밖에 없는 노릇이었다. 그러니 그 집에서는 부부싸움이 잦았다. 그녀는 싸울 때마다 우리 집 아저씨를 늘 들먹였다.

"옆집 아저씨는 얼마나 착실한지 알아요?"

"이 여편네야. 옆 집 놈이 좋으면 그놈하고 살면 될 것 아니야?"

"그렇게 할 수만 있다면 그렇게 하겠어요."

"그놈과 살아도 뭐라 하지 않을 테니까 너 좋은 대로 해."

그들은 싸울 때마다 우리 아저씨를 들먹이고는 했다. 그러던 도공의 아내가 남편의 장례식이 끝난 후 죽어간다는 소리를 들었다. 그 여자가 죽어가고 있는 장소는 묘하게도 남편이 죽은 산 입구, 남편이 죽은 곳이라는 것이다. 그 날 아침 식사를 마치고 나오니 동네 사람들이 모여 수군거리고 있었다. 그런데 이상한 것은 수근 거리던 사람들이 내가 나가자 뿔뿔이 흩어지는 것이 아닌가? 나는 이상한 생각이 들어 집으로 들어가는 사람을 붙잡고 물었다.

"무슨 일인데 내가 나오니 피하지요?"

"그게 아닌데요."

"아니긴 뭐가 아니에요. 방금 무슨 얘기들을 하다가 내가 나오니 내 눈치를 보며 흩어졌잖아요."

"저 산 입구에서 사람이 죽어가고 있어서 병원으로 금방 119 구급대가 실고 갔어요. 그런데 그 사람이 아줌마네 아저씨가 죽은 자리에서 그렇게 됐는데 그 사람이 아줌마 옆집 사는 도자기 집 아줌마래요. 도자기 집 아줌마가 아줌마네 아저씨가 죽은 곳에서 죽어가고 있으니 이상하잖아요. 그래서 사람들이 그 일을 말하고 있었던 겁니다."

"뭐라고요? 도자기 집 여자가요? 어느 병원으로 갔어요?"

나는 그 소리를 듣고 이상한 예감이 들었다. 남편이 죽은 지 얼마 안 되어 이웃집 여자가 남편이 죽은 그 자리에서 죽어가고 있었다는 것이 뭔가 꺼림칙했기 때문이었다. 나는 수소문하여 그녀가 입원해 있다는 병원을 찾았다. 그러나 내가 병원에 도착을 했을 때는 이미 그녀는 죽은 뒤였다. 그녀는 남편이 죽은 곳에서 밤새 소주를 마시고 마지막으로 농약을 마신 것이라 했다. 병원에서는 위세척을 했으나 너무 발견이 늦어 생명을 구할 수 없었다는 것이다. 그 녀의 장례를 치루고 며칠이 지난 후 도자기 집 남자가 나를 보자고 했다. 나는 그를 우리 집으로 초대했다.

"시내까지 가려면 시간이 걸리니 저희 집에서 간단히 차 한 잔 마시며 이야기 하시는 것이 좋을 듯해서요."

"네, 그렇게 하시지요."

내가 커피 물을 끓이는 동안 도자기 집 남자는 소파에 앉아 무엇인가 생각을 골똘히 하고 있는 것 같았다. 물이 끓자 나는 커피를 타서 쟁반에 받쳐 들고 왔다.

"커피가 맛이 있을지 모르겠어요. 맛은 없어도 맛있게 드세요."

나는 의례적인 말로 인사를 했다.

"네, 감사히 잘 마시겠습니다."

"네."

커피를 한 모금 마시고 잔을 내려놓은 도자기 집 남자는 품에서 뭔가를 부스럭 거리며 꺼내놓았다. 자세히 보니 편지 봉투였다.

“무슨 편지 봉투 입니까?”

“아내가 마지막으로 제게 남겨 놓은 편지입니다.”

“네? 그 편지를 왜 제가 보아야 하나요?”

“아주머니와도 관계가 있으니 보여드리는 겁니다.”

“그동안 아주머니네 아저씨와 우리 집 사람은 내연의 관계였습니다. 우린 그런 사이인 것을 전혀 눈치도 채지 못하고 살아온 겁니다.”

“설마? 그럴 리가 없어요. 우리 아저씨는 그런 사람이 아니에요.”

나는 단정하듯 단호히 외치듯 말했다. 그렇게 말은 하고 있었지만 어느새 마음은 배신감에 떨고 있었다. 그 남자의 말이 틀리지 않다는 것을 나는 알 듯 했다. 가끔 그들이 같이 어울리는 것을 보았으나 원체 성실한 남편이었기에 그 남자에게는 어떤 여자를 붙여 놓아도 나 외에는 거들떠보지 않을 것이란 믿음 때문에 조금의 의심도 하지 않았다. 그런데 지금 도자기 집 남자의 얘기를 듣고 보니 의심이 아니라 진실이라는 것을 알 수 있었다. 도자기 집 여자의 편지는 대략 이러했다.

당신에게

정말 미안합니다.

당신을 사랑하려 하나 당신에게서 나의 마음이 자꾸 멀어져 갑니다.

사람이 생각만으로 살 수 없다는 것을 느낍니다.

사랑도 돈이 있어야 마음 편히 할 수 있는 것인데 당신은 그런 것과는 너무나 거리가 먼 사람입니다.

매일 한다는 짓이 도자기를 구워 예술이니 뭐니 하며 팔지도 않고 있으니, 도자기를 먹을 수 있는 것도 아니고 이웃집에서 빌려다 쓰는 것도 하루 이틀이지 허구한 날 빌리러 다니는 것도 이젠 지쳤어요.

전 지금 이웃집 아저씨와의 사랑에 빠졌어요.

그 분과 있으면 행복하거든요.

그 분한테는 당신에게서 느끼고 있는 무능함이 보이질 않아요.

그 분도 지쳐간다고 하더군요.

그분의 부인이 정치를 하네 뭐네 하면서 많던 재산을 모두 날렸다고 하네요.

그런 부분들이 그분과 너무 흡사한 것을 이야기 하며 나누다 보니 마음이 통하더군요. 서로가 만날 때마다 행복을 느꼈어요. 지난 번 마지막으로 만날 때 그분과 약속했어요. 이 세상에서 이루지 못할 사랑이니 저 세상에서 이루자고.....

그 분이 먼저 가서 기다린다며 먼저 가셨어요.

그리고 이번엔 제가 뒤 따라 갑니다.

그 동안 당신의 아내로서 살아온 것이 후회스럽습니다.

안녕히....

미희가...

나는 이 편지를 읽으며 뒤통수를 망치로 호되게 맞은 충격을 받고 말았다. 남편이 그녀와 함께 다니는 것을 보았지만 여전히 남편은 나를 변함없이 사랑한다고 철석 같이 믿고 있던 나였기에 충격은 말할 수 없이 컸던 것이다. 그러나 한 가지 의문점은 풀리는 것 같았다. 그녀가 왜 남편이 죽었던 자리에서 죽었느냐에 대한 의문점이 풀린 것이었다. 그러고 보니 가끔 남편이 죽기 전 그녀와 어울리는 것을 몇 번인가 본 적이 있었다. 어두움이 짙은 4월의 저녁이었다. 앞의 물체를 알아보지 못할 정도의 어두움이 깔린 시간에 남편과 도자기 집 여자가 산에서 같이 내려오는 것을 보았다. 가슴에는 진달래꽃을 한 아름씩 안고 있었다. 나는 당시 남편과 어떠한 갈등도 없었고 늘 서로를 사랑하는 사이였기에 그런 모습을 보았어도 수상하다는 느낌을 갖지 않았다. 또 도자기 집 여자에 대하여도 이웃에 살고 있었기에 늘 농담도 잘 했고 허물이 없는 사이로 지냈기 때문에 의심이 가지 않았다. 우연히 약수터가 있는 산에서 만나 진달래꽃이 피어 있으니 꺾어 온 것이라고 생각을 했던 것이다. 그래서 나는 남편에게 왜 그 여자와 늦은 저녁에 산에서 같이 내려 왔느냐고 묻지도 않았다. 남편이 진달래꽃을 꺾어 온 것만 받아서 꽃병에 꽂아 놓으며 지나가는 말로 물었다.

"웬 진달래꽃이에요?"

"응, 산에 갔다가 진달래꽃이 너무 예뻐서 당신 주려고 꺾어 왔어."

남편은 아무렇지도 않게 말했다. 남편은 평소에 말이 없는 사람이었고 술은 입에 대지도 않았으며 특히 잡기나 여성 편력 같은 것은 일절 모르는 사람이었다. 그래서 나 자신도 남편이 무슨 재미로 세상을 살고 있는지 모를 지경이었다. 그랬던 사람이 죽고 나니 그의 몰랐던 부분과 행적을 알게 되었던 것이다. 그동안 남편은 그녀와 나도 모르게 몰래 만나는 내연의 관계였다. 그러나 나는 남편을 원망할 자격이 없는 여자였다. 한때 나는 부산에서 살면서 남편의 조상이 남겨준 어마어마한 땅들을 모두 날려 버린 장본인이었다. 그 당시 나는 정치인들을 알게 되면서부터 뱃속에 바람이 잔뜩 들어가 있었다. 부산시 00당 여성 위원장을 맡아 활동을 하고 있었으며 더 큰 목표를 향해 열심히 뛰었다. 그러나 그런 일은 맨손으로 할 수 있는 일이 아니었다. 그러자니 남편의 조상이 남겨놓은 재산과 땅들을 조금씩 처분할 수밖에 없었다. 그렇게 야금야금 팔다 보니 재산은 동이 나고 말았다. 남편은 당시 거제도의 조선소에서 일을 하고 있었는데 명장 칭호를 받고 있는 사람이었다. 그는 명장이었기에 받는 봉급이 적지 않았다. 그러나 정치에 물들어 뱃속에 바람이 들어간 나 때문에 그가 받아오는 봉급조차도 제대로 남아 있을 리 없었다. 정치 때문에 돈을 모두 날린 후에야 나는 정신을 차렸다. 그러나 정신을 차렸을 때는 집안 형편이 참담한 상태였다. 부산에서는 살 수가 없었다. 그때쯤 남편도 나이가 들어 조선소에서 퇴직을 했다. 할 수 없이 서울로 이사를 했다. 처음 이사와 살게 된 곳은 수유리였다. 수유리로 이사 와서는 조금 남았던 것으로 먹고 살았다. 그러나 마냥 그렇게 살 수는 없었다. 딸이 대학에서 생명공학을 전공했기에 남양주시에 융자를 받아 건강식품공장을 세웠다. 나는 공장을 세우며 이사를 하기 전 점쟁이를 찾아가 앞으로의 사업이 잘 될 것인가를 보는 점을 보았다. 점쟁이는 내가 가는 공장 터 주소를 묻는 것이었다. 점쟁이에게 이사하는 공장의 주소를 알려주자 점쟁이가 말했다. 다른 건 몰라도 남편은 없는 사람이라고 하는 것이었다. 나는 그때는 그 말이 무슨 말인지 잘 알지를 못했다. 그러나 남편이 죽는 것을 보고야 그 말을 깨달을 수 있었는데 또 다시 도자기 집 여자가 남긴 편지를 읽고야 그 말의 진실을 깨달았다. 내가 남편이라도 그럴 수 있었을 것이란 생각이 들었다. 또 도자기 집 여자도 그럴 수밖에 없었다는 것을 인정할 수밖에 없었다. 남자가 허구한 날 자신은 도자기를 만드는 도공인 동시에 예술가라며 자신이 만든 도자기는 예술품이기 때문에 싸게는 팔 수 없다고 우기며 생활비를 일절 주지 않았으니 그녀의 삶도 짐작이 가고 남는 일이었다. 그러고 보면 나 자신이나 도자기 집 사장이나 같은 부류의 사람이었다는데 는 부인할 수가 없다.

그렇게 도자기 집 부인의 장례식을 마치고 난 후부터 며칠의 시간이 흐른 후부터 밤이면 아무도 없는 밖에서 이상한 소리가 들려왔다. 빗자루로 마당을 쓰는 소리, 사람의 발자국 소리, 산에서는 쿵쿵 거리는 소리와 함께 뱀이 우는 소리가 들려왔다. 깊은 밤에 들려오는 이상한 소리들은 소름을 돋게 하기에 충분했다. 이상하기도 하고 무섭기도 하여 동네 사람들에게 그런 이야기를 하니 그렇다면 동네 사람들이 모두 가서 함께 밤을 새워 보자고 하는 것이었다. 그날 밤 동네 사람들이 모여 고스톱을 치면서 밤을 지새웠다. 그러나 이상하게도 우리 집 식구들이 있을 때는 들리던 소리가 동네 사람들이 함께 있을 때는 전혀 들리지 않았다.

"이거 장사장이 뭘 잘못 듣고 허풍 떤 것 아니야?"

"아니에요. 우리 식구들만 있을 때는 계속 그런 소리가 들렸어요. 얼마나 소름끼치고 무서웠는데요."

"그럼 귀신도 사람이 여럿이 있는 것은 무서운가 보지?"

"그런가 보네. 그러나 저러나 날도 밝았으니 이제 집으로 가야지."

그렇게 왁자지껄 하며 동네 사람들이 각자 자신들의 집으로 돌아갔다.

얼마 전 남편의 유골을 뿌리고 산길을 내려올 때의 일이었다. 그때 우리와는 반대로 산길을 오르던 사람이 동생을 유심히 보는 것이었다. 그러더니 나를 보고 동생을 가리키며 누구냐고 묻는 것이었다. 나는 처음 보는 사람이라 의아해 하기도 했지만 차림새가 예사롭지 않아 그냥 지나칠 수가 없었다. 나는 동생과 일행들에게 먼저 내려가라고 하고 그 사람과 이야기를 나누었다.

"제 동생인데요."

"그렇군요. 전 지금 산으로 굿을 하러가는 무당입니다. 그 동생 분의 상을 보니 불길한 상입니다. 그 사람 몸속에 목신(木神)이 들어가 있어요. 목신(木神)이 몹시 화가 난 것 같습니다. 저 사람이 며칠 후 죽을상입니다. 굿을 하면 액을 면할 수 있겠는데 굿을 하기가 싫으시면 교회라도 나가라고 하세요. 그러면 액땜을 할 수가 있답니다. 꼭 그렇게 하십시오."

나는 무당이라는 사람의 말을 듣고 한편으로는 무서운 생각도 들었지만 또 한편으로는 지금이 어떤 세상인데 그런 일이 설마 있을까 하는 생각도 들었다. 그러나 안 들었으면 모를까 듣고 나니 꺼림칙하기만 했다. 남편이 의문의 죽음을 당한지 얼마 되지 않아 무당이란 사람에게 또 그런 소리를 들으니 무서운 생각이 들 수밖에 없었다. 그러나 나는 무당이란 사람이 한 말을 동생에게 그대로 전달할 수는 없었다. 굿을 한다면 못하게 할 것은 빤한 일이라 교회에 나갈 것을 권했다.

"청수야, 네가 나무를 벤 후 이상한 일도 생기고 매형도 죽었는데 너 교회에 나가보는 것이 어떠냐? 나와 같이 교회에나 나가보자."

"누나, 무슨 소리야? 매형이 교회에 안 나가서 죽었다는 얘기야? 왜 별안간 나보고 교회를 가자고 그래? 가려면 누나나 나가, 난 안 나가."

동생은 무신론자여서 한 번에 손을 내저으며 거절을 하는 것이었다. 그렇게 시간이 몇 개월인가 흘렀다. 그러던 어느 날 동생이 집에를 다녀오겠다고 하는 것이었다.

"누님, 나 이번 일요일에는 집에 좀 다녀와야 되겠어요."

"집에 가면 너를 반겨줄 사람도 없는데 가야 뭐하겠어?"

동생은 이혼을 하고 아이들도 모두 저희 엄마를 따라가 살기에 집에 가야 텅 빈 집이나 다름이 없었다. 안방은 세를 주고 동생은 작은 방을 쓰고 있었는데 동생이 우리 공장에서 숙식을 하고 있으니 동생의 방은 늘 비어있는 것이었다. 그래도 집이라고 몇 달에 한 번씩은 다녀오고는 했다. 그렇게 동생이 집으로 떠나고 하루쯤 지나서였다. 동생 집에서 세를 사는 사람으로부터 전화가 걸려왔다. 동생이 죽었다는 청천벽력 같은 소리였다. 동생은 집 옥상에서 혼자 막걸리를 사다놓고 마시고 있었다는 것이다. 그리고 얼마 후 '쿵' 하는 소리에 밖으로 나가 보니 동생이 옥상에서 떨어져 피를 흘리고 있어 119에 연락해 급히 병원에 옮겼으나 끝내 숨지고 말았다는 것이었다. 그런데 남편의 죽음과 동생의 죽음이 모두 집 뒤의 참나무를 베어낸 후 일어난 일들이었다.

지난번 무당이 산으로 굿을 하러 간다며 했던 말이 떠올랐다. 그날 산으로 올라가며 예사롭지 않은 말을 했던 것이다. 물론 동생이 죽을 것이란 말을 했던 것에 대하여는 나 자신이 대수롭지 않게 생각을 했고 동생이 죽고 나서야 '아차' 하는 생각과 함께 후회하는 마음이 들었다. 산으로 올라가며 잠시 나와 둘이 했던 대화중에서 무당은 이런 말을 했던 기억이 떠올랐다.

"이곳은 음기가 서린 곳입니다. 많은 원귀들이 저승으로 가지 못하고 떠돌고 있는 땅입니다."

나는 그때 무당의 말을 듣고 마음이 섬뜩했었다. 몇 달 전 군인들이 이곳에 천막을 치고 6.25 때 죽은 군인들의 유골을 찾고 있었던 기억이 떠오른 것이다. 그때 이곳에서 유골을 찾던 한 장교가 우리 집으로 물을 얻으러 온 적이 있었다. 그것이 계기가 되어 유골을 찾는 동안 그 장교는 이곳에서 6.25때 죽은 아군과 적군의 숫자가 상당히 많았다고 했다. 이곳에서 치열한 전투가 있었는데 한 치의 땅이라도 더 차지하기 위해 피하 간에 밀고 밀리는 치열한 전투가 벌어져 사상자가 속출했던 전쟁터였다는 것이다. 그때의 전투는 국군과 중공군의 전투였는데 인해전술로 밀고 들어오는 중공군이 많이 희생을 당했다는 것이다. 물론 전투를 하다보면 어느 한쪽만 일방적으로 희생을 당할 수는 없는 것이다. 우리 아군도 많은 피해를 입었던 것이다. 그때의 유골을 찾는 작업은 우리 아군의 유골만 찾는 일이 아니었고 중공군의 유골을 찾는 일도 함께 하고 있었던 것이다. 우리나라와 중국이 가까워짐에 중국의 요청으로 한국 땅에서 죽은 중공군의 유골을 찾아 달라는 부탁을 받고 DNA 작업을 하며 아군의 유골과 중공군의 유골을 분리하며 작업을 한다는 것이었다. 그러고 보면 그 음기가 서렸다는 것은 6.25 때 죽은 원기가 그 땅에 우글거리고 있다는 얘기였다. 그래서 그랬는지는 모르지만 이곳에는 공장들이 많이 들어서 있었지만 크게 성공했다는 소리는 들어보지를 못했다. 대부분의 공장들이 망해서 나간다는 것이었다. 남편과 동생이 죽고 나서 공장은 나와 딸이 운영을 했다. 공장이 힘들게 돌아가고 있었기에 공장에 대한 보험을 들어 놓아야 되었는데 어떠한 보험도 들어 놓지 못한 채 운영을 했다. 그러나 공장은 아무런 탈 없이 잘 돌아가고 있었다. 자신감이 생긴 나는 이렇게 운영이 되다가는 잘하면 잃어버린 시댁의 재산도 금방 복구할 수 있겠다는 생각을 하게 되었다. 그래서 00은행에 중소기업융자 신청을 했다. 중소기업 융자신청을 하니 융자승인이 바로 떨어졌다. 융자가 나오면 공장을 확장하고 직원도 더 뽑을 예정이었다. 마음이 편해진 나는 있는 돈을 모두 털어 식품 재료를 샀다. 그때는 한참 재료값이 오르고 있었던 때였다. 하루가 다르게 재료값이 치솟고 있었다. 돈을 가지고 있으면 언제 쓸 일이 생길지도 모르고 재료를 사놓으면 재료값이 오르면 이익이면 이익이었지 손해는 볼 것이 없다는 생각에 딸과 상의해 재료를 잔뜩 사놓았던 것이다. 그러나 그것이 도리 킬 수 없는 실수가 될 줄은 꿈에도 몰랐다. 그날은 휴일이라 딸과 함께 쇼핑을 마치고 돌아오는 길이었다. 동네 입구에 들어서니 동네가 훤했다. 그리고 불자동차의 앵앵 거리는 소리가 들리고 있었다.

"엄마, 어디 불이 났나봐."

"그런데 불난 곳이 우리 동네 아니야?"

"그런 것 같아. 어디서 불이 난거야?"

혹시나 우리 집에 불이 난 것이 아닐까 하는 불안감이 들기 시작했다. 가까이 갈수록 그 불안감은 현실이 되고 있었다. 불이 난 곳은 바로 우리 공장이었다. 재료를 잔뜩 사다 쌓아 놓았는데 불길에 재료도 모두 타고 있는 것이었다. 차라리 은행 통장에 그대로 넣어 두었으면 아무 일 없을 것을 방정을 떨어 돈을 몽땅 날리게 된 것이다.

"엄마, 이걸 어떡해."

딸이 걱정이 되어 나에게 물었지만 나는 넋이 나가 아무 말도  들리지 않았다.

"이걸 어째?"

나의 입에서는 그 소리 밖에 나오질 않았다. 나는 나도 모르게 정신없이 물건을 꺼내야 된다는 일념으로 불이 활활 타오르는 불구덩이 속으로 뛰어들고 있었다.

"아줌마, 죽으려고 환장했어요?"

그때 소방관이 소리치며 뛰어 왔다.

불은 순식간에 공장 건물을 태우고 건물은 형체도 없이 사라지고 말았다. 건물의 재료가 프라스틱이 많아서 불은 순식간에 공장 전체를 태우고 있었다.

나는 불타고 있는 공장을 바라보며 그 불구덩이 속으로 계속 뛰어들려고 했다.

“저 안에 우리 목숨 줄인 돈이 있어요. 그걸 꺼내야 해요.‘

그러자 소방관이 말했다.

“아줌마, 돈이 아줌마 목숨보다 귀해요?”

“우리는 저것 없으면 다 죽어요.”

나는 정신없이 몸부림쳤다.

“아줌마, 돈이 아무리 좋아도 목숨보다는 귀하지 않아요. 제발 진정 좀 하세요.”

“저기 불 속에 우리 남편이 오라고 해요.”

그때 나의 눈에는 죽은 남편의 모습이 활활 타는 불꽃 속에서 나를 오라고 손짓을 하고 있었다.

“저 불 속에서 누가 오라고 해요. 아무도 없는데요.”

그렇게 말려도 듣지 않자 그 소방관은 나를 번쩍 들어 어깨에 메고 불속을 나왔다. 아마 그때 그 소방관이 아니었으면 나는 그 불속으로 뛰어들어 죽고 말았을 것이다. 불은 1시간도 되지 않아 모두 태우고 꺼지고 말았다. 다행이라면 그 당시 내가 딸과 함께 쇼핑을 가지 않았다면 더 큰일이 났을 것이다. 불은 순식간에 번져 미쳐 피할 틈도 없었다. 그렇게 공장이 불에 타자 융자를 주기로 했던 은행에서는 차일피일 미루며 융자를 미루고 있었다. 비록 재료라든가 모든 것을 앗아 갔어도 차라리 타버린 땅 위에 공장을 새로 지으면 더 깨끗할 것 같았다. 그러나 융자는 끝내 나오지 않았다. 나는 변호사를 고용해 은행을 고발키로 했다. 그러나 승소를 했지만 은행은 어떤 명분을 내세워 융자금을 지급하지 않았다. 끝내 나는 공장을 다시 일으키지 못하고 꿈을 접어야 했다. 나는 지금도 그곳에서 일어난 일들에 대하여 의문을 가지고 있다. 과연 무당의 말대로 남편과 동생이 죽을 운명이라고 하더니 정말 그 말대로 죽은 것인가? 또 동생이 고목의 참나무를 베어 뱀들의 집을 파괴한 것이 원인이 되어 목신(木神)의 분노를 사서 죽은 것인지 또 아니면 그 땅이 원귀가 많은 음기의 땅이라 그런 것이었는지 지금도 나는 알 수가 없다. 그러나 분명한 것은 아무리 미물이라도 그들이 살고 있는 보금자리를 무참하게 파괴하는 행위는 사람이 만물의 영장이라고 할지라도 할 짓은 아니라는 생각이다.

_ 끝 _

# 3
# 갈등

봉필현 단편

내가 아내의 전화를 받고 급히 집에 도착을 하니 셋째인 민희가 옆에 앉아 울고 있고 장모가 눈물을 흘리며 신세 한탄을 하고 있었다. 나는 문을 들어서려다 말고 장모의 한탄하는 소리를 듣게 되었다.

"자식 다 소용없어. 허리가 휘도록 키워 공부 시키고 결혼시켜 놓으니 제 마누라밖에 모르고 몸은 병들고 화장실조차 혼자 갈 수 없으니 아들 낳아 좋다고 했더니만 있는 것 모두 같다 탕진하고 아이고~ 아들 좋다는 것들 다 미친 것들이지~ 여보, 당신은 좋겠수. 이꼴 저꼴 안 보고 먼저 갔으니~ 아이고 서러워서 어이 살고. 흐흐흑."

장모는 약 한달 전부터 기운이 없다며 시름시름 앓고 있었다. 병원에 가서 건강진단을 받았지만 별다른 이상이 없다는 진료 내용이었다. 노인이라 기운이 떨어져 그런 것 같으니 보양식이라도 해 먹이라는 것 외에는 별다른 약도 주지 않았다. 그러나 여러 가지 몸에 좋다는  것은 다 먹여보았으나 기운은 더 떨어지고 몸은 더 나빠지는 것 같았다. 그래서 아내는 출근을 할 때마다 아직 학교에 다니지 않는 셋째인 민희에게 할머니가 아프면 빨리 전화를 하라고 이르고는 출근을 한 모양이었다. 그런데 나에게 아내의 급박한 전화가 걸려온 것이다.

“여보, 집에 좀 가줘. 엄마가 많이 아픈가봐. 민희가 울면서 할머니가 아프다고 전화가 왔어. 나도 곧 갈 테니 당신이 먼저 가서 병원 좀 데리고 가줘.”

아내는 나에게 간곡하게 부탁을 하는 것이었다.

장모는 몹시 고통스러운 모습으로 푸념을 하면서 울고 있었다. 민희의 이야기를 들으니 조금 전 외삼촌들이 찾아와 할머니와 다투고 갔다는 것이었다. 나는 처남들이 장모에게 아파트를 팔아서 돈을 달라고 했을 것이라는 것을 보지 않았어도 훤히 알 수 있었다. 한바탕 떠들고 처남들은 가버리고 노인만이 혼자 남아 고통 속에 울고 있었던 것이다. 그것도 가슴에 통증을 느끼면서였다. 나는 급히 장모를 차에 태우고 병원으로 향했다.

나는 결혼을 한 후 잠실석촌동에 살고 있었다. 내가 석촌동에 살게 된 것은 직장 때문이었다. 내가 근무하는 곳은 성남에 있는 종합병원이었다. 원래 대학에서 방사선학과를 전공 한 뒤 졸업 후 군대에 다녀와 자리를 잡은 곳이 성남에 있는 종합병원이었다. 아내도 그곳에서 만난 사이였다. 병원 식당의 영양사였던 그녀를 알게 된 것은 우연이었다. 나의 아내가 식당에서 잃어버린 내 휴대폰을 찾아주게 된 것이 만남의 단초가 된 것이다. 점심을 먹고 식탁에 휴대폰을 놓고 왔는데 어디에서 잃어 버렸는지 알 수가 없었다. 다음날 점심을 먹으러 갔는데 그녀가 휴대폰을 잃어버리지 않았느냐고 묻는 것이었다.

“어제 점심 때 휴대폰 잃어버리지 않았어요?”

"네, 그런데요. 그걸 어떻게 알았어요."

"직원들한테 물으니 아저씨거래요."

"아, 점심 먹으러 왔다가 여기 놓고 간 것을 몰랐었군요."

"핸드폰 찾아 주면 뭘 사줄래요?"

"원하는 것 있으면 말하세요."

"정말이요."

"그럼요. 속아만 살아 왔어요?"

그렇게 알게 된 사이가 결혼에까지 이르게 된 것이다. 어떻게 보면 사내 커플인 셈이었다.

내가 그녀와  더 가깝게 된 동기는 사는 곳과 고향을 묻는 과정에서였다.

"제 이름은 나경미라고 해요. 고향과 사는 곳은 의정부입니다."

"어? 나도 의정부인데... 이름은 박민철입니다."

"어머 신기하기도 하네, 그 많은 사람 중에서 이 먼 곳에서 동향사람을 만나다니요.

너무 신기해요. 그러면 지금도 의정부에 살고 있나요?"

"네, 부모님과 함께 살고 있습니다."

"그러면 그곳에서 성남까지 출퇴근을 하세요?"

"힘들긴 해도 아직은 그렇게 하고 있습니다."

같은 동향 사람이라는데 대하여 유난히 동질감을 느끼는 게 한국 사람의 특성이다. 그때부터 나와 그녀의 사이는 급격하게 가까워지기 시작했다. 새벽이면 의정부에서 만나 버스를 타고 함께 출근했고 저녁이면 서로의 퇴근 시간을 맞춰 함께 퇴근을 했다. 그렇게 함께 출퇴근을 하다 보니 혼자 다닐 때보다는 힘이 훨씬 덜 들었지만 먼 거리였기에 매일 시간에 쫒기기 일 수였다. 그동안 그렇게 함께 다니다 보니 나름대로 정이 들었다. 자연스럽게 결혼에 대한 이야기가 흘러 나왔다.

"경미씨, 이렇게 힘들게 다니지 말고 우리 합칩시다."

"합치다니요. 뭘 합쳐요?"

그녀는 나의 의도를 알면서도 짐짓 모르는 척 대답을 흘려버리고 있었다.

"꼭 지펴서  말을 해야 알아요? 우리 결혼하자고요."

"네?"

내가 경미에게 결혼을 하자고 제의를 한 것은 나름대로 자신감이 있어서였다. 만약 경미가 나에 대하여 거부감이 있었다면 그동안 그 먼 길을 함께 다니지 않았을 것이란 생각이었다.

"그래요. 저 민철씨 좋아해요."

"그러면 됐네요. 우리 결혼하기로 해요. 그러면 지금처럼 힘들게 출퇴근 하지 않아도 될 거 아닙니까."

"그런데 민철씨 그냥 결혼승낙을 하려니 좀 억울해요."

"뭐가요."

"뭐 남자가 이렇게 무드가 없어요. 난 적어도 민철씨에게 멋진 프로포즈를 받고 싶었단 말이에요. 호호호"

"하하하~ 경미씨 미안해요. 내가 원래 무드가 없는 사람이잖아요. 잘 알면서 왜 그래요."

"좋아요. 날 잡아서 우리 부모님 한번 만나 뵙고 결혼 승낙 받기로 해요."

"그러기 전에 우리 집에 한번 먼저 가기로 해요. 부담 갖지 말고 그냥 친구네 놀러간다는 생각으로 오면 돼요."

“여자가 어떻게 남자 집을 먼저 가요.”

“친구 집에 간다 생각하면 편할 겁니다.”

경미는 망설이는 것 같았지만 일단 나의 말대로 같이 가기로 했다. 경미와 나의 집은 고개 하나 차이였는데 나의 집이 경미의 집보다 한 발작 가까운 곳에 있었다. 나는 직장 동료인데 언덕 너머에 산다고 하며 경미를 부모님께 소개 시켰다. 경미를 본 부모님은 경미가 마음에 드는 모양이었다.

“처자가 아주 곱구먼.”

아버지는 그 한마디 이외는 더 이상 하지 않았다. 거기엔 내가 결혼할 여자라고 소개를 하지 않았기 때문일 것이다. 집에서 나오며 경미가 한마디 한다.

“민철씨, 이제 우리 집에 가요. 우리 부모님께도 인사드려야지요.”

“그렇게 해요. 언제쯤 갈까요?”

“그럼 쇠뿔도 단김에 빼랬다고 오늘 갈까요?”

나의 입장에선 그것도 그리 나쁘지 않다는 생각이 들었다. 어차피 경미와 결혼을 하기 위해서는 경미의 부모를 만나야 하는 것은 당연한 일이었다. 경미의 제안에 나는 그길로 경미의 부모님께 인사를 하러 가게 되었다. 마침 집에는 부모님 모두 있었다.

“아버지, 병원에서 함께 일하고 있는 친구인데 부모님께 소개 시키려고 함께 왔어요.”

“음, 그래? 거기 앉게.”

자리에 앉으라고 권한 후 경미의 아버지는 자연스럽게 우리 가족에 대하여 물었다.

“우리 경미하고 함께 일한다고? 부모님은 계시는가?”

“네, 두 분 모두 건강하십니다.”

“그럼 형제들은 몇이나 되는가?”

“네, 맏이가 형님이고 누님이 하나 있습니다. 그리고 제 밑으로 여동생이 하나 있고요. 5남매입니다.”

“그 집도 형제가 만만치 않은 것 같군. 그럼 자네는 학교를 어디 나왔나?”

“저는 S보건전문대학을 나왔습니다.”

“허, 그렇군.”

경미의 아버지는 어머니와 달리 점잖은 사람이었다. 내가 S보건전문대학을 나왔다는데 아무 말 없이 고개만 끄덕인다.

“그러면 대학에선 전공한 과목이 무엇인가?”

“네, 방사선과입니다.”

“그러면 병원에서 하는 일도 방사선 일이겠구먼.”

“네. 그렇습니다.”

“형제들도 모두 대학을 나왔는가?”

가정 형편이 어려웠던 우리 부모로서는 나 외에는 다른 형제들은 학교에 보낼 수가 없었다. 원래 솔직한 성격을 가지고 있던 나는 있는 그대로 대답을 할 수밖에 없었다.

“아닙니다. 집안 형편이 어려워 저만 대학을 나오고 저의 형제들은 공부를 많이 하지 못했습니다.”

“그랬겠지, 그때는 모두 어려웠으니 학교에 보내기가 쉽지 않았을 거야.”

그러자 경미의 어머니가 못마땅하다는 듯 넌지시 자기 자식 자랑을 늘어놓는다.

"아니 그 많은 자식 중에 하나만 대학을 나왔다고? 우린 4남매가 모두 대학을 졸업 했는데. 그것도 모두 일류대학을 나왔어요."

은연중에 자식 자랑을 하는 것이었다. 그러면서 경미에게는 자꾸 눈치를 주고 있었다. 급기야는 내 앞에서 대놓고 형편없는 집안이라고 말하기까지 하는 것이었다.

"아니 네가 뭐가 부족하여 그렇게 형편없는 집으로 시집을 가려고하니?"

"엄마, 뭐가 형편없는 집이야. 그러면 민철씨도 형편없다는 얘기잖아. 우리가 돈이 있으면 얼마나 있어. 우리 집이 그리 대단한 집안이야?. 난 차라리 민철씨 부모님이나 형제들이 공부는 많이 못했어도 엄마나 오빠들보다 좋은 것 같아요. 적어도 거긴 엄마나 오빠들 같이 사람을 우습게 보는 사람은 없어요."

사실이 그랬다. 그녀가 우리 집에 나와 함께 갔었지만 거기에선 오늘 같이 사람을 앉혀 놓고 무안을 주는 일은 없었다. 그녀의 눈에 비친 모습은 형제들 간의 우애 있는 모습  이었다. 그녀가 왜 나만 대학을 나왔냐고 물었을 때 형제들은 이구동성으로 자신들보다는 머리가 영리해 공부를 잘하는 동생을 밀어준 것이라는 대답이었다. 그중 둘째 형은 공부를 잘해 천재 소리를 들었으나 동생을 위하여 진학을 포기한 케이스였다. 나 또한 형들이 진학을 못하는데 내가 어떻게 대학을 가겠느냐며 진학을 포기하려 했었다. 그녀는 형제들의 우애에 큰 감동을 받은 것 같았다. 나와 결혼을 한다 해도 아무런 문제가 없을 것이라는 확신을 받은 것이다. 바른 생각을 가지고 있는 부모와 희생을 강요하지 않았음에도 스스로 동생을 위하여 희생을 할 줄 아는 형제들과 함께 자랐으니 내가 분명 바른 소양을 갖춘 사람일 것이란 확신을 하는 것도 무리는 아니었다. 한참을 말없이 듣고만 있던 경미의 아버지가 무거운 입을 떼었다.

"당신 그렇게 함부로 말하면 안 되지. 사람은 좀 솔직해야 하거든. 사실 우리 아이들이 어느 일류대학을 나왔어요. 모두 그렇고 그런 대학을 나왔지요. 그리고 경미만 해도 그래요. 경미도 전문대학 식품영양학과 나와서 병원 식당에 영양사로 나가는 것 아니에요. 그런데 누가 일류대학을 나왔다는 거예요. 나는 이 청년의 솔직한 면이 맘에 들어요. 둘이 좋다면 결혼시키기로 해요."

경미의 아버지는 사리가 분명한 사람이었다. 나의 언행을 잠시 보고 나의 품성을 알아본 것 같았다. 그리고 단호하게 둘이만 좋다면 결혼을 하라고 허락을 하는 것이었다. 평소 말수가 적은 경미의 아버지는 사리가 분명한 행동으로 주변에서 존경을 받는 사람이었다. 그가 한번 결정을 하면 그 자체가 집안에선 법이었다. 경미의 어머니는 나의 집안과 내가 못 마땅했으나 남편의 결정에 승복할 수밖에 없었다. 대개가 딸은 아버지의 성격을 닮고 아들은 어머니를 닮는 경향이 많은데 경미의 집이 그랬다. 아들 셋은 모두 어머니의 성격을 닮아 성격이 강해 욕심과 허세가 많은 편이었다. 그러나 경미는 아버지의 성격을 닮아 이성적이었고 사리가 분명 했다. 나는 경미와 결혼식을 올리고 잠실 석촌동에 신혼살림을 시작했다. 잠실에서 성남까지는 가까운 거리였기 때문이다. 결혼생활 1년여가 될 즈음이었다. 그날도 경미는 병원 식당에서 근무 중이었는데 휴대

았다. 성격이 고집스럽고 강한 장모는 며느리들과는 마음이 맞지를 않아 늘 불편했다. 그래서 그랬는지 아들들을 장가보낸 후 모두 분가를 시켜 따로 살게 하고 내외가 과수원 농사와 주변에 있는 밭을 가꾸며 살았다. 의정부에 있는 과수원은 만평이 넘는 땅이었다. 노인 둘이서 짓기에는 넓은 땅이었지만 억척같은 장모는 잘도 해내고 있었다. 그러던 차에 장인이 췌장암에 걸려 죽게 되자 아들들은 아버지가 죽기 전에 유산을 상속해 달라고 하는 것이었다. 그동안은 바쁘다는 핑계로 한 번도 오지 않던 자식들이지만 장모는 그래도 아들이 최고라며 농사지은 것을 직접 가지고 가서 주고 오곤 했다. 그러나 자식들은 장인의 병보다는 아버지가 살아 있을 때 받아야 자신의 몫을 제대로 챙길 수 있다는 생각 때문이었는지 하루도 거르지 않고 들락거렸다. 큰 아들은 큰아들대로 자신이 장남이니 동생들 보다는 더 많이 분배를 받아야 되겠다는 욕심이었고 동생들은 그들 나름대로 요즘의 법이 바뀌어 공평하게 일대일로 유산을 받을 수 있다는 생각이었다. 그러면서도 아버지 사 후 어머니와 함께  살겠다고 나서는 아들은 한명도 없었다. 장인은 아무것도 모른 채 장모에게 과수원을 팔라고 했다.

"여보, 이 과수원을 팔도록 해요. 나 죽고 나면 당신 혼자 이 과수원을 관리한다는 것은 무리요. 애들이 재산 때문에 오는 것 같은데 팔아서 나눠 주도록 해야겠어요. 과수원 내놓으면 작자는 빨리 나올거요. 나 죽기 전에 나눠주고 가야지. 오늘이라도 당장 내놓도록 해요."

"예, 그렇게 할게요."

장인의 말대로 과수원을 내놓자 바로 작자가 나왔다. 의정부 시내와 가까워 몇 년 내로 개발이 이루어진다면 대박이 날 수 있는 땅이었기 때문이다. 그러나 순수한 사람들인데다가 췌장암으로 사경을 헤매는 상황에서는 그런 걸 생각할 경황이 없었다. 계약이 일사천리로 이루어 졌다. 5억에 만평이 넘는 과수원이 팔리고 만 것이다. 과수원이 팔리자 장인은 아들들을 불러 큰아들에게 2억5천만 원을 주고 둘째 에게는 1억 5천만 원을 셋째에게는 일억 원을 주었다. 그리고 밭이 조금 있었는데 그걸 팔아서 장모가 살집을 마련하였다. 유산을 받은 아들들은 며느리들이 어머니와 사는 것을 한사코 반대해서 함께 살 수 없다하여 이루어진 일이었다. 유산을 분배한 후 새로 산 집으로 이사를 하여 2개월을 살고 장인은 죽고 말았다. 홀로 남은 장모는 매일 아내에게 전화를 했다. 혼자 외로워서 살기가 힘들다는 푸념 섞인 말이었다. 마침 아내는 첫째아이를 낳아서 유아원에 맞기고 직장엘 다녔다. 직장엘 나가도 늘 아이가 걱정이었다. 아내는 많은 고민을 한 것 같았다.

“여보, 나 당신에게 할 말이 있어요.”

“뭔데?”

“엄마 문제예요.”

나는 아내가 장모에 대한 문제라는데 대략 무슨 말이 나올 거란 짐작은 했다. 장인도 죽고 며느리는 아무도 함께 살려 하지 않으니 장모 혼자 산다는 것은 외로울 것이었다.

“알았어. 이따가 일 끝난 후 만나서 상의 하도록 해.”

일이 끝난 후 집으로 퇴근하는 길에 아내가 말을 하려 하는데 내가 아내의 입을 막고 먼저 말을 꺼냈다.

“당신 어머니와 함께 살고 싶은 거지?”

"어떻게 알았어요?"

"나도 그 생각을 하고 있었어. 허나 장모님이 나를 별로 좋아하지 않잖아, 그래서 생각은 하면서도 말을 하진 못했어. 얼마나 외롭고 쓸쓸하시겠어."

"그렇게 생각해 줘서 고마워요. 지금은 그렇지 않을 거예요. 엄마도 아버지 돌아가시고 기가 많이 꺾였을 테니까요."

"글쎄, 그렇다면 좋겠지만 원래 강한 성격에 고집이 세신 분이니 그렇게 쉽게 꺾이지는 않을 거요. 당신이 이왕에 나에게 부탁을 한 것이니 그렇게 하도록 합시다."

"미안해요. 아들들이 없다면 우리가 모셔도 되겠지만 아들이 셋씩이나 되면서 한 사람도 모시지 않겠다는 것은 저의 오빠들이지만 부끄럽고 당신에겐 미안해요."

이것이 15년 전의 일이다.

그러나 처음부터 삐걱 거렸던 사이가 쉽게 봉인이 되지는 않았다. 나와는 원래 결혼 전부터 미천한 집안이라고 아내와의 결혼을 반대 하며 우리 집안을 깔보던 장모였다. 처음 형성된 선입견을 쉽게 지울 수는 없는 모양이었다. 우리  집안을 우습게 보다 보니 사위인 나마저 깔보게 되고 보기조차 싫어했던 것이다. 그런데다 장모가 나를 더 밉게 보게 된 동기가 있었다. 내가 다니던 병원을 그만 둔 것이다. 병원을 그만 두고 작은 식당을 개업했다. 나는 병원엘 오랜 세월 다녔지만 장래가 보이질 않았다. 거기에 방사선 촬영 기사는 병원 종사자 중에서는 험한 일로 분류되는 3D에 들어가는 직종이었지만 험한 일에 비해서 보수는 형편없는 축에 들었다. 그래서 나는 언제든 뛰쳐나와 개인 사업을 하겠다는 생각이었다. 아내에게도 진즉에 나의 생각을 전달했고 아내에게서도 긍정적인 답을 들었기에 결행을 한 것이다. 아내가 병원 식당의 영양사였기에 식당을 개업하는 쪽으로 기울은 것이다. 식당은 미아리 쪽이었고 분식체인점이었다. 식당은 개업을 하자 손님은 많았다. 그러나 일손이 바쁜 것에 비해서 손에 떨어지는 것은 별로 없었다. 새벽에 일어나 시장을 보는 것으로 시작해 늦은 저녁 시간까지 하는 일은 생각보다 고달팠다. 하루 종일 서서 일을 하고 배달까지 바쁘게 뛰다 보니 무릎에 이상이 생겼다. 아내 또한 마찬가지로 허리가 나빠지기 시작을 한 것이다. 주방에서 일을 하다 보니 무거운 물건을 들었다 놓았다 하는 것은 일상이었다. 그렇게 조금씩 나빠지던 것이 어느 날 와르르 무너지고 만 것이다. 처음부터 쉽게 생각한 것이 잘못이었다. 한마디로 골병이 들고 있었던 것이다. 아내가 허리디스크로 일을 못하니 당장 식당 운영이 제대로 돌아가지를 않았다. 내가 주방장을 두고 운영을 했지만 아내가 할 때와는 차이가 많았다. 점점 손님이 떨어져 가고 나마저 무릎이 아파 도저히 운영을 할 수 없는 지경에 이르고 말았다. 할 수 없이 식당을 팔수밖에 없었다. 그래도 다행이라면 적자를 보지 않고 팔 수 있었다는 것이다. 몇 달을 놀다 보니 몸은 좋아 졌으나 벌어 놓은 돈이 달랑 거렸다. 뭔가를 해야 되는데 병원에 들어가 일을 하기는 싫었다. 나는 다른 일을 하기 위하여 일거리를 찾기 시작했다. 마침 친구가 밑천도 안 들이고 할 수 있는 사업이 있다는 것이었다. 친구와 함께 간 곳은 유명외국회사의 네트워크 사업을 하는 곳이었다. 많은 사람들이 나와서 성공 사례를 발표를 하고 있었다.

성공 사례를 발표한 사람들의 말을 빌린다면 금방이라도 억만 장자가 될 수 있을 것 같았다. 사업 설명회가 끝나자 친구가 그 사업을 해보라고 권하는 것이었다. 그 친구는 이미 다달이 많은 수입이 발생을 하고 있다는 것이다. 나는 그 사업을 하기로 결심을 하고 아내에게도 함께 하자며 설명을 했다. 내키지 않는 눈치였지만 하지 않겠다고 하지는 않았다. 둘이서 열심히 뛰기 시작을 했다. 수입이 조금씩 생기기 시작을 했다. 재미가 있었다. 아내와 함께 하니 한 달 수입이 500만원까지 오르기 시작을 한 것이다. 왜 진즉에 이런 일을 몰랐을까 할 정도였다. 그러나 아내는 그 사업을 좋아하지 않았다. 원래가 성격이 내성적인데다가 자존심이 강했던 그녀는 적극적으로 끈질기게 상대를 설득하여야만 하는 사업인 네트워크 사업은 그녀에겐 맞지 않았던 것이다. 적극적으로 사업의 영역을 넓혀 가려는 나와 소극적인 그녀의 사이에 마찰이 일기 시작했다.

"나는 그 일이 싫어요. 친구들과 만나 상품을 팔아 달라고 설득하는 일은 난 정말 자신이 없어요. 자존심도 상하구요."

"그럼 애들은 커나가고 있는데 애들이 어려서 돈이 안 들어갈 때 빨리 벌어 놓아야 아이들 공부도 시킬 수 있을 것 아니겠어. 조금만 힘을 내자구."

"당신 그냥 직장에 다시 나가면 안돼요?"

"그럼 지금 것 이루어 놓은 것은 어떻게 하고 그리고 그 일을 안 한지 오래 돼 할 수 있을지 모르겠어."

"처음엔 봉급을 조금 받으며 일을 하다보면 차차 손에 익을 거예요. 이 사업은 직장에 나가면서도 할 수 있잖아요. 나도 다른 직장을 잡았어요. 직장에 나가면서 할 수 있으면 할게요."

내가 아내와의 말하는 소리를 들은 장모는 나에 대한 미움이 되살아나는 것 같았다.

"내가 진즉에 뭐라고 했어. 우라질 놈 본데없이 자란 것이라 배운 게 마누라 돈벌이 시키는 일이지. 쯧쯧쯧."

그 소리를 들은 날부터 장모는 내가 더 보기 싫어진 모양이었다. 그 싫어하는 태도가 나의 눈에도 보일 정도였다. 나와 아내가 식당과 네트워크 사업을 하는 동안 집안 살림은 장모가 맡아서 했다. 아내가 직장에서 늦게 퇴근을 하기에 장모가 집안일을 맡아서 하게 된 것이다. 항상 아내보다 일찍 들어오는 나는 장모가 차려준 밥상을 받을 수밖에 없었다. 처음에는 깨끗하게 차려 내오던 밥상이 갈수록 지저분해 졌다. 아침에 먹던 그대로 나오기 일 수였다. 오래 된 찌개는 버리고 새로 끓여야 새로운 맛이 될 텐데 남은 찌개에 물만 더 부어 끓여서 내오는 것이다. 어떻게 보면 개가 먹는 죽을 먹고 사는 기분이 들 때가 한 두 번이 아니었다. 그러던 차에 장모와 더 나빠질 수밖에 없는 상황이 발생을 했다. 장모는 의정부 변두리에 조그만 밭을 남겨 두었었다. 소일거리로 거기에 채소를 심어 집에서 먹는 야채류는 해결을 헐 정도의 작은 밭이었다. 그런데 무슨 마음이었는지 그 밭을 팔아 버린 것이다. 그냥 내버려 두고 채소나 심어 먹었으면 좋았으련만 장모는 덜컥 그 밭을 팔아 버리고 만 것이다. 밭을 판돈이 있다는 걸 안 아들들이 뻔질나게 드나들기 시작했다. 초등학교 교사인 막내아들이 찾아 왔다.

"엄마, 나 천만 원만 해줘요."

"엄마가 돈이 어디 있어."

"그러지 말고 줘요. 밭을 팔았다는 것 다 알고 왔단 말이에요. 애들도 크고 집을 늘려야겠어요."

"일없다. 돈이 없으면 자식도 며느리도 사람 취급 안 한다 하더라. 나도 늙었는데 이 돈으로 먹고 싶은 것 먹고 입고 싶은 것 사 입을란다. 그러니 아무 소리 말고 가거라."

그러나 아들들은 집요했다. 큰아들이 찾아와 이천만원만 달라고 했고 둘째 아들도 찾아와 돈을 요구했다. 그러나 예전 같으면 '아들 아들, 하며 줄 법도 한데 전혀 꿈쩍도 않았다. 아들들이 다녀간 저녁에 아내가 퇴근을 하여 집에 들어오니 잠간 보자고 하며 자신의 방으로 들어오라고 한다.

"에미야, 요즈음 상가 같은 곳에 투자를 하여 돈을 많이 번 사람들이 있다고 하는데 내가 밭 을 판돈을 그런데 투자해 보면 어떨까."

"그런 것 잘 모르잖아요. 그러면 민철씨 오면 상의해 볼게요. 그렇잖아도 민철씨 아는 사람이 요 앞 상가에 부동산을 한다고 하네요. 친구를 투자시켜 상당히 돈을 많이 벌어줬대요."

"그래? 그래도 미덥지가 않아. 어디 한번 알아보라고 해."

"그 사람 안 들어 왔어요?"

"몰라 방에 있나. 한번 가봐."

나는 진즉에 퇴근해 저녁을 먹고 잠시 책을 보고 있었다. 전에 대학에 다닐 때 공부했던 책이었는데 다시 병원으로 돌아가려면 잊었던 기억을 돌리기 위해 필요한 책이었다. 아내의 말대로 네트워크 사업은 부업으로 하며 직장으로 돌아가기 위한 준비였다.

"여보, 뭐해요."

"책 좀 보고 있어."

"당신과 의논할 일이 있어서."

아내는 조금 전 어머니와 한 이야기를 하며 부동산에 있다는 사람과 만나 상가 투자에 관한 이야기를 해보라고 하였다.

"엄마가 가지고 있는 돈은 많지가 않은 것으로 아는데..."

"일단 적은 돈이라도 할 수 있는지 알아봐요."

나는 그길로 부동산에 있는 선배에게 전화를 하니 적은 돈으로는 할 만한 것이 없다고 하였다. 그러나 알아 볼 테니 기다려 보라고 하는 것이다. 며칠 소식이 없던 선배에게서 연락이 왔다. 강원도 D시에 시외버스터미널을 짓고 있는데 그곳에 아는 후배가 상가 분양을 하기로 했으니 분양 하는데 운영비로 투자를 하는 것이 어떻겠느냐는 것이었다. 그러면 일단 그 사람을 만나보고 결정을 하기로 하였다. 마침 그 사람이 선배와 함께 소속이 되어 있는 친목회에 같은 회원으로 있다며 친목회 모임에서 만나는 것이 어떠냐고 묻는다. 나는 선배의 제안대로 그 친목회에 나가 그 사람을 만나기로 하였다. 그는 선배의 대학 후배라며 인사를 한다. 그러면서 D터미널에 대한 설명을 하는 것이었다. 그 사람의 설명은 상당히 설득력이 있었다. 6개월 후면 들어간 자금을 거의 회수를 할 수 있다는 것이다. 그러면 투자 금액을 회수해 주고 정산이 끝나는 대로 투자한 금액만큼을 이익금으로 주겠다는 것이었다. 나는 솔깃했다. 장모의 돈 전부라야 삼천만원에 지나지 않았다. 삼천만원을 투자해 삼천만원을 번다는 것은 나로서는 꿈같은 일이었다. 그 일이 현실이 되니 슬그머니 나는 욕심이 생기기 시작했다. 삼천만원 투자해 삼천만원을 버는 거라면 더 투자하면 더 벌 수 있다는 얘기였다.

"그렇다면 돈이 더 필요하지 않습니까?"

"더 투자할 돈이 있으십니까?"

"필요하다면 더 만들 수는 있을 겁니다."

"우리야 많으면 좋지요. 사실 삼천만원은 분양하는데 필요한 것들을 사고 나면 부족하지요. 좀 더 빌리려고 백방으로 알아보고 있는 중이랍니다. 분양만 시작하면 바로 나올 돈이니까요."

"그럼 제가 좀 더 만들어 볼까요?"

"그렇게 하실 수 있으십니까? 그러면 제가 수고스럽게 다른 곳을 알아볼 필요가 없고요."

"제가 돈을 구한 후 연락을 드리겠습니다."

같은 친목회의 회원이고 부동산 선배와도 잘 아는 사이니 아무 의심 없이 선배와는 상의도 없이 장모 돈 삼천만원 외에 팔천만원을 더 주었다.

그런데 선배의 생각은 다른 것 같았다. 어느 날 만남에서 이런 말을 하는 것이었다.

"민철이, 그 돈 D터미널상가에 투자하지 말고 의정부에 있는 임대아파트에 투자하는 것이 어떤가. 지금은 임대지만 5년 후에는 분양이 되거든 그때는 아마 몇 곱절은 뛸 거야."

"선배님 그 문제는 제가 알아서 하겠습니다. 생각 좀 한 다음에 연락드리지요."

선배와 그렇게 헤어진 후 곰곰이 생각을 해봤다. 선배의 말도 일리는 있지만 5년을 기다리기는 너무 긴 시간 같았다. 그러나 D터미널 상가는 길어야 일 년 밖에 걸리지 않는 시간이었다. 선배의 말도 일리는 있지만 당장 나로서는 빨리 돈이 나오는 데가 더 매력적이었다. 이렇게 마음의 결정이 이루어지자 선배에게 전화를 걸었다.

"선배님 저 그냥 D터미널 상가에 투자하겠습니다."

"알았네. 자네의 선택이니 내가 뭐라 말할 수 없구만."

그러나 한 달이 지나도 분양을 한다는 소리는 들리지 않았다. 처음엔 현수막과 전단지 컨테이너 박스 전화, 컴퓨터 등 집기와 직원들이 그곳에 상주 했지만 좋은 소식은 들리지 않았다. 나는 뻰찔나게 선배의 부동산 사무실을 찾았다. 선배도 스트레스를 받는 것 같았다. 사실 선배의 입장에서는 투자하지 말라 했는데 내가 알아서 하겠다고 한 후 투자를 하고는 매일 찾아와 귀찮게 구니 스트레스를 받을 수밖에 없는 입장이었다. 선배의 죄 없음을 알면서도 선배의 소개로 그 사람을 알게 되었다며 억지 부리는 내가 선배는 미웠을 것이다. 그는 급기야 자신은 만져보지도 못한 돈을 위하여 자신의 집도 아닌 임대아파트 보증금을 저당 잡히고 사채에서 일천이백만 원을 빌려 주는 것이었다. D터미널상가는 건설회사가 부도가 나서 사장이 도망을 가고 돈은 받을 길이 없는 상태였다. 그러니 분양을 하기로 한 선배의 후배도 돈만 날리고 만 꼴이었지만 그 돈은 모두 내 손에서 나온 돈이라 나에게서 돈을 빌려간 선배의 후배는 손해날 일이 하나 없었다. 나중 내가 그 사람에게 받은 회수금은 일억 천만 원 중 삼천삼백만원을 받은 것이 고작이었다. 그 일이 있고 나서부터 장모의 나에 대한 미움은 극에 달했다. 집에서도 작은 일에 마찰이 생기기 일 수였다. 아는 사람들이 모여 있는데서 내가 지나가면 노골적으로 손가락질을 하며 '저 병신 돈도 못 버는 주제에 집에 있는 것이나 갔다 버리지 말아야지.' 하며 망신을 주기 일수였다. 그렇게 나와 장모의 사이엔 감정의 골이 깊어가고 있었다. 이젠 내 입장에서도 장모와는 더 이상 살고 싶지가 않았다. 아들들이 셋이나 되면서도 함께 살기를 거부해 내가 15년을 넘게 모시며 살았다. 결혼 초부터 달가워하지 않던 장모가 지금까지도 만나는 사람들에게 나의 미천한 집안을 홍보는 것을 한 두 번 본 것이 아니었다. 그 소리를 들으면서도 그냥 묵묵히 지나쳤던 나였다. 이번 투자건도 내가 자청해 투자한 것이 아니고 한번 알아보라 해 한 것이 잘못된 것이다. 그걸 모두 내 탓으로 돌리고 있는 것이다. 그 일이 있고 나서 장모는 건강이 급격하게 나빠지기 시작했다. 점점 기운이 떨어지고 식사도 제대로 못하는 것이었다. 그 와중에도 아들들은 자주와 집 문제를 거론하며 다투고 가곤 했다. 이렇게 집안 분위기가 뒤숭숭 해지며 장모와의 사이가 나빠지니 아내와의 사이도 자연스럽게 소원해져 갔다. 방도 각방을 쓰기 시작한지도 오래 전이다.

어느 날, 아내가 할 말이 있다며 내 방으로 들어온다.

"여보, 우리 당분간 헤어져 살기로 해요."

"무슨 말이야?"

"요즘 당신 우리 엄마에게 하는 행동 내가 보기 싫어요."

"난 당신 어머니께 잘못한 것이 없어."

"그렇게 함부로 하면서도 잘못이 없다고요?"

"그럼 당신 어머니가 많은 사람들이 모여 있는 곳에서 나에게 망신을 주는 것 본 적이 있어?"

"무슨 망신이요? 난 듣느니 처음인걸요."

"당신 어머니가 내가 나쁘다고 하면서 자신이 한 말은 하나도 하지 않는 모양이지. 어떻게 나갈까 아주 이혼을 하자면 그렇게 하기로 하고, 이젠 나도 당신 어머니에게 지쳤어. 허구한 날 사람들 앞에서 내 욕을 해대니 사람들이 나를 어떻게 보겠어. 당신이 그렇다면 난  시골 부모님께 가서 있겠어."

나는  간단하게 입을 옷만 가지고 그곳에서 멀지 않은 시골집으로 내려갔다. 내려 온지 며칠이 지날 즈음 아내의 급박한 전화가 온 것이다.

차에 태워 병원에 가서 가슴 촬영을 하니 폐 부분에 바늘구멍만한 종양이 보인다. 병원에서는 조직 검사를 해봐야 알겠다며 입원을 시키라 한다. 다음 날 조직 검사를 하니 폐암이라는 진단이 나왔다. 병원의 진단은 앞으로 3개월을 넘기기 힘들다는 것이다. 병원에선 더 이상 할 수 있는 일이 없으니 퇴원을 하여 하루에 한 번씩 와서 진통제를 맞고 가라 하는 것이었다. 이제는 살날을 숫자만 세고 있을 수밖에 없는 처지가 된 것이다. 공연히 장모에게 그동안 못되게 한 것 같아 죄스러움이 느껴진다. 마침 침울해 있을 때 부동산 선배에게서 전화가 걸려왔다.

"그동안 별일이 없었나?"

"안녕 하셨어요? 별일이 생겼네요."

"아니 무슨 별일이 생겼어. 좋은 일인가?"

"아닙니다. 장모님이 폐암이라 하네요."

"폐암이라고? 그러면 잘됐네."

"잘되다니요. 무슨 말씀이세요."

"하하하! 내가 폐암에 특효약을 가지고 있거든."

"네?"

선배는 갈수록 알 수 없는 말을 하고 있었다. 암에 걸리면 대부분 죽는 병이다. 그런데 폐암에 특효약을 가지고 있다니 그 약이 진짜인지 알아보고 싶었다. 만약에 그런 약이 있다면 돈이 얼마가 들더라도 사다가 장모에게 주고 싶었다. 장모가 내게 어떻게 하였든 장모도 나와 함께 사는 아내의 어머니가 아닌가. 장모도 부모라는 생각을 하니 지금까지 나의 행동이 부끄러워졌다. 만약 내 부모가 그렇게 했다고 했을 때 장모에게 대하듯 하지는 못 했을 것이란 생각을 하니 얼굴이 화끈 거리고 부끄러워졌다.

"선배님, 그렇다면 한번 찾아뵐게요."

"그래, 언제라도 찾아 와."

나는 그길로 선배를 찾아 가기로 했다. 선배의 집을 저당하고 빼준 이천만 원과 나중에 빌린 오백만원이 있지만 선배는 한 번도 그 돈에 대해 내색한 적이 없었다. 그래서 더 선배에겐 미안함을 가지고 있었다.

"선배님, 오랜만이지요. 이렇게 뿐이 못하는 거 이해해 주세요."

"자, 이거 내가 만든 특효약이야. 이걸 하루에 조금씩 물에 희석해 드리도록 해. 그러면 얼굴에 생기가 돌며 차차 좋아질 거야."

"선배님 얼마를 드릴까요."

"하하하, 이건 목숨 값을 받으라는 건데 내가 하나님도 아니고 어떻게 감히 사람의 목숨 값을 받겠어. 그냥 가져가."

나는 너무 고마웠다. 선배에게 감사를 하고 주는 약을 얼른 가지고 왔다. 가져오자마자 급하게 컵에 물을 타 장모에게 주니 처음엔 거부하다 이걸 먹으면 살 수 있다 하니 얼른 받아 마신다. 선배가 준 약은 약 3개월분이었다. 선배도 더 이상은 없으니 아껴 먹이라며 준 것이다. 그 약을 복용하며 선배의 말대로 장모는 얼굴에 생기가 돌며 원기를 회복해 갔다. 다 죽어 가던 나무가 파랗게 잎이 돋아나며 회생하는 것처럼 장모도 기력을 회복해 가고 있었다. 그동안 아들들이 왔었지만 한 일이라곤 행여 자기들 어머니가 죽으면 이 집을 팔아 자신들에게 분배해 주지 않나 하고 목을 길게 빼고 있었던 일일 것이다. 그러나 집은 이미 장인이 살아 있을 때부터 딸인 아내의 몫으로 남겨진 것이었다. 어느 정도 원기를 회복하니 장모는 거실에 나와 TV를 보는 횟수가 많아졌다. TV를 켰는데 마침 아들이 돈을 주지 않는다 하여 부모를 무참히 망치로 때려 죽였다는 뉴스가 방송되고 있었다.

"아들 좋다고 하는데 다 소용없는 일이지, 내가 딸네 집에서 15년을 넘게 살고 있지만 아들들은 돈이나 달래러 오지 누구하나 나를 데려다 살겠다는 놈은 없으니 그놈들은 내가 돈으로만 보이는 모양이야. 쯧쯧쯧"

장모는 텔레비전을 보며 혼자서 탄식을 하고 있었다.

다음날 저녁이었다. 퇴근을 하니 장모가 아내와 나를 잠시 보자는 것이었다.

"내가 그동안 박서방에겐 잘못한 것이 많은 것 같아. 내가 이제 얼마나 살지는 모르겠다. 그래서 자네들에게 이 집을 주려고 하네. 내가 전에 물어 보니 내외가 공동등기를 하면 상속세가 훨씬 덜 나온다 하는데 그렇게 하도록 해. 이제 아이 놈들이 남은 이 집이 저희 것인 줄 알고 벌떼 같이 몰려올 것이다. 그러니 될 수 있는 한 그놈들 모르게 빨리 하도록 해라."

장모의 말이 맞았다.

큰 처남은 장모가 건강할 때도 공공연히 자신들의 재산이라고 공언을 했었다. 그러니 장모가 확실하게 해놓지 않고 죽는다면 형제지간에 피 터지는 싸움이 일어날 것은 불 보듯 빤한 일이었다. 그 일이 있은 후 나와 아내는 공동의 이름으로 등기를 마쳤다. 휴일이라 아이들과 편히 쉴까 했는데 큰처남이 아침 일찍 찾아 왔다. 자기 어머니가 기력이 회복되어 거실에 나와 TV를 볼 정도가 되었다는 말에 놀라는 눈치였다. 그 이유가 무어냐고 아내에게 묻는 것 같았다. 아내는 자신은 잘 모르고 내가 뭔가를 갖다 먹이고 나서 좋아 졌다고 하니 나에게 다시 묻는 것이었다. 나는 숨길 이유가 없어서 선배가 나에게 가르쳐 준대로 말했다. 그 약이란 것이 식물을 채집해 발효를 시킨 것이었기 때문이다. 큰처남은 당장 나와 들로 나가자고 재촉했다. 들에는 그 풀이 흔하게 널려 있었다. 선배가 시킨 방법대로 그 풀을 뜯어다 발효를 시켰다. 몇 개월이 지나 발효가 되어야 먹을 수 있는 것이다. 3개월 정도가 지나니 아껴 먹었던 선배가 준 발효액이 떨어져 가기 시작 했다. 마침 큰처남과 뜯어다 담근 발효액을 꺼낼 시간이 되었다. 마침 큰처남이 왔기에 발효액을 꺼내어 짜자고 하였다. 그러나 큰처남의 표정은 시큰둥하기만 했다. 전에 풀을 뜯으러 가자던 때와는 전혀 다른 모습이었다.

“그거 우리 엄마 먹이지 않는 게 좋겠어. 내가 더 좋은 것을 구할 수 있으니까. 그러니 그거 갔다 버리도록 해.”

“형님 더 좋은 것이 있었으면 진즉에 드리지 그랬습니까?”

“흥, 너희들 나 가지고 놀았지? 어느새 엄마를 꼬드겨서 이 집 등기를 공동으로 했더구먼. 저 계집애가 엄마를 홀렸나 자네가 홀렸나?”

그 소리를 들은 아내가 한마디 했다.

“오빠, 그게 무슨 말이야. 나 엄마 15년이 넘게 모셨어, 저 사람과 나 이집 받을 만 한 자격이 있는 사람들이야. 오빤 그동안 올케 언니 눈치만 보면서 한번이라도 엄마 모신다고 말 한 적 있었어.”

“그래서 너희들이 이 집을 가지려고 엄마를 모신거구나. 그렇게 속을 차리고 있는 줄은 모르고 있었으니....”

그때 큰소리에 놀란 장모가 나왔다.

“무슨 일이야. 왜 또 트집이야? 이 집 때문이냐. 이 집은 너희 아버지 계실 때 이미 네 동생 주기로 하고 장만한 집이였어. 너희들은 25년 전에 이미 받아 갔잖아. 아마 그때 2억 5천 받아 갔으니 지금 돈으로 따진다면 2십5억도 넘을 거다. 사람 욕심이 끝이 없다더니 그렇게 많은 돈 다 어떻게 하고 이걸 넘봐. 벼룩이 간을 빼먹지.”

큰처남은 자기 어머니를 화난 표정으로 바라보다가 오늘 꺼내어 짜기로 한 발효액 항아리를 발로 걷어 차버리고는

“내가 미쳤지 아들보다 딸년과 사위 놈만 위하는 저런 노인네를 위하여 이런 걸 만들다니 에이~”

하고는 장모를 잠시 쏘아보더니 휭 하니 밖으로 나가버린다. 항아리가 넘어지며 깨져 버리자 발효액이 쏟아져 바닥으로 흐르기 시작한다.

"저저저놈, 저노움이...."

하며 장모가 옆으로 비스듬이 쓰러지고 있었다.

_ 끝 _

# 4

# 천국엔 천사가 없다

봉필현 단편

오랜만에 만끽해보는 휴일의 행복한 포만감이다. 거의 일년이면 절반은 운동 연습으로 보내는 나로서는 모처럼의 꿀맛 같은 휴식인 것이다. 어제 장애인 동계전국체육대회 아이스하키 결승에서 우승을 하고 돌아와 가족과 함께 쉬어보는 짜릿한 시간이 얼마만인지 모른다. 가족이래야 나와 아내와 이제 3살이 된 딸 미진이가 전부다. 단출한 세 식구지만 합숙을 하느라 떨어져 있는 시간이 많기 때문에 오랜만에 가족과 함께 하는 시간이 더 행복한지도 모른다. 선천적인 장애인은 아니었지만 한 때 옆길로 나간 내 잘못이 평생 씻지 못할 후회를 남겨 놓고 말았다. 그러나 그것이 내 인생에선 전화위복이 되었던 것 같다. 만약 그런 일이 없었다면 나에게 이런 행복이 주어지지 않았을 것이기 때문이다.

그 때는 왜 그랬는지 몰랐다. 고등학생이었던 나는 며칠씩 가출을 하여 그냥 친구들과 몰려다니면서 아이들과 패 싸움질하기 일쑤였고 때론 어린 학생들을 잡아다 돈을 빼앗아 오토바이를 빌려 타고 스피드와 곡예를 즐겼으며 유흥가를 전전하는 것이 그 무렵 나의 하루 일과였다. 학교에서는 퇴학을 당하여 학교를 옮긴 것도 몇 군데인지 알 수 없을 정도로 사고뭉치였다. 사고가 나던 날도 친구들과 오토바이를 빌려 타고 자유로를 달리다가 난 사고였다. 오토바이 뒤에는 각자 여자 친구를 한명씩 태웠는데 스피드 경쟁이 벌어졌다. 서로 앞서거니 뒤서거니 지나는 차들을 피해 곡예를 부리며 달리던 중 차에 오토바이가 스치며 튕겨 나가고 말았다. 차에 튕긴 오토바이는 몇 미터를 떴다가 도로 아래로 굴러 떨어져 반파가 되고 뒤에 탄 여자 친구는 현장에서 즉사하고 말았다. 나는 외관상으로는 아무런 부상을 당한 것 같지 않았으나 일단 큰 사고였기에 병원에 입원을 했다.

아버지는 그 일로 인하여 커다란 홍역을 치러야만 했다. 죽은 여자 친구의 집에 보상금을 주는 일은 큰일이었다. 빌려 탄 오토바이가 보험에 들어 있는 것도 아니었고 자동차와 접촉을 했을 때도 순전히 나의 잘못이었기 때문에 자동차는 사고와는 아무런 상관이 없었다. 그러니 이유야 어떻든 내 오토바이 뒤에 탔다가 죽은 그 여자 친구의 부모가 가만있을 리 없는 것이었다. 공무원이었던 아버지가 조금씩 모아 두었던 재산은 나로 인하여 조금씩 줄어들기 시작했다. 아버지가 은퇴 뒤를 생각하고 준비하였던 상가를 팔아서 보상금으로 준 것이다. 나는 몸에 아무런 이상이 발견되지 않아 병원에서 퇴원을 했다. 퇴원을 한 나는 더 이상 나가 돌아다닐 수가 없었다. 우선 아버지에게 면목이 없었기 때문이다. 아버지는 사고를 친 나에게 그동안 한 번도 야단을 치지 않았다. 어머니가 죽고 혼자 살고 있는 아버지는 행여 재혼을 하면 나에게 상처를 줄까봐 재혼 생각은 아예도 하지 않는다는 소리를 아버지의 가까운 지인으로부터 들은 적이 있었다. 그 말을 사고가 나기 전까지는 흘려들었는데, 나의 사고 후 급격히 말수가 적어진 아버지를 보니 죄책감이 들었다. 아버지의 얼굴엔 웃음이 사라진지 오래였다. 그러던 차에 나의 몸에 이상이 생기기 시작했다. 오른쪽 대퇴부의 피부가 벌게지며 부어오르더니 급기야 통증이 심한 가운데 붓고 있었다. 급히 병원에 입원을 했다. 진단결과는 오른쪽 대퇴부 뼈가 사고 당시의 충격으로 인하여 썩어 들어가고 있다는 것이었다. 대퇴부 위로 전이되면 생명까지도 위험할 수밖에 없으니 다리를 절단 할 수밖에 없다는 것이었다. 사고 당시 여러 가지 촬영에도 나타나지 않던 부위에 시간이 가며 사고로 인한 충격으로 뼈에 이상이 생겼던 것이다. 원래 교통사고의 후유증이 그런 것이라는 설명이었다. 수술 날짜는 3일 후로 잡혔다. 그동안에 신체검사를 해야 했다. 여러 가지 검사 후 수술실에서 대퇴부를 절단하는 대수술에 들어갔다. 전신마취주사를 맞고 몽롱함 속에 잠 속으로 빠져 들었다. 오랜 시간이 지난 후 마취에서 깨어나니 몸의 일부가 없어진 것 같은 느낌이다. 오른쪽 다리를 움직이려 하니 뭔가 허전했다. 다리가 없다. 수술받기 전에는 아직 어린 마음에 대수롭지 않게 여겼는데 수술을 하고 정신이 들어 한쪽 다리가 없는 것을 보았을 때의 그 절망감을 나는 지금도 잊을 수가 없다. 어제까지만 해도 있었던 다리가 눈을 떠보니 없어졌을 때 그때의 놀람은 말로 표현할 수가 없다.

"내 다리, 내 다리 어디 갔어. 내 다리 가져오란 말이야."

나는 세상이 무너지는 절망감 속에서 악을 쓰며 소리를 질러 댔다. 그런데 악을 쓰며 울고 있던 내 눈에 나와 조금 떨어진 곳에서 아무 말 없이 허공만 바라보고 있는 아버지의 모습이 보였다. 석양빛에 반사되어 하얗게 보이는 반백의 머리를 하고 있는 아버지 모습이 나의 눈에 초라하게 투영되어 왔다. 아버지는 소리 없이 울고 있는 것이었다. 아버지의 우는 모습을 지금 것 나는 보질 못했다. 아버지의 그 모습을 보자 내 속에서 나를 꾸짖는 소리가 들려왔다.

"너의 아버지는 너를 세상에 있게 하여준 사람이다. 그리고 너를 자신의 목숨보다도 사랑하는 사람이다. 네가 저질러 놓은 일을 왜 그런 네 아버지에게 떠넘기려 하느냐"

하는 소리였다. 아버지는 내가 장애인이 되고부터는 말수가 적어지더니 급기야는 말을 잃어버렸다. 과묵하지만 외아들이었던 나를 무척이나 사랑하였던, 나의 우군이었던 아버지였다. 내가 원하면 뭐든지 다 해주었던 아버지였다. 그렇게 부족한 것 없이 자란 내가 삐뚤어지기 시작한건 어머니가 죽고 나서부터였다. 아버지는 과묵하고 말수가 적었지만 속으로 자식을 사랑하는 편이었다면 어머니는 자상하고 사랑이 많은 자애로운 인간형이었다. 그런 어머니가 시장에 갔다 오다가 납치범에 납치되어 가다 그들의 감시가 허술한 틈을 타 달리고 있는 승합차에서 뛰어내리다 전봇대에 부딪치는 사고로 죽은 것이다. 차라리 병으로 죽었다면 얼마간의 마음의 준비 기간이라도 있었을 텐데 어느 날 갑자기 벼락이 떨어지듯 들은 어머니의 사망 소식은 충격이 아닐 수 없었다.

중학생이었던 나는 매일 어머니의 사랑을 받고 살다가 그 사랑이 갑자기 단절되어버리니 세상에 홀로 남은 것 같은 느낌이었다. 고등학교에 진학을 하며 못된 아이들과 친해졌다. 그런 부류의 친구들이 대개는 결손 가정의 아이들이 많았다. 제대로 사랑을 받지 못하고 자란 아이들이었다. 나는 아버지의 끊임없는 사랑이 있었지만 공무원이었던 아버지가 늦게 퇴근을 하면 혼자 있는 시간이 많아 자연스럽게 그런 아이들과 어울리게 된 것 같다. 나는 장애를 입고 난 후에 간신히 고등학교는 졸업을 하였다. 그러나 도저히 대학은 진학할 힘도 없었고 가기도 싫었다. 한마디로 모든 삶의 의욕을 상실하고 술로 세월을 보냈다. 그렇게 20대 후반이 될 때까지도 나는 그렇게 살았다. 그동안 말없이 지켜보던 아버지의 마음이 어땠을까는 나중에 부모가 되고 나서야 알게 되었다. 아버지는 모든 것을 잊기 위해 낚시로 소일을 했다. 휴일이면 토요일 날 저녁에 낚시를 떠나 일요일 늦은 시간에 들어오는 것이었다. 매일 술로 세월을 보내는 자식, 아무리 달래도 알아듣지 못하는 자식, 그 당시의 나는 아버지가 하는 말을 소귀에 경 읽기처럼 들었을 것이다. 그러자니 자연 아버지는 절망감에 빠져 갔을 것이다. 병신이 된 나에게 뭐라고 야단도 못치고 적적하여 재혼을 하고 싶었어도 나 같은 병신이 매일 술을 먹고 속을 썩이니 하고 싶어도 못했을 것이다. 그날도 여느 때와 마찬가지로 토요일이 되니 아버지는 낚시 가방을 메고 나갔다. 나는 주말마다 있는 일이라 별 생각 없이 아버지의 뒷모습을 보고 있었다. 어깨가 축 처진 모습이 내가 보기에도 측은해 보였다. 그러나 그 모습이 아버지가 살아 있을 때의 마지막 모습이었다는 걸 난 알지 못했다. 알았더라면 그렇게 무심코 바라만 보지는 않았을 것이다. 지금도 그때의 일만 생각하면 후회가 밀려와 가슴이 터져 버릴 것 같다. 아버지가 그렇게 낚시터로 떠나고 다음날 나는 아버지가 죽었다는 비보를 들었다. 그날도 집에서 빈둥거리고 있을 때였다. 휴대폰의 신호음이 울린다. 전화번호를 확인해보니 모르는 번호였다. 나는 생각 없이 그냥 전화를 끊었다. 모르는 번호는 쓸데없는 전화가 대부분이었기 때문이다. 그런데 잠시 후 다시 전화벨이 울렸다.

"여보세요. 여기 00 경찰선데 혹시 김정배씨 자택이지요?"

"네, 맞는데요. 그런데 지금은 집에 계시지 않습니다."

경찰서에서 전화가 올 일이 없는데 하면서도 순간적으로 불길한 예감이드는 것이었다.

"김정배씨가 사망했어요. 어제 밤 낚시터에서 쓰러진 모양인데 신고가 들어와 가보니 이미 사망한 후였습니다. 지금 ㅇㅇ병원에 안치되어 있으니 와서 확인하기 바랍니다."

기가 막혀 눈물도 나지 않았다. 급히 목발을 집고 나가 택시를 불러 타고 병원 시체실로 가보니 잠자는 듯 아버지는 편히 누워 있었다. 사망원인이 무엇인지 확인할 필요가 있다하여 해부를 하기로 하였다. 원인은 뇌출혈이었다. 쓰러질 당시 사람이 옆에 있었다면 신고를 하여 목숨은 건질 수도 있었겠으나 아무도 근처에 없었기에 쓰러진 후 밤새도록 방치하여 사망할 수밖에 없어다는 소견이었다. 공무원이었던 아버지였기에 나는 정기적으로 나오는 아버지의 연금으로 살아가는 데는 어려움이 없었다. 아버지의 사망 후 두문불출하고 있는 나를 이렇게 새사람으로 만들어준 것은 김인택이란 사람이었다. 정확히 말한다면 나는 천사를 만난 것이다. 우연한 기회에 나는 장애인 복지관엘 들리게 되었다. 나는 장애인이 되고난 후 다리 한쪽이 없는 내 모습이 부끄러워 밖에 잘 나오지를 않았다. 그리고 장애인을 보는 것조차도 역겹고 싫었다. 그런 내가 어떠한

계기로 인하여 장애인 복지관을 가게된 것이다. 그런데 모두가 수족을 제대로 못 쓰는 장애인들 속에서 정상인이 런닝머신에서 달리기를 하고 있었다. 나는 기이하게 여겨 한 장애인에게 물었다.

"저 사람은 정상인 같은데 저런 사람이 왜 장애인복지관에 나와 운동을 합니까."

그런데 그 장애인이 하는 말이 재미있었다.

"저 사람은 천사예요."

"네? 천사라니요. 천사는 하늘에 있는 거잖아요."

"여기서 저 사람을 천사라고 부른답니다. 정말 천사라니까요."

나는 그때부터 그 사람에 대하여 호기심을 느끼기 시작했다. 그 사람은 자신의 운동이 끝나면 장애인들에게 프로그램을 짜서 맞춤운동을 시키고 있었다. 나이가 많은 사람들은 운동효과가 없기 때문에 젊은 사람들을 위주로 하는 맞춤 운동이었다. 나는 그에게 왠지는 모르지만 호감이 갔다. 그래서 다가가 말을 걸어보았다.

"선생님, 나는 다리 한쪽이 없는데 나 같은 사람도 운동을 할 수 있습니까?"

"그럼요. 장애를 가졌어도 얼마든지 운동을 할 수 있습니다. 장애를 가진지 얼마나 됐습니까?"

그는 처음 보는 나에게 친절하게 답변을 해 주었다.

"2년 조금 넘었습니다."

"그렇다면 충분히 할 수 있지요. 젊은 사람이 상체가 빈약한데 우선 상체부터 만들어야 되겠는걸요."

"왜 그렇죠?"

"하체를 쓰지 못하니 상체를 키워 근력이 생겨야 무슨 운동을 해도 하지요."

"제가 할 수 있는 운동이 있을까요?"

"차차 소질을 보며 체질에 맞는 운동을 개발을 해야겠지요."

"선생님은 이곳에 어떻게 오시게 됐어요?"

"교통사고였지요. 밤길에 급히 차를 몰다가 실수로 차가 언덕으로 굴렀어요. 죽지 않고 산 것만 해도 천행이었지요."

김인택씨는 사고 당시를 담담하게 설명했다. 그는 장애인들과 함께하는 요즘이 지금 것 살아온 생애 중 제일 행복한 것 같다고 말했다. 그가 장애를 입기 전까지는 크게 성공하겠다는 야망을 가슴에 품고 산 사람이었다. 재벌그룹의 총수들을 보면서 자신도 그들처럼 크게 성공할 수 있다는 야망을 품고 살았다. 그는 작은 건설 회사를 시작 했다. 대학에서 토목을 전공했고 시청에 근무할 때도 건설과에 적을 두었다. 장비는 꼭 필요한 것 외에는 임대로 빌려 쓰면 되었기에 회사를 설립하는 데는 그다지 많은 자본이 들지 않았다. 작은 회사였지만 시청이나 구청에서 발주하는 공사가 많았다. 그날도 P시에서 농수로 공사를 계약하자고 연락이 온 날이었다. 좀 무리란 생각이 들기도 했지만 일을 마치고 늦은 시간에 계약을 하기로 한 장소로 향했다. 급커브를 도는 길이었다. 앞에서 마주 오는 차의 라이트 불빛이 강렬해 미쳐 앞을 보지 못하고 언덕 아래로 차가 구르며 정신을 잃었다. 늦은 밤이었고 인적이 드문 길이라 지나는 차도 별로 없어 사고를 목격한 사람도 없었다. 얼마의 시간이 흐르고 희미하게 정신이 들었다. 그러나 몸을 움직일 수가 없었다. 이대로 죽고 마는가, 하고 절망하고 있을 때 오른쪽 손과 발은 전혀 움직일 수 없었으나 왼쪽 손이 조금씩 움직였다. 간신히 휴대폰을 주머니에서 꺼내 집으로 전화를 했다. 아내가 받았다. 그의 목소리를 듣고 아내가 놀라 소리쳤다.

"여보, 무슨 일이에요. 당신 목소리가 왜 그래요."

말이 잘 안 나왔지만 그는 사고 난 지점을 아내에게 가르쳐 주고 그는 다시 정신을 잃었다. 급히 119 구급대가 도착하여 병원으로 옮겨지고 검사 결과 경추 뼈의 골절로 한쪽 신경이 마비가 되었다는 것이었다. 수술을 해야 되는데 실수하여 신경을 잘못 건드리면 영원히 반신불수가 된다는 것이었다. 그는 그길로 퇴원을 하였다. 퇴원을 앞두고 있을 때에 여동생으로부터 연락이 왔기 때문이었다. 병원에서도 어쩔 수 없는 것이라면 다른 치료라도 해보자는 것이었다. 그러면서 여동생은 자신의 친구가 대체의학을 하는 사람을 잘 알고 있는데 신묘한 치료법을 가지고 있다고 그곳으로 가보자고 하였다. 여동생의 말을 듣고 물에 빠진 사람이 지푸라기라도 잡는 심정으로 퇴원을 한 뒤 그 사람으로부터 치료를 받기 시작했다. 첫날 단 한 번 치료를 받았음에도 몸이 부드러웠다. 일주일에 한 번씩 받는 치료였는데 치료 받을 때는 고통이 따랐지만 받고 나면 몸이 가뿐했다. 한 달 두 달이 가며 몸이 서서히 살아나기 시작했다. 한 발짝도 제대로 떼지 못했던 몸이 의지 없이도 한 발짝씩 떼어놓기 시작했다. 6개월이 지나니 걷는 데는 큰 지장이 없었다. 그 사람은 이제 운동을 병행하며 치료를 받아야 된다며 운동을 권했다.

"요즘 장애인복지관 같은데 가면 장애인을 위한 재활 시설이 잘되어 있어요. 그런 곳을 찾아 봐요. 돈도 많이 들이지 않고 운동을 할 수 있을 겁니다. 요즘은 어느 지역에나 그런 시설이 있으니 한번 찾아보도록 하세요."

장애인복지관은 가까운 곳에 있었다. 그날부터 김인택씨는 재활운동과 함께 치료를 병행하기 시작했다. 운동과 함께 병행하는 치료는 재활의 효과를 배가 시켜 주었다. 10개월이 지나니 거의 정상인의 모습을 찾아가고 있었다. 몸이 좋아지니 운동을 병행하며 장애인을 위한 봉사를 하기 시작했다. 우선 함께 운동을 하며 식당에서 몸이 불편한 사람들을 위해 식사를 날라다 주는 봉사부터 시작을 하였다. 많은 장애인들이 환영을 했다. 장애를 극복하고 밥 심부름을 하는 그가 부러움의 대상이기도 했지만 그들에겐 김인택씨가 희망을 주고 있다는 데 고마움을 갖고 있는 것 같았다. 장애인들은 처음엔 운동을 미친 듯이 하고 있는 김인택씨를 이해를 못했었다.

"저사람 미쳤나봐, 저렇게 뛰다가 혈압이 높아져 쓰러지면 어쩌려고 그러나..."

하면서 걱정을 하는 사람들도 많았다. 그러나 그의 운동은 멈추지 않았다. 그가 남들이 말하는 것처럼 다시 쓰러질 수 있다는 걸 두려워하지 않고 운동을 할 수 있었던 것은 하루를 살다가 죽어도 다시 정상인처럼 살다가 죽겠다는 각오가 돼 있었기 때문이었다. 그는 장애인을 위한 봉사를 하면서 운동의 강도를 높여갔다. 다리의 마비가 풀리니 팔의 마비 현상도 함께 풀렸다. 많은 장애인들이 그에게 문의를 하기 시작했다.

"형님, 난 형님을 보면서 희망을 갖기 시작했습니다. 형님이 하라는 대로 할 테니 운동 좀 가르쳐 주십시오."

그때부터 김인택씨는 바빠지기 시작했다. 일일이 각 사람의 증상에 따라 프로그램을 만들어 운동을 지도하기 시작했다. 운동을 지도하며 결과를 보기 위해 장애인들을 데리고 마라톤대회에 출전을 했다. 모두 10km를 뛰어 낙오자 한명 없이 모두 완주를 하였다. 그들은 남들이 병신이라고 손가락질 할 줄 알았는데 골인점이 가까워지자 관중들의 아낌없는 응원에 힘을 얻었다고 하였다.

"형님 고맙습니다. 형님 덕에 많은 사람에게 박수도 받고 이제부터는 장애인이라는 것을 부끄럽지 않게 여기며 떳떳하게 살 수 있을 것 같습니다."

나는 김인택씨의 이야기를 들으며 감동을 받을 수밖에 없었다. 나도 비록 다리 한 짝이 없지만 어떤 힘든 것이라도 해낼 수 있을 것 같은 희망이 내 안에서 싹트기 시작했다.

나는 그날로 김인택씨에게 훈련을 자청했다. 그리고 그의 프로그램에 따라 피나는 훈련을 시작했다. 그런데 이상한 것은 그 사람 앞에서는 모두가 고분고분하게 말을 잘 들었다. 가만히 원인이 뭔가를 보았더니 우선 사람이 믿음을 줄 만큼 성실했고 모든 장애인에게 손과 발이 되어 주고 있다는 것이었다. 운동을 지도하며 식사 시간이 되면 식당에 가서 장애인들의 밥을 날라다 주는 봉사는 기본이었고 특히 몸이 불편한 사람들은 치료까지 하여주고 있었다. 장애인들에게는 희망의 등불 같은 존재였다. 그는 내 몸이 좋아지자 다리에 의족을 하라고 권했다. 의족을 하면 보기가 그리 흉하지 않고 목발을 짚고 다니지 않아도 된다고 하였다. 나는 그의 말대로 의족을 맞췄다. 바지를 입으면 사람들은 잘 몰랐다. 약간 절룩이기는 했지만 한쪽 다리가 없어 바지가 헐렁한 모습보다는 훨씬 좋은 모양새였다. 그의 프로그램대로 운동을 하다 보니 상체의 균형이 잡혀가고 단단해졌다. 상체에 근육이 붙으니 힘이 생겼다. 나는 중학교 때 아이스하키를 했었기에 아이스하키를 하고 싶었다. 김인택씨에게 물으니 장애인 아이스하키팀이 있다는 것이었다. 나는 그길로 장애인 아이스하키 선수가 되었다. 원래 중학교에서 선수로 뛰었기에 처음 하는 선수들 보다는 스틱을 다루는 기본기가 잘되어 있어서 훨씬 빠르게 성장했다. 열심히 장애인 아이스하키 팀에서 훈련을 하다 보니 나를 눈여겨보았던 한 지방 장애인 아이스하키 팀에서 스카우트 제의가 들어 왔다. 나는 그길로 그 팀 장애인 아이스하키 팀에 입단을 하고 정식으로 선수가 되었다. 나는 그 기쁨을 김인택씨에게 알렸다. 그는 나보다 더 기뻐하는 것이었다. 나는 장애인 전국체육대회에 그 지방 대표로 당당하게 출전을 하였다. 승승장구하던 우리 팀은 서울 팀과 결승에서 맞붙게 되었다. 나는 공격진에서 눈부신 활약을 한끝에 3골을 뽑아내어 서울 팀을 3 : 2로 격파하고 우승을 그 지방 선수단에 안겼다. 그동안 마땅한 공격수가 없어 늘 결승에서 서울 팀에게 우승을 내 줬는데 우연하게 내가 그 팀의 스카우터의 눈에 띄어 만년 준우승 팀을 우승으로 이끈 것이다.

나는 우승의 주역으로 뽑혀 TV방송국에 출연하게 되었다. 그동안 장애인으로서의 애로와 선수가 되게 된 동기 우승하기까지의 훈련 과정과 결혼관에 관한 것 등을 소상하게 이야기하였다. 방송이 나가자 여러 군데서 격려의 전화가 쇄도했다. 그런데 그 중에서 이상한 전화가 있었다. 여자였는데 자신의 이름은 박인경이라며 이름을 밝히고 한번 만나보고 싶은데 가능하겠느냐는 것이었다. 처음엔 망설였으나 못 만날 이유도 없는 것 같아 그렇게 하겠다고 하니 자신이 복지관으로 직접 오후 3시쯤에 오겠다고 하였다.

초조한 마음으로 기다리고 있는데 약속 시간 정시에 키가 훤칠한 여자가 들어오는 것이었다. 처음엔 다른 사람인 줄 알았는데 들어오며 나에게 인사를 한다.

“안녕하세요. 저 박인경이에요. 김경호씨죠?”

박인경이라는 여자는 들어오며 나에게 먼저 인사를 한다. 그녀는 이미 TV에서 나를 보아 알고 있는 것이었다.

“TV에서 자세히 들어서 더 물어볼 말이 없어요. 전 그 인터뷰를 보면서 감동을 많이 받았거든요. 돌려서 말하지 않을게요. 경호씨의 팔과 다리가 되어 드리고 싶어서 왔습니다.”

“그게 무슨 말씀이지요? 보시다시피 난 장애를 가진 사람입니다. 한쪽 다리가 없는 병신이에요. 놀리는 것은 아니겠지요?”

나는 그녀에게 농락을 당하는 것은 아닌가 하는 마음이 들어 기분이 별로 좋지 않았다. 나와 같은 장애자는 사람 취급도 하지 않을 것 같은 탤런트를 뺨칠 정도로 아름답고 도도한 얼굴이었기 때문이었다.

“오해하지 않으셨으면 합니다. 저는 진심으로 경호씨에게 평생 힘이 되어 드리고자 온 것입니다. 그날 인터뷰를 보며 감동해서 눈물을 흘렸답니다. 저는 전부터 장애를 가진 사람과 결혼을 하겠다고 결심을 하고 살았어요. 그런데 마침 TV를 보면서 그 대상을 찾은 거지요. 그래서 기뻐하며 방송국에 전화를 해 힘들게 전화번호를 알아냈어요. 믿어 주세요." 그녀의 외모나 행동에서는 조금도 의심할 여지는 보이지 않았으나 원체 험한 세상이라 믿을 수도 안 믿을 수도 없는 입장이었다. 설혹 그녀가 좋다 해서 결혼을 결심했다 하여도 그녀의 부모가 나와 같은 불구자에게 딸을 선뜻 내줄 부모가 세상에 어디 있겠는가. 내가 부모라 하여도 나와 같은 불구자에겐 딸을 줄 것 같지 않았다. 나의 표정에서 고민하는 빛이 역력하자 눈치를 챈 박인경이 여기에 왜 오게 되었는지를 이야기 해주었다. 그녀는 부유한 집안에 남부러울 것 없이 자랐다. 아버지는 군수를 지냈고 지금은 은퇴해 한가로이 여생을 보내고 있는 사람이었다. 그들에겐 자식이 없었다. 그래서 커다란 저택은 언제나 조용했다. 그러던 어느 날 아침 출근을 하던 아버지가 대문을 열고 막 나가는데 대문 앞에 이불보에 쌓인 채 아기가 울고 있는 것이었다. 그는 아이를 안고 들어가 아내에게 주니 아내가 받아 들며 아기 얼굴을 보려는데 편지가 봉투에 들어 있는 것이 보였다.

"여보, 여기 편지가 있어요."

"그래요? 어디 이리 줘 봐요."

봉투에서 편지를 꺼내서 펴보니 정성들여 쓴 글씨 위에 눈물 자국이 선명하게 얼룩져 있었다. 내용은 간단했다. 아이를 도저히 키울 수 없어 대문 앞에 두고 간다는 것과 눈에 흙이 들어갈 때까지 부모라 찾지 않을 것이니 염치없지만 친자식처럼 잘 키워 달라는 것이었다.

"우리가 애가 없어 하늘이 우리를 불쌍히 여겨 아이를 선물로 주었나 봅니다."

"그런가 봐요. 우리 이 아이 예쁘게 잘 키우도록 해요."

그렇게 자란 박인경은 대학에서 의상 디자인을 공부했다. 졸업 후 작은 의상실을 개업을 하여 점차 커가자 지금은 중견 패션회사를 운영하기에 이른 것이다.

"그런 사람이 왜 나 같은 장애인에게 관심을 갖게 되었는지 알 수가 없습니다."

"제가 장애인에게 관심을 갖는 것은 당연한 귀결입니다."

"왜지요."

그러나 그녀의 대답은 뜻밖이었다.

"저의 아버지가 장애인이었거든요. 물론 저의 아버지도 선천적인 장애인은 아니었지만 교통사고로 장애를 가졌지요. 아마 경호씨와 비슷한 케이스였습니다. 장애를 안고 지금껏 저를 키워 주신 거지요. 저는 아버지에게 평생을 갚아도 못 갚을 빚을 지고 살고 있어요. 아버지에게 그렇게 말하면 아버지는 강요하지는 않겠지만 가능하다면 아버지보다는 다른 사람을 위하여 살라고 하시더군요. 장애인이었던 아버지를 보살피며 살았던 엄마를 보며 살았기에 그런 생각을 하고 있는 것 같습니다. 딸을 보려면 그 어머니를 보라 했잖아요."

"그랬군요. 훌륭한 부모님을 두셨군요. 그런데 어떻게 친부모님이 아니란 걸 아셨는지요."

"어느 날 아버지가 그러시더군요. 처음 발견 당시 친엄마가 써 넣은 편지를 보여주시며 이제는 철들 나이도 되었으니 나의 뿌리를 찾아 주는 것이 도리라며 말씀 하셨어요. 천륜을 끊고 자식을 버리는 마음이 얼마나 아팠겠느냐고 하시더군요. 자신은 내 친엄마 덕분에 나를 선물로 받아 그 동안 행복했는데 자신만 행복을 누릴 수 없으니 친엄마를 찾아 행복을 나누어 드리라고 하셨어요. 처음 들었을 땐 충격을 받은 건 사실이지만 곧 평정심을 찾을 수 있었어요. 우리 부모님처럼 저도 천사가 되고 싶어졌거든요."

그녀는 입을 가리며 밝게 웃었다.

"그러다가 두 분의 인터뷰를 보게 되었지요. TV에서 보면서 내가 경호씨의 평생 손발이 되어 드릴 짝이라고 생각했어요. 다리가 없는 장애를 딛고 운동선수로서 투혼을 불사르는 모습이 너무 매력적인 것 같아 감동을 먹은 거지요. 내가 옆에서 힘이 되어 서로 부족한 부분을 채워줄 수 있다면 정말 아름다운 가정을 이룰 수 있겠다는 생각이 들었어요."

나는 그녀의 이야기를 들으며 감동을 받을 수밖에 없었다. 허구한 날 신문을 보면 사회면에 도배하다시피 하는 사건들이 얼마나 많은가. 살인, 방화, 사기, 이런 모습들이 세상의 모습으로 각인되어 굳어진지 오래인 나에겐 그 누구도 믿지 않았다. 그러던 나에게 장애인 복지관에 와 본 모습들은 지금까지의 나의 세상에 대한 생각들이 한갓 편견이었다는 것을 알게 해 주었다. 나는 처음엔 그녀의 말을 듣고 믿을 수가 없었다. 그녀의 이야기가 사실이라 하더라도, 그녀가 비록 양녀라 할지라도, 빠질 것 없는 미모와 학벌에 군수를 지낸 빵빵한 집안의 여식이 무엇이 부족해 나와 같은 장애를 가진 사람을 선택한단 말인가. 그녀에 비해 나 자신은 너무도 초라한 것이 현실의 모습이었다. 아버지 생전에 말썽만 피워 다리 한쪽이 없는 장애인이 되었고 그 후유증으로 결국 아버지를 죽게 한 장본인이 내가 아니었던가. 그녀는 나와 같은 망나니 같은 사람에게는 너무나도 훌륭하고 과분한 여자였다. 그날 나는 그녀와 아무런 결론을 내지 못하고 헤어졌다. 헤어지며 그녀는 나에게 손을 내밀며 악수를 청한다.

"전 경호씨와의 만남이 운명이라 생각했습니다. 다시 연락을 드리겠습니다."

그렇게 헤어진 후 그녀에게서 휴일인 일요일에 부모님과 한번 상견례를 하자는 연락을 받았다. 나는 그렇게 하겠노라고 얼떨결에 대답은 했지만 며칠을 많은 고민을 할 수밖에 없었다. 그러다가 내가 내린 결론은 김인택씨와 상의하는 것이 최상이라는 것이었다. 김인택씨는 뭔가 나에게 명쾌한 답을 줄 것 같았기 때문이다. 그는 지금의 나를 있게 한 장본인이었고 앞으로도 그처럼 더 나은 앞날을 위하여 진화할 것이기 때문이었다. 나는 그동안 어떠한 어려운 일을 결정을 할 때는 늘 김인택씨와 상의를 하고 자문을 구했다. 이번 일도 김인택씨와 상의를 한다면 분명 명쾌한 답을 줄 것이란 생각 때문이었다. 나는 더 이상 고민을 할 필요를 느끼지 않았다. 곧 바로 김인택씨와 상의를 하니 그는 내가 생각하던 대로 명쾌한 답을 주었다.

"그런 정도의 여자라면 부모 또한 괜찮은 분들이라 생각하네. 비록 군수를 지낸 사람이지만 신분의 귀천을 떠나 낮은 자와 함께 하려는 자세가 되어 있는 사람 같네. 피하려 하지 말고 일단 부모를 한번 만나보도록 하시게."

"선생님 부탁이 있습니다. 전 부모님이 안 계시잖아요. 제 부모님을 대신해서 그 자리에 함께 참석을 해 주셨으면 합니다. 부탁입니다."

"허허~ 내가 그런 자격이 있을지 모르겠어요."

"선생님이라면 저에겐 과분한 분이지요."

"허허 별 말씀을 그렇다면 그렇게 하리다."

그렇게 해서 휴일인 일요일에 그녀의 부모님과 간단한 상견례를 하게 되었다. 그녀의 말대로 그녀의 부친은 휠체어를 타고 나왔는데 휠체어를 밀고 온 사람은 그녀의 어머니였다. 사람에 따라서는 장애인을 보는 관점이 다르겠지만 그녀는 어려서부터 장애를 가진 아버지를 정성스럽게 돌보는 어머니를 보며 성장했기에 장애인을 보는 눈이 남들과는 달랐다. 어머니의 그런 모습을 보며 자신도 결혼을 하게 되면 장애인과 하여 그 사람의 팔 다리가 되어 주어야겠다는 생각을 하며 성장 했는데 자신의 부모가 친부모가 아니란 것을 알고부터는 그 생각이 더 굳어졌던 것이다. 그녀의 집에서는 아버지와 어머니 그리고 박인경 셋이었다. 내 쪽에선 나와 김인택씨였다.

"안녕하세요? 전 부모님이 안 계셔서 부모님을 대신하여 저를 후원해 주시는 분을 함께 모시고 나왔습니다. 김인택 선생님이십니다. 저를 새로운 세상으로 인도해 주신 분이지요."

김인택씨가 나의 소개로 목례로 인사를 했다.

"아, 그렇군요. 난 인경이 애비 되는 사람입니다. 박경철이라고 하지요. 이 사람은 인경이 엄마이자 제 처지요. 그리고 여긴 아시다시피 박인경이고요."

"인경씨께서 말씀 드렸으리라 믿습니다만 보시다시피 전 다리가 한쪽이 없는 불구입니다. 이런 장애를 가진 저에게 인경씨와 같이 아름다운 사람은 어울리지 않는다는 생각입니다."

"허허, 사람은 겉이 중요한 것이 아닙니다. 또 과거가 그리

중요하다고 생각지도 않습니다. 우리 인경이가 보는 것은 김경호씨의 지금 모습이지요. 비록 장애를 가졌지만 어떤 시각으로 세상을 보고 사느냐는 겁니다. 인경이는 경호씨가 그 몸으로 아이스하키를 하며 당당하게 사는 모습이 좋았던 것 같습니다. 사실 내 자신이 장애를 가져서 집사람이 애를 많이 썼지요. 그래서 딸아이는 정상인에게 보내고 싶은 것이 내 솔직한 심정입니다. 허나 본인이 극구 좋다는 데는 나도 말리고 싶은 마음이 없습니다. 내가 보기에도 경호씨가 바른 정신을 가지고 있는 것 같아 마음이 흐뭇합니다. 사실 몸은 정상이지만 정신이 장애인인 사람이 얼마나 많은 세상입니까. 육체의 장애보다는 정신의 장애가 더 무서운 것이지요. 아무튼 나는 두 사람의 일을 지켜 볼 테니 잘해보기 바랍니다."

박경철씨의 이야기가 끝나자 김인택씨가 잠시 말을 이었다.

"사실 전 경호씨와는 아무런 관계도 아니지만 경호씨의 부탁으로 이곳에 나오게 되었습니다. 외람된 말씀이지만 한마디만 하겠습니다. 그동안에 경호씨의 재활하는 모습을 옆에서 쭉 지켜보았습니다. 다시 일어서려는 의지가 대단했던 젊은이였어요. 지금의 상태라면 장애인이지만 정상인과 견주어 봐도 크게 떨어지는 것은 없을 겁니다. 인경씨가 사람은 잘 본 것 같습니다. 제 사견입니다만 두 분이 맺어졌으면 하는 바램입니다."

김인택씨의 말이 끝나고 보니 인경의 부친에 모습은 만족한 표정이 역력했다.

"하하하, 마치 내가 교통사고로 장애를 당하고 다시 일어서려고 하던 때의 시절을 보는 것 같아 기분이 좋습니다. 김인택씨라고 하셨지요. 한 젊은이를 올바르게 인도 하셨군요."

"저보다는 본인이 다시 일어서려는 재활의 의지가 강했기 때문이지요."

그렇게 한 번의 상견례가 있은 후 일사천리로 일은 진행이 되어 나와 인경은 곧바로 결혼식을 올렸다. 결혼을 하자 인경은 정말 나의 손과 발이 되어 주었다. 큰 것에서 작은 일까지 세심한 배려를 아끼지 않는 헌신적인 모습이었다. 그것은 자신이 부모와 함께 살면서 장애인 아버지를 헌신적으로 돌보는 어머니를 보며 자신도 모르게 몸에 밴 습성인 것 같았다. 그녀와 결혼 후 나에겐 좋은 일만 일어났다. 호사다마라는 말을 떠올리며 행여 이렇게 좋은 일만 있다가 별안간 나쁜 일이 생기면 어쩌나 걱정을 했지만 그런 일은 일어나지 않았다. 그녀는 나에겐 굴러온 복덩이 같은 존재였다. 그해 겨울 장애인 동계체전에서 우리 팀은 또 다시 우승을 거머쥐었다. 그리고 며칠 후 캘거리 장애인동계올림픽에 아이스하키 대표선수로 선발이 되었다는 소식을 들었다. 나는 하늘에서 내려온 천사들의 덕분에 암흑의 인생을 떨쳐내고 밝은 세상을 보며 살고 있다.

겨우 걸음마를 하기 시작한 딸 미진이가 아장아장 다가와 내 거친 얼굴에 매끄러운 볼을 들이대며 뽀뽀하자며 달려든다.

"아빠, 뽀뽀."

미진이는 거친 내 뺨에 뽀뽀를 하고 비벼댄다. 나는 아이를 번쩍 안아 가슴에 안았다.

나의 또 하나의 천사다.

"아! 아버지도 나를 이렇게 사랑 했을 것이다. 왜 그때는 몰랐을까."

자식을 낳아 키워봐야 부모님의 마음을 알 수 있다는 말이 실감나는 것 같다. 딸아이의 젖내를 맡으며 나는 엉뚱한 생각을 한다. 천국엔 아직도 천사가 남아 있을까? 모두 지상으로, 내 주변으로 내려왔으니 천국(天國) 천사궁(天使宮)은 텅 빈 것은 아닐런지…

_끝_

# 5
# 뱀과 두꺼비

봉필현 단편

뱀은 사악한 눈을 가늘게 뜨고 싸늘한 표정으로 입맛을 다시며 두꺼비를 노려보고 있다. 순박하게 보이는 두꺼비가 통통하게 살이 올라 제법 먹음직스러워 보인다. 그러나 배가 부른 뱀은 지금은 잡아먹을 마음은 없고 두꺼비를 실컷 데리고 놀다가 배가 고플 때 먹겠다는 심산이다. 그렇게 사악한 뱀의 속셈을 아는지 모르는지 두꺼비는 순진하게 눈만 껌벅이고 있을 뿐이다.

*********************************************

휴대폰의 신호음이 울린다. 나는 무심코 전화를 받는다.

"여보세요. 황현준입니다."

"야, 임마 나다."

"나선재? 웬일이야?"

"너 나 좀 봐야겠다."

"무엇 때문에?"

"만나보면 알아."

"어디서?"

"지금 바로 우리 사무실로 와."

"알았어."

나는 전화를 끊고 가만히 생각을 해본다. 나선재가 왜 나를 보자고 하는지 어렴프시 짐작이 가는 데가 있었다. 지난번 나선재가 교도소에 있을 때 그가 나에게 부탁한 것이 있었다. 탄원서와 친구들에게 진정서를 받아 자신의 담당 판사에게 내달라는 부탁을 받고 해준 일이 있었기 때문이었다. 그 일이 고마워 혹 나에게 고마움의 인사라도 하려고 그러는가보다 하고 그의 사무실로 들어가니 나선재는 회전의자에 앉아 찻집에서 차를 시켜 배달 나온 아가씨의 엉덩이를 어루만지며 농 짓거리를 하고 있었다.

"아~ 자네가 올 줄 알고 차를 시켜 놓고 있었어."

"무슨 일인데 그래?"

"짜아식 성질도 급하긴 차나 한잔 하며 천천히 얘기해도 되잖아. 어이 이 친구에게 차 한 잔 따라줘."

차를 배달 나온 아가씨는 껌을 쩍쩍 씹으며 차를 컵에 따르고 있었다. 나는 별로 차를 마시고 싶지가 않았다.

"아니야. 난 올 때 차를 마시고 왔거든 안 마셔도 되니 할 말만 듣고 가겠어."

"야~ 자네를 위해 내가 시킨 건데 안마시겠다는 거야? 그럼 좋아, 야, 넌 가봐?"

하고 아가씨에게 찻값을 지불한 뒤 기분 나쁜 표정이 되어 퉁명스럽게 말한다.

"돌려 말하지 않겠다. 나 너에게 부탁할게 있어."

뜻밖의 말이었다. 그가 나에게 더 이상 뭘 부탁한단 말인가. 사회복지사인 나는 겨우 장애인복지관에 출근하며 쥐꼬리만한 봉급을 받고 있는데 말이다. 나는 의아한 마음으로 그를 보며 반문을 했다.

"너같이 돈 많은 사람이 무엇이 부족해 나 같이 쥐꼬리만큼 받는 봉급쟁이에게 부탁할게 있니?"

"야 임마 부탁을 할 게 있으니 한다는 것 아냐?"

"뭔데 그래?"

"너 장애인복지관에 사회복지사로 근무하잖아?"

"그래서?"

"그곳 장애인에게 부탁해 장애인 등록증을 좀 빌려줘."

"그걸 뭐하게?"

"내가 로또복권방을 하나 하려고 하거든, 장애인 이름을 빌려서 하면 세금도 적고 허가를 받기도 쉽거든."

"뭐?"

"내가 그냥 빌려달라고 하는 것 아냐. 한 달에 기십만 원씩은 줄 테니 명의를 좀 빌려서 줘."

나는 그의 물음에 대답을 할 수가 없었다. 장애인들은 아무 일도 할 수가 없어 기초생활 수급 대상자가 되어 매월 정부에서 생활지원금과 장애수당을 받고 있는 사람들이 대부분이었다. 거기에 아이들 학비도 매 분기마다 모두 지원을 받고 있기에 장애인등록증을 남에게 함부로 빌려줄 수 있는 것이 아니었다. 그런 것을 잘 알고 있는 나로선 장애인 누구에게도 그런 요청을 할 수가 없었다.

"미안하지만 난 너처럼 얼굴이 두껍지 못해 장애인들에게 너 돈 벌라고 그런 걸 빌려다 줄 수가 없어. 미안하다"

하면서 사정을 소상하게 설명했다.

"그래서 안 된다 이거지? 알았어. 그럼 가봐."

그는 거칠고 퉁명스럽게 말했다. 그의 말과 행동이 아니꼽기도 했지만 꾹 참고 돌아 왔다. 그런 후 며칠이 지난 뒤였다.

마침 우체국에 가서 등기 우편을 부치고 막 나오는 중이었다. 휴대폰의 전화벨이 울렸다. 번호를 보니 모르는 번호다.

"여보세요. 황현준입니다."

"아저씨 돈 안 갚을 거예요?"

"누구십니까?"

"나 나선재씨 딸입니다. 전에 돈 가져갈 때 보아서 아시죠?"

"그래? 그런데 전화를 너희 아버지가 안 하고 왜 네가 전화를 했니?"

"우리 아빠 뉴질랜드를 갔거든요. 아마 그곳에서 오래도록 있다 올게예요. 그래서 나보고 책임지고 아저씨한테 돈 받아 놓으랬어요."

"누가 안 갚는다고 하더냐? 집이 팔리면 갚겠다고 약속을 하지 않았니?"

"그걸 어떻게 믿어요. 아저씨가 집을 팔아 그냥 도망가면 찾을 길이 없잖아요."

"너의 아버지는 나에게 받을 것만 있다고 너에게 말 하더냐? 나도 너의 아버지와 계산할 것이 있단다. 너의 아버지와 만나 받을 것은 받고 갚을 것은 갚을 것이니 네가 나설 일이 아니다."

"흥, 난 아저씨 말은 믿지 않아요. 난 우리 아빠 말만 믿을 뿐이고 그때 나 보는 앞에서 돈 빌려갔잖아요. 아저씨 믿을 수 없으니 그럼 집 근저당 설정 해주세요."

나선재의 딸은 안하무인으로 집을 근저당해 달라고 떼를 쓰는 것이었다. 나는 은근히 화가 났다.

"나는 근저당을 해 줄 수 없다고 너의 아버지에게 전해라."

"흥! 알았어요. 제가 서류에 근거해서 가압류를 하겠어요. 근저당 비용은 아저씨가 내야 할 걸요. 안내고 못 배길 겁니다. 우리 아빠가 그러는데 아저씨 별 볼 일 없는 사람이니 내 마음대로 해도 괜찮다 했어요. 흥"

난 이 소리를 들으며 현기증이 나서 쓰러질 것 같아 전화를 끊고 말았다. 그 아이가 앞에 있으면 당장 쳐 죽일 것 같은 심정이었다. 그런 전화가 있은 후 며칠 지나 서류봉투에 담긴 우편배달물이 집으로 송달이 되었다. 집을 근저당 했다는 통보였다. 한마디로 어이가 없었다.

2년 전이었다. 나선재가 나의 사무실을 찾아 왔다. 한참 내가 어려움을 겪고 있을 즈음이었다.

"난 네가 어렵다는 소리를 들어서 찾아 왔다. 이미 네가 하는 사업은 한계점에 와 있기 때문에 전망이 없어. 내가 마땅한 것을 한 번 알아봐줄까?"

나는 고향에서부터 나선재와 친구 사이었지만 별로 좋은 친구란 생각이 들지가 않는 친구였기에 가깝게 지낸 적은 별로 없었다. 우선 나는 나선재의 인상이 싫었다. 그의 상은 누군가를 항상 비웃는 듯 보이는 인상이었기 때문이다. 한마디로 기분 나쁜 인상이었다. 그런 친구가 내 어려움을 알고 도와주기 위해 찾아 왔다는 것이었다. 그러나 이야기를 듣고 보니 나를 돕기 위함이 아니고 자신이 도움을 받고자 온 것이었다. 요지는 자신이 상가 분양을 하고 있는데 분양이 잘 되지를 않고 있다는 것이었다. 그러면서 내가 발이 넓어 친구도 많고 하니 상가 분양을 한번 해보라는 것이었다. 나는 상가 분양을 하는 데는 문외한이었지만 대략 위치가 좋아야 한다는 것은 들어서 알고 있었다. 마침 노후를 위해서 좋은 상가를 찾고 있는 친구가 있었기에 상가의 위치나 알아두고 싶었다. 나선재가 분양을 한다는 상가는 위치는 괜찮은 곳이었다. 큰길가 코너에 위치하고 있었으며 사람의 왕래가 많은 곳이었다. 상가를 한 개 팔면 일천이백 만원을 준다기에 한번 소개를 하기로 하였다. 노후 준비를 하고 있던 친구에게 상가를 보여주니 위치가 너무 좋다며 2개의 점포를 계약했다. 마침 나선재는 상가가 분양이 되지를 않아 원청자에게서 중도금 지불을 못해 해약통지가 날아오고 할 때였다. 그 친구로부터 계약금을 받아 중도금 상환을 한 후부터 상가는 분양이 호전되기 시작을 했다. 나선재는 나에게 고맙다며 일단 삼백만원만 주며 나머지 이천백 만원은 바로 지급을 하겠다고 하였다. 상가 한 개 파는데 일천이백 만원이니 2개를 팔았으니 이천사백 만원을 받아야만 했다. 그러나 삼백만원만 지급을 한 나선재는 이천백 만원을 줄 생각을 하질 않았다. 그런 후 나선재를 볼 수가 없었다. 이상하여 상가 분양 담당자에게 물었더니 교도소에 가 있다고 하였다. 무슨 내막으로 갔는지는 알 수가 없었으나 교도소에 간 것은 틀림없는 것 같았다. 어떤 사기 사건에 연루가 되어 혐의가 인정 되어 구속이 된 것이었다. 나선재가 교도소에 갔다고 들은 지 일 년이 지날 즈음이었다. 한통의 전화가 걸려 왔다.

"여보세요. 황현준씨지요?"

"네, 그런데요."

"전 나선재의 처(妻) 되는 사람입니다. 오늘 면회를 다녀왔는데 아저씨한테 부탁 좀 하라고 해서 이렇게 전화를 드렸습니다."

"무슨 부탁인지요."

"우리 아저씨를 위해서 진정서를 받아다 법원에 제출 좀 해 달라는 것과 탄원서도 부탁한다 하였습니다. 드릴 것도 있는데 일이 잘 풀려 나오는 대로 바로 지불해 드린다 합니다. 어떻게 수고 좀 해 주세요."

"글쎄요. 생각해 보고 연락을 드리겠습니다."

"꼭 좀 부탁드립니다. 지금 우리 사정이 절박하거든요."

"절박하다니요?"

그러자 그녀는 한동안 머뭇거리더니 언제 한번 만나서 그간의 사정을 말해 주겠다고 했다.

며칠 후 그녀와 카페에서 만나, 들은 말은 이러했다. 얼마 전 신도시 상업 지구에 토지개발공사로부터 상가 지을 땅을 분양을 받았다고 한다. 남들은 노른자위인 그 땅을 분양받기 위해 자신의 명의는 물론 남의 명의까지 여러 개 빌려서 넣었지만 모두 떨어졌는데 나선재는  운 좋게 자신의 명의로 하나만 넣었는데도 최고의 위치인 코너에 당첨이 된 것이었다. 그 땅에 당첨이 되자 굴지의 건설사에서 원금 외에 60억 원을 권리금으로 줄 테니 팔라고 제안이 왔지만 팔지 않았다. 그런데 그런 노른자위의 땅이 토지개발공사에 다시 회수를 당하게 된 것이다. 이유는 분양을 받은 후 2년 내에 건물을 짓지 않으면 토지개발공사에서 회수하여 다시 재 분양을 하게 되어 있었다. 나선재는 발등에 불이 떨어진 상태였지만 감옥에 묶여 있는 그로서는 어찌해 볼 도리도 없이 그냥 토지개발공사에 땅을 회

수 당하게 되어 있는 처지였다. 믿을만한 친구가 없는 나선재는 나에게 그 땅에 대한 도움을 요청한 것이다. 두 가지의 부탁이었다. 첫 번째는 탄원서와 여러 사람들에게 서명을 받아서 진정서를 넣어 달라는 것이고 둘째는 만약 나선재가 교도소에서 나오지 못할 경우 그 땅에 있는 돈만으로 상가를 4층 정도로 지어 팔려고 하니 상가 짓는 일을 내가 책임지고 맡아서 해달라는 것이었다. 이야기를 다 듣고 나는 혼자 가만히 생각을 했다. 과연 내가 이곳저곳을 다니며 진정서를 받아 구명운동을 해도 될 만한 가치가 있는 친구인가였다. 그러나 그의 아내가 눈물을 흘리며 간곡하게 부탁을 하는 데는 거절하기도 어려워 그렇게 하겠다고 수락하고 말았다. 그 다음날부터 나는 나선재를 위하여 이곳저곳 돌아다니며 진정서를 받으러 다녔다. 다행스럽게도 나선재를 모르는 사람들이지만 나를 보고 모두 진정서에 서명을 해주는 것이었다. 잠깐 동안에 75명의 서명을 받았다. 서명을 마친 후 나는 탄원서 작성에 들어갔다. 탄원서의 요지는 이랬다.

〈탄원서〉

상기인(피고인)은 어린 시절 어려운 환경 속에서도 굴하지 않고 독학으로 대학까지 수학을 하며 가난을 벗어나려 무던히 노력 하였던 사람입니다. 옛날 자신의 처지를 생각 하며 주변의 불우한 사람을 보면 그냥 지나치지를 못하여 주머니를 털어 도와주어야만 그 자리를 지나칠 수 있는 따뜻한 성격의 소유자이기도 했습니다. 친구가 어려우면 집을 구하는데 도움을 주어야 마음이 편했고 어려운 이웃에 전세금이 부족해 이사를 못할 때 대납을 해주기도 했으며 우리나라의 사회체육이 후진성을 면치 못하고 있음을 안타까이 여겨 많은 투자를 하여 사회체육단체를 만들어 지금 불고 있는 플뿌리 마라톤의 선구자 역할을 하기도 하였습니다. 또 한 열거할 수 없는 선행으로 많은 사람들에게 좋은 선례를 남긴 사람입니다. 피 진정인이 죄가 있다면 죄에 대한 벌은 달게 받아야 마땅하겠지만 그가 사회에 끼친 진정한 선행을 참작 하여 앞으로 그가 사회에 나와 더 많은 선행을 할 수 있도록 조속한 시일 내에 적절한 조치를 하여 주기기를 간절히 바랍니다.

200* 년 00월 00일

탄원인 황현준 외 74명

이렇게 탄원서와 진정인의 서명을 받은 서류를 법원에 접수를 한 후 재판이 있다고 했다. 그 재판에서 판사는 탄원서를 보고 사회에서 좋은 일을 많이 했다고 하며 사회에 나가 다시 좋은 일을 많이 하라며 석방을 판결한 것이다. 며칠 후 나선재에게서 전화가 걸려 왔다.

"야, 오늘 우리 집에서 저녁이나 같이 하자."

"그래, 이따 저녁에 갈게."

그 날 저녁 나는 그의 집으로 갔다. 60여 평이 되는 아파트에 한강이 굽어보이는 전망 좋은 요지였다. 저녁을 함께 하는 그는 진정으로 고마움을 표시했다. 그러나 나에게 문제가 발생했다. 후배와 함께 투자한 사업이 잘못된 것이다. 완공만 되면 분양은 쉬운 버스종합터미널이었는데 건설회사가 그만 덜컥 부도를 낸 것이다. 부도가 나니 급하게 막을 부분이 생겼다. 함께 회사를 운영 하던 후배가 급하게 1,500만원이 급하다고 했다. 원체 상황이 급하다 보니 이름도 없는 캐피탈에서 많지도 않은 돈 1,500만원을 융자를 했다. 이자는 2부였다. 건설회사가 부도를 내니 당장 파급효과는 나에게 닥친 것이다. 그러나 곧 다시 정상화 될 거라던 건설 회사는 회생하지 못하고 망하고 말았다. 그곳에 투자했던 돈은 몽땅 날아간 것이다. 당장 빚더미에 올라앉게 되었다. 한 때 크게 부도를 맞았던 나는 작은 임대 아파트에 살고 있었다. 5년 후에는 분양을 받는다는 조건이었다. 그런데 5년이 되어 분양을 받으려니 캐피탈에 있는 융자금이 문제가 되었다. 건설회사가 망한 상태에서 회수가 되지 않으니1,500만원은 나에겐 큰돈이었다. 그 캐피탈 돈을 갚지 못하면 아파트는 분양을 받지 못하게 되는 것이다. 나는 몸이 달았다. 그러나 돈을 나올 구멍은 아무리 찾아도 없었다. 할 수 없이 나선재를 찾아서 사정을 했다. 내가 그에게 한 일이 있기에 그는 사정을 하면 쾌히 도와줄 것이라 생각했다. 또 지난번에 분양대금 2,400만원 중 덜 받은 돈이 2,100만원이 있었기 때문이다. 그러나 내가 그에게 요청을 했을 때 나선재는 내 생각과는 딴판이었다.

"얀마, 내가 네 금고냐? 돈 없어."

그는 일언지하에 거절을 하는 것이었다. 나는 기가 막혔다.

"그럼 너 전에 상가 분양할 때 나중에 주겠다고 한 돈 2,100만원 지금 지금 줄 수 없겠니?"

"이자식 미친놈 아냐. 너 돌았냐? 그게 어느 적건데 지금 와서 돈을 달래, 너 나한테 차용증 받은 거 있어?"

"?"

나는 할 말이 없었다. 그 당시 친구여서 나중에 준다기에 아무 말 없이 믿고 참았는데 나선재가 교도소에 가는 바람에 지금 것 받지를 못한 것이었다. 그런데 나선재는 차용증이 있느냐고 하는 데는 할 말이 없는 것이었다. 허탈한 마음으로 돌아서 나오려는데 나선재가 부른다.

"야, 그렇게 급하면 1,500만원 빌려줄 테니 여기에 차용증을 써, 대신 조건이 있어. 따블로 3,000만원을 쓰면 1,500만원 빌려줄게."

"뭐?"

"억울하다고 생각 들면 그만 두고."

너무 화가나 그냥 밀치고 나오고 싶었지만 캐피탈 돈을 갚지 못하면 아파트를 분양 받지 못하는 것이다. 그러면 아무 것도 모르는 식구들은 그냥 쫓겨날 수뿐이 없는 것이다. 그래도 분양을 받으면 차익은 따블로 이자를 준다 해도 훨씬 나을 것이란 생각이 순간적으로 돌았다.

"좋아, 그렇게 하지, 그러나 더 이상 이자는 줄 수 없다. 그리고 돈을 갚는 날도 명시할 수가 없어."

"좋아, 그렇게 하지, 이건 모두 너에게 진 빚이 있기 때문이야."

"개자식, 빚이 있다는 자식이 지난 번 줄 돈도 안 주고 꿔준 돈에 이자를 곱절로 받아먹어."

**********************************************

뱀은 지금은 배가 그리 고프지 않음에도 욕심이 발동해 두꺼비를 덥석 삼켜 버렸다. 그러나 사악한 뱀이 모르고 있는 것이 있었다. 지금 것 뱀은 만만한 개구리만 먹어 치우고 살았기에 개구리와 비슷한 두꺼비도 개구리와 같다고 만만하게 보고 삼켰던 것이다. 뱀이 두꺼비를 삼키는 순간은 포만감에 통쾌감을 느꼈을지 모른다. 그러나 두꺼비를 삼킨 뱀은 두꺼비의 독이 자신의 몸에 서서히 퍼져 나가 자신을 죽일 것이라는 것을 모르고 있었던 것이다.

**********************************************

나는 이렇게 터져 나오려는 욕을 속으로 삭이려니 죽을 맛이었다. 그러나 나선재는 나에게 통쾌감을 느끼고 있을 런지 모른다. 어려서부터 이 공장 저 공장으로 전전하며 성장한 그는 늘 학교에 다니는 나를 시기하곤 했다. 그리고는 사기꾼 같은 친구들과 사귀며 지내기를 즐겼다. 지금 그가 보유하고 있는 재산은 대략 어림잡아 400억 정도의 재산이 될 것이다. 그는 돈으로 어렸을 적 열등감을 느꼈던 친구들에게 복수를 한다고 생각하는 것 같았다. 그날 나선재의 사무실에서 차용증을 작성할 때 그의 딸이 서류를 작성했다. 나선재는 행여 내가 집을 팔아서 갚지 않고 도망을 갈까봐 딸에게 돈 받는 일을 일임한 것이다. 나선재도 사람이라고 조금의 양심은 있었던 모양이다. 입은 은혜는 있으니 대놓고 돈을 달라고는 할 수가 없고 딸을 내세운 것이다. 그러나 딸 아이 마저도 문제가 있었다. 그 부모에 그 자식이라고 부모에게 받은 교육이 그 정도밖에 없었으니 아비 친구에게 함부로 말을 해대는 버릇이 없는 아이였다. 분명 본데없이 자란 그였기에 아이들에게도 세상은 돈이면 모든 것이 다란 것을 심어준 것 같았다. 내가 너무 화가 나 전화를 해도 그는 전혀 전화를 받지 않았다. 그러던 어느 날 지인을 통해서 우연이 그의 소식을 들을 수 있었다. 그가 양평의 어느 곳에서 살고 있다는 소식이었다.

"아니 좋은 집을 두고 왜 그 친구가 시골에 들어가 살고 있지?"

"다 이유가 있지 않겠어요?"

"무슨 이유요?"

"아마 암에 걸려다는 것 같아요."

"그래요? 무슨 암이라 하던가요?"

"췌장암이라고 하는 것 같았어요. 뭐 시골에 들어가 맑은 공기 마시며 삼림욕을 하면 좋다고 한다나요."

"그래서 좋아졌다고 하나요?"

"말에 의하면 많이 좋아졌다고 하는 것 같대요. 아참 지난번 한번 방송에도 나온 것 같아요. 삼림욕을 해서 췌장암이 많이 좋아졌다고 하던걸요."

"그 친구가 어떻게 방송에까지 나왔을까요?"

"뭐 기자들이 소문을 듣고 삼림욕을 해 췌장암이 호전 됐다 하니 방송에 내보낸 것 아니겠어요."

"그럴 수도 있겠군요."

나는 그 소리를 듣고 고소하다는 생각보다는 그가 불쌍하다는 생각이 먼저 들었다. 그가 죽더라도 지금까지 걸어온 길이 잘못 됐다는 것을 알고 죽어야 하기 때문이었다.

어렸을 적 그는 순수했던 소년이었다. 수줍음 많이 타는 시골 소년의 순박한 모습에 착한 성품을 가지고 있었다. 그러던 그가 서울로 올라와 공장에서 일을 하며 야간 검정고시 학원에 다니며 중학교 졸업 자격을 땄다. 그리고 다시 고등학교 검정고시에 패스를 했던 것이다. 그때까지만 해도 괜찮았다. 그런데 검정고시로 고등학교 졸업 자격증을 따니 눈에 보이는 것이 없고 기고만장해졌다. 그는 그때부터 공장을 그만두고 이상한 사람들과 사귀기 시작했다. 그때 그가 한 일이 보석을 백화점에 납품하는 일이었다. 그러나 백화점에 납품을 하는 것은 정품을 팔아서는 돈이 생각만큼 벌리질 않았다. 그러자 그에게 유혹의 손길이 뻗쳤다. 밀수를 하는 것이었다. 보석을 백화점에 납품을 하고 있으니 물건을 대주겠다는 업자는 언제든 있게 마련이었다. 정품을 팔 때보다 수입이 훨씬 좋았다. 그는 통장에 불어나는 돈을 볼 때마다 희열을 느꼈다. 그렇게 돈이 통장에 쌓여가자 더 빨리 더 많이 벌고 싶은 조급증이 발동을 했다. 그러자 그는 마음에 겁이 없어졌다. 밀수품을 대주는 친구에게 제안을 했다. 그동안 밀수품을 팔며 직접 밀수를 하면 더 큰 이득을 볼 수 있다는 것을 알고 있기 때문이었다.

"야, 밀수 하는 것 나도 함께 하면 안 되겠어? 밀수해서 파는 것은 내가 팔고 똑같이 분배하면 되잖아."

밀수를 하는 사람 입장에서는 손해 볼 일이 없는 것이었다. 사실 밀수를 해놓고도 팔지 못하고 숨겨 놓은 채 그냥 있는 경우도 있었다. 위험한 사업이니 그럴 수밖에 없는 것이다. 나선재가 합류한다면 확실한 판로는 확보한 것이기 때문이었다.

"그렇게 한다면 우리야 좋지."

그들은 일사천리로 합의를 하고 밀수를 하기로 하였다. 사무실은 청계천에 외제 정수기 판매회사로 위장을 하였다. 겉으로 보기엔 완벽한 정수기 판매 회사였다. 그렇게 외제 정수기판매회사로 위장한 후 보석을 밀수하여 많은 돈을 벌어 들였다. 나에게도 나선재가 엄청난 돈을 벌었다는 소문이 들려 왔다. 그리고 실제로 그를 만난 적도 있었다. 청계천을 걷던 중 우연히 그를 만난 것이다. 그는 청계천에 사무실이 있다며 놀러 오라고 했다. 그러나 가본적은 한 번도 없었다. 그리고 얼마 후 또 소문이 들려왔다. 그가 쫄딱 망했다는 것이었다. 나는 그에 대해서 전혀 관심이 없었는데도 이상하게 나에게 그의 소식이 종종 들려오곤 했다. 시간이 흐른 후 그는 나에게 그때의 이야기를 들려준 적이 있다.

그가 밀수를 하여 상당한 부를 축적을 한 것은 사실이었다. 그러나 꼬리가 길면 잡히게 마련이었다. 그의 생각으로는 누가 밀고한 것 같다는 것이었다. 그날도 밀수품을 팔고난 후 돈을 건네받는 순간 경찰이 들이 닥치며 수갑을 채우더라는 것이다. 현장에서 밀수품을 팔다가 잡혔으니 현행범이었다. 형을 살게 된 것은 물론이고 모든 재산은 압류당하고 하루아침에 알거지가 되고 말았다. 그나마 다행인 것은 처형(妻兄)에게 맡겨 놓은 돈이 있어 그것으로 단칸방이나마 얻을 수 있었다. 그가 형(刑)을 살고 집에 오니 아내는 식당에 나가 일을 하며 아이들과 근근이 살고 있었다. 그러나 아내는 형(刑)을 살고 온 그를 반기기는커녕 지금 살고 있는 것 마저 빼앗길 수 있으니 당장 집을 나가라며 짐을 싸주는 것이었다. 냉정한 아내의 모습에 실망한 그는 아파트 옥상으로 올라가 투신을 하려 했으나 아내와 아이들의 모습이 눈에 아른 거렸다.

"내가 여기서 죽으면 아내와 아이들은 어떻게 될까? 보험을 들어 놓은 것도 없고 돈이 될 만한 것이 아무 것도 없는데…"

여기까지 생각을 하니 죽을 수가 없었다. 죽으려고 한다면 무슨 일인들 못하겠는가 하는 마음으로 생각을 바꿨다. 그러나 그가 했던 일이 밀수라든가 하는 어두운 일들이었다. 그러니 자연히 연결이 되는 것은 그런 사람들일 수밖에 없었다. 그들은 그가 형을 마치고 나온 것을 어떻게 알았는지 찾아왔다.

"야, 선재 그간 고생이 많았지? 압류 당하고 돈도 없을 텐데 돈이 필요하지 않겠어? 자, 우선 필요한데 써. 좋은 일이 하나 있거든, 며칠 쉬면서 생각 좀 해보고 연락을 줘."

사실 그로선 돈이 무척 아쉬운 입장이었다. 그는 쉽게 유혹을 뿌리칠 수 없었다.

"어떤 일인데?"

"밀수한 금괴를 파는 일이야."

종로에는 금 도매상이 밀집되어 있다. 그런 곳에 밀수한 금을 싸게 파는 일이었다. 위험하기는 했지만 그는 전에 거래하던 사람들을 만나 물건을 팔고 돈을 받아왔다. 밀수품이라 싼 값에 거래를 하게 되기 때문에 밀수품이라는 것을 알면서도 물건은 날개 돋친 듯 팔렸다. 그렇게 일이 몇 번을 성공을 하자 그의 손에 꽤나 묵직한 돈이 쥐어졌다. 그러나 얼마 못가 밀수범들이 모두 검거가 되었다. 그러나 그는 밀수범들이 그의 가담을 말하지 않아 수사 중인 가운데서도 어떠한 제재도 받지를 않은 채 자유롭게 행동할 수 있었다. 그의 손에는 약 40억여 원의 거금이 쥐어져 있었다. 그는 그 돈으로 부동산에 투자를 했다. 마침 한 정권이 물러날 시기여서 부동산은 투자하는 대로 성공이었다. 잠깐 동안에 그는 100억이 넘는 돈을 벌어 들였다. 마침 토지개발공사에서 발주한 신도시 상업지역 최고의 요지를 분양 받아 100억 이상의 차익을 남기는 개가를 올렸다. 나쁜 짓은 도맡아 하는데도 왜 그리 그에겐 돈이 붙는지 알 수가 없었다. 사람들은 그에게 돈 냄새 맡는데 탁월한 재주가 있다고들 하였다. 그러던 그가 하루는 나를 찾아 왔다. 저녁을 함께한 그는 자신을 태워다 달라고 했다. 그러나 함께 간 곳은 그의 집이 아닌 내각리란 시골이었다. 시골길에 내려 달라는 그의 부탁을 받고 나는 어둠침침한 길에 그를 내려놓고 돌아왔다. 그러나 그 후부터 그의 얼굴을 볼 수가 없었다. 그는 그때 U시에 상가를 분양을 하고 있었는데 그곳에서도 그를 볼 수가 없었다. 나는 궁금하여 분양담당자에게 그의 근황을 물었다. 그러나 분양담당자의 대답은 의외였다.

"나사장님 큰집에 갔어요."

"큰집이라니?"

"큰집을 모르세요? 교도소요."

"뭐? 그 친구가 왜 교도소를 가?"

밀수한 금괴를 금방에 판 것을 먼저 구속된 친구들이 나사장도 가담을 한 것이라고 자백을 했대요. 공범이라고 혐의가 인정이 되어 구속이 되었어요."

그렇다면 지난번 나보고 내각리 까지 태워다 달라고 한 것은 왜였을까? 그땐 이미 구속령이 떨어진 것을 안 모양이었다. 그래서 일단 피해볼 때까지는 피해보려고 했던 것 같다. 그러나 결국은 잡히고 만 것이다. 그는 그때 구속이 되어 1년 6개월을 수감되어 있을 때 나에게 자신의 선처를 바라는 탄원서와 진정서를 부탁했던 것이다. 그는 밀수 외에 내가 알고 있는 나쁜 짓을 한 일이 한두 가지가 아니었다.

나는 그런 그를 암으로 그냥 죽게 버려둘 수가 없었다. 나는 그 친구가 있다는 양평을 찾아 가기로 했다. 그는 양평군 용문면에 살고 있었다. 공기 맑은 산속에 위치한 아름다운 별장과 같은 운치 있는 집이었다. 집은 2층으로 지어진 집이었는데 울타리는 없고 정원이 파란 잔디로 덮여 있었다. 정원 가운데에는 정자와 같은 모양을 한 집이 세워져 있었는데 그 밑에는 계곡의 물을 끌어들여 맑은 물이 정원 한가운데를 흐르도록 해 놓았다. 그 물은 흘러 그 밑에 있는 작은 호수에 고여 있었고 호수 주변엔 보리수나무가 빙 둘러 심어져 있었다. 보리수나무엔 빨간 보리수가 다닥다닥 열려 있었다. 내가 막 들어가니 그는 파란 잔디가 깔려 있는 정원에 대리석으로 만든 원탁의 테이블에 혼자 앉아 있었다.

"나선재 오랜만이야."

"아니 소식도 없이 어떻게 찾아 왔어?"

"찾으려고 마음만 먹으면 못 찾을 일이 뭐 있겠어."

"허긴 그렇군.

대답을 하는 얼굴이 힘든 표정이다. 그는 멀리 보이는 활엽수를 물끄러미 쳐다보더니 나를 향하여 고개를 돌린다. 나를 바라보는 그의 눈에 눈물이 고여 있었다.

"현준이, 그간 미안했다."

"?"

나는 그의 미안하다는 말에 대답할 말이 없었다. 그러나 뭔가는 말을 해줘야 된다고 생각했다.

"난 네가 췌장암이란 소릴 듣고 온 것이다. 네가 몇 개월을 더 살지는 모르나 네가 가기 전에 지은 죄는 모두 참회하고 용서를 빌고 가야 된다고 생각했어."

"현준이, 잘 와 줬다. 그렇잖아도 연락을 하려고 했어. 난 지금 것 너무 많은 죄를 지었어. 그래서 그런지 요즘은 죽는다는 것이 너무 두려고 무서워. 자네도 알다시피 내게 제대로 된 친구가 있었나. 난 돈이면 뭐든지 할 수 있다고 생각했기에 친구는 귀찮은 존재라고만 치부했어. 돈만 있으면 좋은 친구도 자연스럽게 생기게 마련이라고 생각한 거야. 그러나 병이 들고나니 돈이 친구가 되어줄 수 없다는 것을 알게 되었지. 현준이 자네가 세상에서 나에겐 유일한 친구였어. 그동안 자네에게도 난 씻지 못할 많은 죄를 지었지. 용서해줄 수 있겠나?"

그는 그 말을 하면서 소리 없이 울고 있었다. 지나온 생에 대하여 후회를 하고 있는 것이었다. 눈에서는 눈물을 연실 쏟아내며 앉아 있기도 힘든 것 같았다. 돈에 노예가 되어 의기양양하던 모습은 전혀 찾아 볼 수 없었다.

"죽으면 가지고갈 것도 아닌데 내가 왜 그리 돈에 미쳐서 날뛰었는지 모르겠어."

나는 죽음을 얼마 남기지 않은 그에게 더 이상 할 말을 잃었다. 나야 그가 진정으로 뉘우치고 있으니 열 번 백번인들 용서를 못 하겠는가마는 그에게 당했던 수많은 사람들은 용서를 못할 사람도 많을 것이라는 생각을 했다.

"선재, 모두 지난 일이야, 지금에 와서 무슨 용서가 필요 있겠어. 나야 지난 일은 모두 잊은 지, 오래야 마음 편히 몸조리

나 잘하게. 또 보세."

그렇게 작별 인사를 하고 떠나 왔다. 양평을 출발해 양수리를 지나고 있었다. 양수리는 언제 봐도 아름다운 곳이다. 아침이면 물안개가 피어올라 안개 속에 묻혀 띄엄띄엄 보이는 작은 섬들은 신비감을 주기에 충분하다. 그러나 오는 길에 보니 낙조가 드리워진 모습이 아침의 정경 못지않게 장엄한 모습이 아름답다. 어쩌면 반짝하고 끝나는 아침의 정경보다 더 장엄해 보여 차라리 엄숙해 보인다. 양수리의 아침 정경이 고요라면 저녁의 낙조 모습은 장엄이다. 장엄한 모습을 보면서 나선재의 얼굴을 떠올려 보았다. 인생의 마지막은 저렇게 장엄해야 하는데 아무런 빛도 없이 가는 그의 인생이 가엾다는 생각이 들었다.

내가 다녀온 후 더 이상 바쁜 관계로 그를 볼 기회가 좀처럼 주어지질 않았다. 마음은 있었는데 기회가 없었기 때문이다. 그렇게 수개월이 지난 후 그가 세상을 떠났다는 소식을 들었다.

****************************************************

뱀의 뱃속에 들어간 두꺼비는 죽으며 뱀을 죽일 독을 뿜어내는 것이다. 뱀은 두꺼비를 삼키고 난 뒤 처음엔 포만감에 취했는지 모르지만 두꺼비의 독으로 인해 서서히 죽어가고 있었던 것이다.

_끝_

# 6

# 벽(壁)

봉필현 단편

며칠 전 포천에서 포도원을 운영하는 후배로부터 포도가 끝물이니 와서 따다 먹으라고 해서 갔다. 땀을 뻘뻘 흘리며 포도를 따고 있던 중 문학계의 한 선배로부터 전화가 왔다. 문학지에서 시행하는 문학대상을 받겠느냐는 것이었다. 문학상이라면 응당히 문학상을 시행하는 주최 측에 작품을 내고 심사를 거쳐 주어지는 것이 원칙인데 작가에게 전화를 해 상을 받겠느냐고 묻는다는 것은 어떤 조건이 있다는 뜻이었다. 나는 선배에게 물었다.

"문학상을 심사도 없이 아무에게나 주는 겁니까?"

"그건 아니지. 그동안 열심히 활동하고 작품성이 있는 문제작을 발표한 작가에게 주는 상이지."

"말씀은 그렇게 하시지만 전 금년에 작품다운 소설을 쓴 적이 없습니다. 제가 보기엔 어떤 조건이 있을 것 같은데요."

"글세.... 그건...?"

그러자 선배는 뭔가 켕기는 것이 있는지 말을 하려다가 말끝을 흐렸다.

"혹시 그 상 돈 받고 파는 것 아닌가요?"

"자네가 말하니 거짓 없이 말하겠네. 솔직히 그렇다네. 발행인이 나에게 부탁을 하더군, 그래서 적당한 사람을 물색해 보니 자네가 그중 작품 활동도 열심히 했고 상을 타도 괜찮을 것 같아 의중을 물은 거라네."

"그 상을 얼마에 팔려고 하십니까?"

"아마 일백오십만 원에서 삼백만원 정도는 될 것 같아."

"그렇군요. 선배님 죄송합니다."

"내가 미안하지. 자네의 뜻도 모르고...."

"아닙니다. 부디 좋은 수상자를 찾으시길 바랍니다."

영광스러워야 할 상을 받고 자랑스럽기 전에 부끄러워해야 할 것이라면 받지 않는 것만 못하다. 요즘 문학지에서 작고 문인의 이름을 팔아 주는 시상식에 참석을 해보면 작품성을 떠나 거의가 나눠 먹기식 상(賞)들이다. 거기에 한술 더 떠서 대단한 문제작이나 되는 것처럼 나열한 비평에서는 구역질이 날 지경이다. 이러한 문제점들이 문학에서만 있는 것이 아니라 모든 예술 단체에서 비일비재하게 행해지고 있다는 사실이다.

몇 년 전이다. 미술학원과 음악학원을 하는 친구들을 오랜만에 만난 적이 있었다. 나는 그냥 지나는 말로 학원이 잘 되느냐고 물었다. 그러자 그 친구들은 말도 말라고 손사래를 치며 묻지도 않은 말을 술술 털어 놓았다. 학원을 하며 느끼는 애로는 운영하는 학원에서 큰 대회 수상자가 나오지 않으면 학원 운영을 할 수가 없다는 것이었다. 그러기에 어쩔 수없이 별로 알려지지도 않은 대회에 학원생들을 출전시키고 심사위원을 찾아가 봉투를 건넨다는 것이다. 그렇게 해서 수상자를 배출하면 현수막에 수상자의 이름을 크게 써 붙여 알리면 큰 상을 탄 수상자를 배출한 학원이라 하여 그나마 학원의 명맥을 유지 할 수 있다는 것이다. 이것이 한국 예술계의 현주소다. 문학에서도 이런 일들이 우후죽순처럼 쏟아져 나오는 문학지에서 행해지고 있다는 것을 아는 사람은 다 아는 사실이다. 나는 그렇게 선배와 전화를 끊고 씁쓸하게 입맛을 다시며 얼마 전에 읽었던 문장론을 떠올렸다. 쇼펜하우어가 쓴 책이었는데 독일에서도 돈벌이의 수단으로 그와 비슷한 일들이 행해진다며 쓴 개탄의 글이었다. 그 글을 읽으며 동서를 막론하고 문학에도 어디에나 비리는 있구나, 하고 생각했던 적이 있었다.

지금은 이미 고인(故人)이 된 사람이지만 죽기 얼마 전 나에게 한 말이 떠올랐다. 그때는 조금 안면이 있었을 뿐 그리 잘 아는 사이는 아니었는데 나에게 전화를 한 것이었다.

"선생님 저는 유선희라고 합니다. 저를 좀 도와주십시오."

그녀는 자신의 이름만 밝힌 후 밑도 끝도 없이 도와 달라는 것이었다.

"뭘 도와 달라는 것인지 구체적으로 말을 해야 도울 수 있는 것인지 아닌지 판단하지 않겠습니까."

"가끔 책에 실린 선생님의 글을 읽으며 선생님의 바른 심성을 읽을 수 있었습니다. 이런 분이라면 도움을 청해도 좋을 것 같다는 생각이 들었습니다. 그래서 실레인 줄 알면서 이렇게 전화를 드렸습니다. 전 문학계에 들어와서 한국 문학계가 이렇게 난장판인줄 몰랐는데 요즘에야 알게 되었습니다. 그래서 여자지만 썩어빠져 냄새가 진동하는 문학계의 판을 바꿔 보자고 나서기로 했습니다. 그래서 문학지를 창간하였으나 의욕만으론 될 수 없다는 것을 알았습니다."

"제가 무슨 힘이 되겠습니까?

유선희란 이름을 가진 그녀는 문학계에 만연하고 있는 이 썩어빠진 풍토를 깨 부셔 버리고 참신한 문학지를 만드는 것이 꿈인데 그 일이 쉬운 것이 아니라는 것이었다.

"금전적인 것을 도와 달라는 게 아닙니다. 죄송하지만 선생님의 글도 좀 보내주시고 주위에 글을 쓰시는 선생님들 중 바른 생각을 가지고 계신 분들을 추천해 주십시오. 현재 각 문학지에서는 등단비라는 명목으로 등단을 시키지만 저희는 그런 비용을 받지 않고 가능성이 있는 작가를 배출시키려 합니다."

"물론 그렇게만 된다면 좋겠지만 책을 만드는 비용 등 모든 제반 사항을 무엇으로 하려고 하십니까?"

"나름대로 방법을 연구하고 있습니다. 옆에서 조금만 거들어 주셔도 힘이 될 것 같습니다."

"제가 힘이 될지는 모르겠으나 지켜보겠으니 열심히 하시기 바랍니다."

그렇게 대답을 하고 그녀와 전화를 끊었다. 그 후 그녀와 만나, 들은 이야기는 충격적이었다.

고등학교를 졸업하고 그녀는 대학 진학은 국문학과에 가고 싶었지만 형편이 풍족하지 않은 집안 형편상 동생들에게 배움의 길을 양보 하고 진학을 포기했다. 그러나 공부 할 수 있는 기회는 결혼 후에 이룰 수 있었다. 고등학교 선배와 결혼을 하였는데 모 신문사의 문화부기자였다. 남편은 결혼 전부터 아내가 문학에 취미를 가지고 있다는 것을 알고 대학에 가서 공부하기를 권했다. 그녀는 남편의 도움으로 방송통신대학교 국문학과를 나올 수 있었다. 그녀는 방송통신대학을 졸업하기 전 반딧불문학 신인문학상 시 부분에 응모하여 당선이 되었다. 어린 시절의 꿈을 이루었다고 생각하며 집안일을 병행하며 열심히 시(詩) 쓰는 일에 몰두하고 있을 때 자신이 등단했던 반딧불문학의 발행인인 방영진에게서 연락이 왔다. 그동안 열심히 문학지에 글을 싣다 보니 나름 이름을 기억하고 있던 모양이었다.

"유선희 선생님이지요? 전 반딧불문학 발행인 방영진입니다.

"안녕하세요? 발행인님이 웬일이세요?"

등단 후 반딧불문학에 원고를 보내기는 하였지만 이렇게 전화나 육성으로 대화를 한 적은 한 번도 없었다.

"요즘 쓰는 글들이 너무 좋더군요. 잠시 만나 뵙고 상의 드릴 일이 있어서 전화를 드렸습니다만 실례가 된 건 아닌지 모르겠습니다."

그의 외모는 평범했지만 특유의 사교성으로 많은 사람들을 어우르는 재주는 타고난 사람이었다.

"아닙니다. 수고 하시는데 제가 시간을 내어 한 번 들리도록 하겠습니다."

그녀는 며칠이 지난 후 약속대로 회사 사무실로 들렀다. 마침 방영진은 사무실 책상에 앉아 있다 일어나 반갑게 그녀를 맞이했다.

"어서 와요. 유선희 선생님, 반갑습니다."

"네, 안녕하세요?"

"차 한 잔 하시지요? 무슨 차를 드릴까요?"

"전 그냥 물이나 한 컵 주세요."

"네, 그렇게 하겠습니다."

그는 곧바로 여직원에게 시원한 물 한 컵과 자신의 것은 커피로 가져오라고 시키는 것이었다. 잠시 후 여직원이 쟁반에 시원한 물 한 컵과 커피를 내왔다.

"유선생님 드시지요."

"네, 감사히 마시겠습니다. 헌 데 무슨 일로 이름도 없는 시인을 보자고 하셨나요? 호호호"

방영진은 그녀의 얼굴을 바라보더니 뜬금없는 말을 한다.

"상당히 미인이십니다."

그녀는 방영진의 뜬금없는 말에 그만 얼굴이 홍당무가 되고 말았다.

"지금도 부군께서는 배달일보 문화부 차장님으로 계시지요?"

"네, 그렇습니다만 그걸 어떻게...."

"뜸들일 것 없이 직선적으로 말씀드리지요. 다름이 아니고 오시라고 한 것은 저의 반딧불문학에서 편집국장을 한번 맡아 보시는 것이 어떨까 해서 청했습니다."

방영진은 반딧불문학의 편집국장을 해보지 않겠느냐는 제의였다. 그녀는 책 만드는 일에는 문외한이기에 자신이 없다고 사양하였다. 허나 방영진은 집요할 정도로 그녀를 설득했다. 출근만 하면 자신이 모든 것을 알아서 도와주겠다는 것이었다. 처음부터 잘하는 사람이 어디 있느냐며 조금씩 배워 가면서 하면 된다고 끈질기게 설득 하는 것이었다. 그녀는 일단 집에 가서 남편과 상의를 한 후 대답을 주겠다고 하며 그 자리를 피했다. 그녀는 집에 와 남편과 상의 하려 하였으나 남편에게 그 말이 입에서 나오질 않았다. 그러자 방영진은 빨리 답을 달라고 거의 매일 안달이 난 사람처럼 연락이 왔다. 일요일 날 마침 지방에 출장을 다녀 온 남편이 늦잠을 자고 있었다. 때론 휴일도 반납하고 일에 몰두하는 남편인데 모처럼 늦잠을 자고 있는 남편을 깨우기가 미안했다. 또 편집국장이란 일을 한 번도 경험치 못했던 그녀가 그 일을 한다고 하면 남편은 뭐라고 할까 망설여졌다. 이렇게 몇 번을 망설인 끝에 한 번 의논은 해보고 하든 말든 답은 주어야 된다는 생각에 이르렀다.

"여보, 당신께 할 말이 있어요."

그녀는 그 말을 하면서 얼굴은 심각한 표정이었다.

"할 말이 뭔데 얼굴 표정이 그렇게 심각해?"

"여보, 저~ 사실은 내가 등단한 반딧불문학의 발행인이 나보고 편집국장을 한번 해보래요. 난 경험도 없고 능력이 안돼서 못한다 했는데 자꾸 권하잖아요. 그래서 당신과 상의 후 대답해 주겠다고 했어요."

"그래? 그런데 그 사람 무슨 목적이 있어서 그런 건 아닌가?"

"무슨 목적이요?"

"말하자면 내가 배달일보의 문화부 차장 정도나 되니 나에게 뭘 바라는 바가 있어서 그런 건 아닌가 하는 의구심이 들어. 그 친구 몇 번 본적이 있지만 문학을 하는 사람치고는 순수한 사람 같지는 않아 보였어."

"설마 문학을 하는 사람이 그럴 리가 있겠어요."

"세상 사람들이 당신처럼 순수하다면야 얼마나 좋겠어. 내가 문화부에 오래 있었지만 요즘의 문단이 그리 순수하지만은 않기 때문에 하는 소리야. 문인이라면 순수해야 하는데 그 사람은 그렇게 보이질 않았어."

하며 남편은 말끝을 흐리고 있었다. 그리고는 그녀를 보고 말했다.

"당신이 비록 여자이지만 바른 품성을 가지고 있으니 당신은 잘 할 수 있을 거야. 당신만이라도 깨끗해야 문단이 조금씩이라도 나아지지 않겠어? 당신 한 사람의 힘은 작지 만 힘이 될 사람들이 뭉치면 무시할 수 없는 큰 힘을 만들 수 있지. 힘든 일이지만 내가 도울 수 있는 데까지 도울 테니 하고 싶은 마음이 있으면 한번 해봐."

남편의 기대하지도 않던 대답에 그녀는 감격해 소리쳤다.

"정말! 정말이에요?"

"그럼 내가 언제 실없는 말 하는 것 봤어?"

"네."

"정말 잘해봐."

"고마워요. 당신이 믿어준다니 나 정말 잘할 것 같아요."

다음 날 그녀는 방영진에게 전화로 남편이 허락을 했다고 알렸다. 방영진은 기분 좋은 음성으로 언제부터 출근을 할 수 있느냐고 물었다. 그러면서 이왕에 출근 할 것이라면 하루라도 빨리 나오는 것이 좋다고 하는 것이었다. 그녀의 생각도 방영진과 다르지 않았다. 어차피 출근을 할 것이라면 하루라도 미룰 이유가 없었다. 다음날 회사로 출근을 하니 책상에는 벌써 편집국장 유선희라고 쓴 명패가 놓여 있었다. 그녀가 회사에 출근하며 편집국장이란 생소한 직책을 잘 감당할 수 있었던 건 남편의 도움이 있었기 때문이었다. 남편의 도움으로 반딧불 문학이 신문의 문화 란에 가끔 소개가 되면서 반딧불 문학 인지도가 조금씩 좋아지자 발행인의 입이 함지박처럼 벌어지며 그녀를 대하는 것이 달라졌다. 그러나 호사다마(好事多魔)라고 좋은 일이 있으면 나쁜 일이 반드시 따라온다고 그동안 평온했던 가정에 바람이 불기 시작했다. 그날도 어느 때와 똑같은 하루가 지나가고 있었다. 퇴근한 남편이 들어오자마자 피곤하다며 저녁식사도 생략한 채 침대에 누워 버린다. 그러면서 하는 말이 가슴이 답답하고 뻐근하며 숨쉬기가 불편하다고 말하는 것이었다. 그 말을 듣는 순간 그녀의 머릿속엔 불길한 예감이 섬광처럼 스쳐갔다. 예감이란 아무 것도 아닌 것 같지만 때론 신기할 절도로 적중하는 게 예감이다.

"아! 그동안 아무 부러움 없이 행복했는데 호사다마라고 좋은 일이 있으면 반드시 나쁜 일이 따라 온다는 말이 맞는 것일까?"

하는 불길한 예감이 전신을 휩싸오는 것이었다. 오는 불행은 오기 전에 미리 예방을 해야만 되겠다는 생각을 하며 그녀는 다음 날 남편과 함께 병원에  가기로 하고 마음을 가라 앉혔다. 아침에 일어나니 남편은 지난밤엔 언제 아팠냐는 듯 일어나 출근을 해야 한다며 준비를 하고 있었다.

"어제 가슴이 아프다고 했잖아요. 그런데 지금은 괜찮아요?"

"피곤해서 그랬나봐. 자고 났더니 아무렇지도 않은 걸."

그녀는 안도의 숨을 쉬며 공연한 걱정을 했다는 표정이 되었다. 안심이 된 그녀는 잰 손으로 아침식사를 식탁에 차렸다.

남편은 어느 때와 다름없이 식사를 마치고 출근을 했다. 남편이 출근을 하고 점심때가 지날 무렵 번호도 모르는 전화가 한 통 걸려 왔다. 병원이라는 것이었다. 또 다시 그녀의 가슴이 철렁하고 내려앉는다.

"여기 한국병원 응급실인데요. 한윤수씨 댁이지요?"

"네, 그런데요. 한국병원에서 무슨 일로....?"

"다름이 아니고 한윤수씨가 응급실에 있어요. 부인의 전화번호라고 가르쳐 주어서 전화를 드렸습니다."

"알겠습니다. 곧 가겠습니다."

불길했던 예감이 적중한 것 같은 생각에 마음이 조급해 진다. 급히 택시를 타고 병원으로 향했다. 병원에 도착하여 응급실로 가니 남편은 침대에 누워 링게르 주사를 맞으며 그녀를 보고 빙그레 웃는다.

"아니 당신 또 별안간 어디가 아파서 그렇게 누워 있어요? 차라리 잘됐어요. 오늘 병원에 온 김에 종합검진을 받아 봐요."

"응, 그렇게 하도록 하지 뭐."

응급실에 있었기에 접수를 하고 종합검진을 받기 위한 간단한 입원 절차를 마친 후 바로 종합검사에 들어갔다. 검사를 마친 후 의사가 그녀를 보자고 하였다. 진료실에는 엑스레이 사진을 걸어 놓고 사진이 잘 보이도록 환하게 불을 켜놓고 있었다. 의사는 심각한 표정으로 그녀를 보며 물었다.

"부군께서 언제부터 저런 상태였습니까?"

"저런 일 전혀 없었어요. 그런데 어제 저녁에 집에 와 가슴이 뻐근하고 숨쉬기가 힘들다며 숨을 몰아쉬곤 했었어요. 그런데 아침에 일어나서는 아무렇지도 않다고 출근을 했거든요."

의사는 그녀가 하는 말을 들으며 아니라는 듯 고개를 좌우로 흔든다.

"그래요? 벌써 오래 전부터 진행이 됐던 것 같은데 본인이 자각을 못느꼈던 것 같습니다."

"나쁜 병이에요?

그녀는 의사에게 물으면서도 왠지 불안함을 떨쳐낼 수가 없었다.

"폐암입니다. 본인에겐 알리는 것이 좋을 것 같습니다. 인생을 정리해야 할 시간은 주어야  되니까요."

"네? 거짓말이죠? 공연히 해본 소리지요?"

그녀는 희미하게 꺼져가는 소리로 의사에게 묻고 있었다.

"할 말이 없습니다. 잘해 드리세요. 길어야 6개월입니다."

의사는 사형선고나 다름없는 말을 하고 있었다. 순간 그녀는 의사가 말을 하는 시간이 그렇게 길게 느껴질 수가 없었다.

"선생님 살려주세요. 네? 저의 남편을 살려 주세요. 흐흐흑"

의사는 더 이상 병원에 있을 필요가 없다고 하였다. 다만 통증이 심하면 오라고 하면서 진통제를 처방하는 것이 고작이었다. 그녀는 남편에게 폐암이란 말을 할 수가 없었다. 그러나 의사의 말대로 자신의 인생은 자신이 정리해야 한다는 생각이 들었다. 집에 오자 남편이 무슨 눈치를 챘는지 방에 앉으며 그녀에게 물었다.

"나 심각한 병이라고 해? 암에 걸렸다고 하던가?"

"무슨 그런 말을...."

그녀는 자신의 병을 묻는 남편에게 그렇게 뿐이 대답 할 수가 없었다. 그냥 속으로 눈물만 삼킬 다름이었다.

"맞군. 내가 나쁜 병에 걸린 모양이야. 그렇지 여보?"

그녀는 그런 남편에게 말하지 않을 수 없었다. 그녀는 속으로 참고 있던 울음을 터트리며 의사가 한 말을 그대로 하였다. 그러나 남편은 고개를 끄덕이며 당연하다는 듯 미소 띤 얼굴로 말하는 것이었다.

"언제부터인가 가슴이 답답했었어. 그러나 별 것 아니란 생각이었지. 폐암일 줄은 전혀 생각해본 적이 없었거든. 여보, 슬퍼하지 마. 인생이란 언젠가는 누구나 한번은 가는 길이야. 다만 누가 먼저 가고 늦게 가느냐 하는 차이일 뿐이지. 내게 아쉬움이 있다면 당신이 시인으로서 대성하는 것을 보지 못하고 가는 거야. 당신에게 부탁하고 싶은 것이 있어. 내 생각인데 작가란 사회의 공기와 같은 것 아니겠어? 작가들의 좋은 글은 맑은 산소를 생산해 내는 것이고 읽을 가치도 없는 글은 썩은 공기를 생산하는 것이나 다를 바 없겠지. 당신은 꼭 맑은 공기와 같은 글을 쓰는 존경 받는 작가가 되었으면 좋겠어."

"흐흐흑 여보 그렇게 할게요."

남편은 그때부터 신문사에 병가를 내고 투병에 들어갔지만 병은 점점 깊어 가기만 했다. 손톱과 발톱에 물이 잡히고 숨이 차서 누워있기 조차 힘들어 했다. 폐암에 좋다는 민간요법까지 모두 동원할 것은 다했지만 백약이 무효라고 6개월 후 남편은 기어이 숨을 거두고 말았다. 남편의 장례를 치루고 직장을 마냥 비워둘 수는 없는 일이었다. 삼우제(三虞祭)를 치루고 회사에 출근을 하였다. 사무실에 앉아 그동안 밀린 서류를 정리하고 있는데 발행인이 들어 왔다. 발행인이 남편의 장례식에 참석을 해 주었기에 그녀는 고맙다는 인사를 했다.

"저의 남편 장례식에 와 주셔서 감사했습니다."

"힘들었지요? 수고 했습니다. 그런데 장례식 끝내고 오신 분에게 좀 쉬게 해야 되는데 오늘 상의할 일이 있어 미안하게 됐군요."

"상의할 일이라니요?"

"중요한 일입니다."

"네,"

"다름이 아니고 요즘 회사운영이 매우 힘들어요. 사실 지금 것 해왔던 일이지만 유선희 선생님에게는 말씀을 드리지 못했어요. 적어도 편집국장 정도 되면 벌써 눈치로 알았어야 했고 많은 협조가 이루어졌어야 했다고 생각합니다."

"발행인님 저는 발행인님이 무슨 말씀을 하고 계시는지 잘 모르겠습니다."

"유선희 선생은 눈치가 없는 거요, 아니면 정말 모르는 거요?"

그녀는 발행인이 무슨 말을 하는지 전혀 알 수가 없었다. 오늘따라 발행인 방영진의 태도가 전과 같지 않게 차갑게 느껴졌다.

"내가 유선희 선생에게 솔직히 말할게요. 사실 문학지 등단 장사 하지 않으면 운영하기 힘들어요. 물론 등단을 시키고 기백 만 원 받지만 책값이라는 명목으로 받기에 그렇게 많은 이익은 남길 수가 없어요. 그래서 우리가 제정한 여러 개의 상이 있어요. 그 상을 팔아야 순수한 수입이 될 수가 있는 것이지요. 편집국장이라면 내가 말하기 전에 알아서 해야 할 일이 아닙니까?"

"그러면 좋은 작품을 쓴 작가에게 상을 주는 것이 아니고 돈만 내면 누구든 상을 받을 수 있다는 이야기네요?"

"그렇지요. 이제야 머리가 돌아가는 것 같네요. 수없이 많은 문학지 중에서 살아남으려면 작품을 올리지 못해 안달하는 사람들에게 글을 올려 주는 대가로 편당 얼마씩 받아야 합니다."

"아니 원고료는 주지 못할망정 돈을 받고 글을 올리라고요?"

"그래요. 여기선 편집국장의 할 일이란 것이 바로 그런 일이예요."

"그렇군요. 순수 문학 보다는 돈이 우선이라는 이야기네요."

그녀는 발행인이 하는 말을 들으며 생전에 남편이 한 말을 떠올려 보았다.

"문인은 선비와 같은 존재인데 물욕에 눈이 멀면 그 사람은 이미 선비의 자격을 상실한 거지. 선비는 순수하고 청렴해서 물욕과는 거리를 두어야 하는 거야. 그래서 선비의 길을 간다는 것이 쉬운 일이 아니지. 선비는 대쪽 같은 정신을 가진 사람이어야 하는데 그 게 쉬운 일이겠어? 작가라고 해서 모두 작가는 아니란 얘기지. 그러나 당신은 잘해 낼 수 있을 거야. 당신이 그런 길을 걷는다면 내 힘껏 도와줄 수 있어."

순수한 문인(文人)의 길을 걸으라는 그 말,

그녀는 남편의 말을 떠올리며 정신이 번쩍 들었다. 처음엔 타협도 생각을 해봤지만 남편이 했던 말을 생각하니 이건 아니라는 강한 저항감이 마음에 인다. 거기에 생각이 미치자 이곳에 더 이상 머물 이유가 없었다.

"발행인님 저는 아직 이런 일에 익숙하질 못하고 또 문학이 이정도로 타락한 줄 몰랐습니다. 전 오늘부로 편집국장직을 그만 두겠습니다. 이 자리는 저보다 훨씬 유능한 사람이 요구되는 자리라는 것을 오늘에야 깨닫게 되었습니다. 그동안 고마웠습니다."

그녀는 더 이상 발행인과 같은 자리에서 숨 쉰다는 것도 역겨웠다. 더 이상 보기 싫어 문을 박차고 나오려는데 문을 노크하는 소리가 들렸다. 문을 열고 들어온 사람은 이름이 크게 알려진 작가는 아니었지만 나이가 꽤 든 사람이었다. 물론 그녀도 이곳에 적을 두고 있었기에 잘 아는 사람이었다. 그는 전직 국문학 교수였는데 은퇴를 하고 이곳에서 이사라는 직분을 가지고 있으면서 신인문학상 심사는 물론 가끔 시론(詩論)도 문학지에 기고하며 발행인에게 떡값 정도 받아쓰고 있는 노(老)작가였다. 그는 문을 열고 들어오며 분위기가 이상 했는지 무슨 낌새를 챈 듯 물었다.

"무슨 일이 있었습니까?"

"편집국장이 일을 그만두고 싶은가 봅니다. 문학상을 좀 팔라고 했더니 대뜸 그만 두겠다고 하네요. 한 사나흘만 굶어 봐요. 순수문학 소리가 나오나요. 굶어 죽고 나면 아무 것도 할 수가 없어요. 신인을 돈 받고 등단을 시키는 것이 왜 나빠요. 등단 시켜 우리도 돈 벌고 글 쓰고 싶어 환장한 사람들 꿈도 이루어 주고 문협에도 회원 공급을 시켜줘 회비 많이 모아져 좋고, 누이 좋고 매부 좋은 것 아니요?"

듣고 있던 노 작가도 고개를 끄덕이더니 그녀를 보고 한마디 하는 것이었다.

"편집국장 그러지 말고 발행인이 시키는 대로 해요. 다 서로가 좋자고 하는 일이니~ 한윤수 차장이 신문사에 있을 때는 우리 문학지에 많은 협조를 했었는데 그렇게 가서 서운하기도 하고 아직 젊은 사람이 안됐어."

"감사합니다."

자신이 지금까지 그곳에 버티고 있을 수 있었던 것은 남편의 신문사 문화부 차장이란 직책 때문이었다는 것을 알 수가 있었다. 그리고 발행인 방영진이 그녀를 편집국장에 발탁한 것도 모두 계획적이었다는 것을 알았다.

"전 이만 가보겠습니다."

"집에 가서 생각 좀 해보고 연락 주세요. 자리는 비워 두고 있겠습니다."

그렇게 말하며 방영진은 비실비실 웃고 있었다. 마치 빨리 나가라는 듯 내키지 않는 말을 하고 있는 것이 역력했다. 그녀는 비웃는 듯한 방영진의 모습이 토할 것 같이 역겨워 문을 박차고 나와 집으로 돌아와 두문불출하고 생각 속에 빠졌다. 그녀로서는 전혀 몰랐던 사실을 알게 된 것이 큰 충격이었다.

"아, 문학계가 이 정도였단 말인가."

그렇게 두문불출하며 내린 결론은 문학계의 판을 확 뒤집어 놓아야 한다는 것이었다. 그러나 판을 뒤집는 것은 말로만 할 수 있는 일이 아니었다. 그러기 위해서는 자신의 뜻을 알릴 수 있는 매체가 필요했다. 그 길은 문학지를 발행하는 일이라고 생각했다. 그 일만이 썩고 있는 문학계를 살리는 길이라는 생각이었다. 백번을 생각해도 세상에서 단 하나밖에 없는 참신하고 깨끗한 문학지만이 고사(枯死)되어가는 문학계를 살리는 길이었다. 이렇게 결심이 서자 큰돈은 없지만 남편의 퇴직금과 조금 남기고 간 것이 있었기에 마음먹은 김에 잡지사 등록에 착수했다. D구청에 등록을 마치고 1호 계간지인 열린문학이란 제호의 봄 호 문학지가 세상에 탄생을 했다. 문학계를 개혁하기 위해 탄생한 문학지라 하여 바른 생각을 가진 문인이라면 누구나 참여할 수 있다는 취지로 제호도 열린문학이라 명명했다. 의욕적으로 시작했지만 첫 번부터 많은 시행착오가 있었다. 쉽게 생각했던 문제들이 어렵게 다가왔다. 우선 책에 실을 작품 섭외부터 벽에 부딪쳤다. 아는 지인들에게 부탁을 하여 간신히 열린문학이란 제호의 창간호가 만들어졌다. 2호지는 여름 호였다. 신인문학상을 제정하고 신인들의 작품을 모집했다. 첫 번이어서 그랬는지 많은 신인들이 응모했다. 심사위원은 많이 알려진 사람은 아니지만 4대 신문사의 신춘문예 시(詩)부분에 당선된 사람이었다. 힘은 들었지만 등단비를 일체 받지 않고 심사비만 약간 받았을 뿐이었다. 모든 비용은 회원수를 늘려가며 회비로 충당을 하였고 회원들에게는 필요한 만큼의 책만 구입토록 했다. 모든 문학지가 모두 등단 장사를 하는 것은 아니지만 우후죽순처럼 생겨난 문학지들은 거의가 등단 장사를 하는 문학지라고 보면 될 정도였다. 도리어 등단 장사를 않는 것이 이상할 정도였다. 그러나 모든 것이 그런 것처럼 생각과 같이 책을 만드는 사업이 쉬운 일은 아니었다. 그녀는 투명하게 일을 했지만 문학지의 연조가 쌓여가며 많은 등단자를 배출하게 되는데 그중에는 별종과 같은 사람도 있었다.

그런 류의 사람들은 자신에게 아무런 해를 주지 않았음에도 글 쓰는 재주로 있지도 않은 말들을 만들어 내는데 탁월한 수완을 발휘했다. 가령 심사비만 받았음에도 '그게 무슨 심사비냐 돈을 받았으면 그것도 등단비로 받은 것이라는 등, 또 등단자 중 시집을 낼 사람은 시중 출판사보다 훨씬 싼값에 출판을 해주었음에도 등단비를 받지 않는 핑계로 시집 출판에서 많은 돈을 챙겼다며 다른 문학 카페에 그녀를 비난하는 글들을 마구 쏟아 놓기 일 수였다. 올려 진 글들은 또 다른 카페로 퍼 올려졌다. 순수 문학을 만들어 보겠다는 그녀의 정신은 어느새 퇴색되어 지탄의 대상이 되어 버렸다. 있지도 않은 유언비어(流言蜚語)들이 부풀려져 난무하며 그녀를 압박해 왔다. 그녀는 정신적인 스트레스로 인하여 서서히 병들어가기 시작했다. 그날도 책을 보내기 위해 작업을 하던 도중 갑작스레 어지럽더니 그만 정신을 잃고 쓰러지고 말았다. 급히 119 응급차를 불러 병원으로 실려가 여러 가지 검사를 받았으나 아무런 병명도 나오질 않았다. 의사는 스트레스에 의한 충격으로 쓰러진 것 같다는 소견만 내놨을 뿐이었다. 그날 그녀는 간단하게 링겔주사만 맞고 퇴원을 했다. 그 이후 그녀는 혼자의 힘으로는 할 수가 없는 사업이라고 판단을 하고 여러 지인들에게 도와 달라고 연락을 하기 시작했다. 그러나 그런 지인을 영입하는 일도 쉬운 일은 아니었다. 그러던 차에 나에게도 연락이 닿게 된 것이었다.

나는 그녀의 생각이 옳다고 생각하고 돕기로 했다. 그러나 내가 도울 일에는 한계가 있었다. 주변에 글 쓰는데 열정 있는 사람들을 발굴해 소개하는 일이 고작이었다. 그러던 8월의 여름날이었다. 그녀에게서 전화가 왔다. 그러나 전화의 목소리는 전에 들려 줬던 그녀의 목소리는 아니었다. 술에 취한 사람의 음성처럼 들려 왔기 때문이었다. 나는 그녀에게 술을 먹었느냐고 물었다. 그러나 그녀는 술을 먹은 것이 아니라고 했다. 혀가 돌아가지 않아서 그렇다는 것이었다. 병명이 뭐냐고 다시 물었다. 그러나 그녀의 대답은 의사에게 물어도 정확한 병명도 모른다는 것이었다. 나는 직감적으로 그녀가 얼마 살지 못할 것이라는 불길한 예감이 들었다. 전화 속 그녀의 목소리는 흐느끼고 있었다. 그녀도 자신이 얼마 살지 못할 것이라는 것을 직감하고 있는 것 같았다.

"선생님 한번 뵙고 싶습니다."

"무슨 일입니까?"

"선생님을 뵙고 긴이 상의할 일이 있어서요."

"상의할 일이 무엇인지는 모르겠으나 찾아가 뵙고 듣기로 하지요."

"될 수 있으면 빨리 뵈게 되기를 바랍니다."

"네, 그러면 월 말쯤 찾아가 뵙기로 하겠습니다."

그리고는 전화를 끊었다. 그러나 그 대화가 그녀와 마지막 대화가 될 줄은 나도 몰랐다. 그녀와 전화를 끊고 며칠이 지난 후 그녀가 죽었다는 소식을 들었다.

휴대폰에 간단하게 '열린문학 발행인 유선희 타계'

그녀가 언제 죽었다는 것과 장례식장은 어느 병원이라고 상세하게 기록이 되어 있었다. 나는 급히 화원에 연락해 그녀의 장례식장으로 우선 조화를 보냈다. 그리고 생각했다. 그녀는 과연 나에게 무슨 말을 하려고 했을까? 그녀의 전화 속의 목소리는 분명 열린문학에 대한 의논을 하고 싶어 만나기를 원했던 것 같았다. 그녀가 그렇게도 원했던 한국문학의 개혁 작업은 문학계에서는 아무도 모른 채 그녀의 죽음으로 모든 것은 찻잔 속의 태풍으로 끝나고 말았다. 그녀는 생전에 문학계를 개혁해 보겠다는 큰 틀 위에서 꿈을 꾸었으나 그 꿈은 한갓 헛된 꿈이 되고 말았다. 그녀는 지금 못 이룬 꿈과 함께 생전에 사랑했던 남편의 곁에 편히 잠들어 있다.

나는 선배의 전화를 끊고 잠시 그녀를 생각하며 지금의 문학계 현실을 떠올려 보았다. 마음이 정의로운 사람들에게서 느끼는 공통점이 있다면 바로 유선희 시인과 같은 마음일 것이다. 불의에 항거하기 위해 뒤는 돌아보지도 않고 무모하게 불속으로 뛰어드는 불나방 같이 문단계의 개혁이란 목표를 향해 질주했던 그녀의 삶, 비록 현실의 냉엄한 벽(壁)에 부딪쳐 꿈꾸던 세상은 실현치 못하고 갔지만 그녀가 꿈꾸던 문학의 세상은 꼭 실현되어야 할 것이다. 작가란 작가이기 전 사회의 공기와 같은 존재이기에 아무나 할 수 있는 것은 아니다. 그 일을 위하여 우리보다 먼저 살다간 사람들이 벽(壁)에 부딪쳐 뜻을 펴보지도 못하고 가지 않았던가? 그런 일을 아무 두려움 없이 여자의 몸으로 실천에 옮긴 그녀의 정신은 높이 사야할 것이다. 사람들은 말로는 세상을 바꿀 수 있다고들 한다. 그러나 역사를 돌아보면 개혁이 쉽지 않다는 것을 알 수 있다. 개혁이 얼마나 어려운 일이면 혁명보다 개혁이 더 어렵다고 했겠는가? 얼마나 많은 선구자들이 개혁을 꿈꾸다 보이지 않는 벽(壁)에 막혀 실패하고 역사 속으로 사라져 갔던가? 유선희, 그녀도 썩었다고 판단한 문학계의 개혁을 위하여 자신을 불태웠으나 실체도 없는 벽에 막혀 그 꿈을 접어둔 채 사라져간 것이다. 과연 그녀가 새 판을 짜고 싶었던 문학계의 모습은 어떤 것이었을까? 의문 부호를 떠올려 보며 포도 한 알을 입에 넣고 깨물어 본다. 시큼하고 달척지근한 포도향이 입 안 가득 퍼져온다.

_ 끝 _

# 7

# 살(殺)

봉필현 단편

늦은 퇴근을 해 씻은 후 잠자리에 누워 막 잠이 들려고 할 때였다. 머리맡에 놓아두었던 휴대폰의 소리가 잠들려는 나를 깨웠다. 속으로 이 늦은 밤에 누가 전화를 했을까 하며 휴대폰의 스위치를 눌렀다.

"여보세요. 이경호입니다."

"저~ 혹시 날 알고 있을지 모르겠어요. 이경호 선배님이 아니신가요? 전 김경화라고 하는데...."

"김경화? k대학 메이퀸 김경화?"

"어머, 벌써 몇 십 년이 흘렀는데 아직도 메이퀸이라는 것과 내 이름을 기억하고 있네요. 기분이 나쁘진 않은걸요."

"내가 김경화를 어떻게 잊어, 그 유명했던 메이퀸 김경화를...."

그녀는 당시 k대학의 메이퀸이었다. 그러면서 내가 주도해 만들었던 그림을 그리는 동아리 솔거의 핵심 멤버이기도 했다. 그녀는 k대학의 메이퀸 출신답게 상당한 미인이었다. 특히 그녀와 나는 그 동아리에서 쌍벽을 이루는 커플이었다. 미팅에 나갈 때 그녀는 늘 나의 옆에 있던 파트너였다. 그런 그녀가 어느 날 학교에 휴학계를 내고 결혼을 한다며 학교를 그만둔 것이다. 늘 그녀와 파트너였던 나에게 친구들은 어떻게 된 일이냐고 물었다. 그러나 나 또한 그녀가 별안간 왜 결혼을 하게 되었는지 알 수가 없었다. 그렇게 훌쩍 떠났던 그녀가 10여 년 만에 그것도 늦은 밤에 연락이 온 것이다.

"사실 오늘 늦게 엄마가 돌아 가셨어요. 활동을 하지 않다보니 아는 사람도 별로 없고 가끔 소식만 주고받던 친구에게 선배의 소식을 물으니 s그룹의 연구실에 핵심연구원이라는 소식을 조금 전 듣고 알게 되었어요. 그래서 보고 싶기도 하고 엄마의 빈소에 문상도 오라고 할 겸 전화 했어요."

"영안실이 어디인데?"

"오실 수 있어요? 소식 한번 없다가 이런 일에 불쑥 오라고 전화 한 것 뻔뻔하다고 생각지 않아요?"

"내가 누구야? 천하에 이경호야."

"k대학병원 영안실이예요. 선배 고마워요."

나는 휴대폰의 스위치를 끈 후 옷을 갈아입고 k대학병원 영안실로 향했다. 영안실에 도착을 해보니 늦은 밤이라 그런지 문상객은 별로 없고 쓸쓸하게 그녀 혼자 검은 상복을 입은 채 앉아 있다가 내가 들어가자 반갑게 맞아준다.

"선배 어서 와요. 늦은 밤에 연락하여 귀찮게 하는 것 같아 미안해요."

"무슨 소리야, 모르면 몰라도 알고서 안 오면 안 되지. 늦은 밤이라 손님이 없나봐, 어떻게 상주는 다 어디가고 경화 혼자야?"

"친정엔 언니와 나 자매뿐이 없어요. 그런데 언니는 일본에 사는데 형부가 위암에 걸려 사경을 헤매고 있어 올 수가 없어요. 그래서 상주는 나 혼자랍니다. 그러니 자연 문상객이 없을 수밖에……"

그렇게 말을 하고 있는 그녀의 얼굴이 쓸쓸하게 보였다. 그러나 k대학의 메이퀸 출신답게 그녀의 모습은 나이가 들었어도 아직 아름다움을 간직하고 있었다. 나는 빈소에 절을 한 후 영정을 한번 올려다보았다. 젊어서 찍은 사진이었는지 영정의 사진은 딸인 경화에 비해 결코 뒤지는 인물이 아니었다. 경화는 어머니의 외모를 꼭 빼다 박은 것 같았다. 나는 손님도 없는 빈소에 혼이 빠진 사람처럼 앉아 있는 그녀와 대화나 하기로 하고 그녀 앞에 앉았다.

"그동안 어떻게 지낸 거야?"

"선배가 그동안의 내 얘기를 들으면 기가 막힐 거예요."

그렇게 말을 하고난 경화는 긴 한숨을 쉬고 고개를 숙인 채 무언가 생각을 하는 것 같았다. 얼마를 그렇게 있던 그녀가 고개를 드니 눈가에는 눈물이 맺혀 있었다. 여자의 얼굴에 맺혀 있는 눈물을 보니 어떤 아픈 사연이 있는 것 같아 마음이 아리다. 밤도 깊었고 문상객의 발길도 뜸해 빈소에는 정적만 감돌 뿐이었다. 그런 분위기 탓인지 경화의 이야기는 속삭이듯 들렸다.

메이퀸 출신이었던 그녀는 매스컴에 노출이 되었던 탓에 세간에 알려져 유명세를 타기 시작했다. 지성과 미모를 갖춘 재원이라고 알려지게 된 것이다. 그러다 보니 대학생이었던 그녀에게 유혹의 손길이 뻗쳐오기 시작했다. 중견급 건설회사의 사장인 김재철이 그녀에게 사람을 넣어 청혼을 했던 것이다. 딸만 둘을 두었던 그녀의 부친은 광산업을 하고 있었는데 사양사업이었던 관계로 어려움을 겪고 있었다. 그래서 그랬는지 둘째 딸인 그녀가 재벌인 김재철에게 시집가기를 간절하게 바랐다. 대학도 마치지 않은 딸에게 결혼을 권하는 것은 미안한 일이었지만 재벌에게 시집을 보내 무너져 가는 사업을 일으켜 볼 절호의 기회라 생각했기 때문이었다. 대학 졸업은 결혼을 하고서도 얼마든지 다닐 수 있다며 설득을 했다. 그녀 또한 재벌에게 시집을 간다는 것이 싫지 않았다. 나이가 어려 철이 없던 그녀는 재벌이라는 말에 혹해 아버지의 뜻대로 결혼을 서둘러 했다. 그녀는 그렇게 결혼을 하고 십여 년간은 아무 일 없이 행복했다. 그러나 불행의 시작은 아버지부터 시작 되었다. 광산을 하던 아버지가 숙소에서 자다가 연탄가스 사고로 죽은 것이다. 그리고 아버지부터 시작된 불행이 남편에게 닥쳐왔다. 아파트를 짓기만 하면 팔려 나가던 시절이었다. 어려움 없이 회사는 탄탄대로를 달리는 것 같았다. 그때 터진 것이 IMF 였다. 그동안 지어 놓기 무섭게 팔리던 아파트가 팔리질 않았다. 계약을 했던 사람들까지 해약이 속출하고 있었다. 남편은 회사를 살리려 여러 가지 처방을 해봤지만 백약이 무효라고 속수무책이었다. 당시는 회사의 자금이 많다 하여도 믿을만한 것이 되질 못했다. 그녀의 남편이 운영하는 회사도 탄탄한 회사라고 소문이 자자했지만 막상 IMF가 터지니 추풍낙엽이었다. IMF로 인하여 지어놓은 아파트가 팔리지 않으니 당장 돈줄이 막혀오기 시작했다. 그동안 아파트를 짓기만 하면 분양이 되어 돈이 쌓여 갔다. 그때에 자금을 축적 했어야 하는데 사업 확장을 위하여 다른 회사를 합병하고 아파트 부지를 확보 하느라 무리하게 땅에 투자 한 것이 화근이었다. 그동안 탄탄한 회사라고 입소문을 타고 좋은 이미지를 가지고 있던 회사였는데 자금의 고갈로 확보하였던 땅을 되팔려 내놓자 소문은 부도 위기라고 부풀려 나가기 시작했다. 그러자 그 회사의 주식은 하루아침에 반 토막으로 내려앉고 말았다. 그녀의 남편은 부도를 막기 위해 총력을 기울였으나 한번 기울어진 사세는 돌이킬 수 없는 지경에 이르고 말았다. 팔려고 내놓은 땅은 아예 매수인조차도 나타나지를 않았다. 남편인 재철은 그녀에게는 모든 걸 비밀로 한 채 자신의 선에서 모든 걸 마무리하려 했다. 허긴 그 상황에서 그녀가 안다 해도 뾰족한 수가 없기는 마찬가지였기 때문이었을 것이다. 결혼하고 집에서 살림만 했던 주부가 도울 수 있는 일은 아무것도 없었다. 모든 것이 원 상태로 돌아가긴 이미 사세가 기울었기 때문에 조용히 정리하고 싶었을 것이다. 그녀의 남편은 점점 좁혀 오는 자금 압박에 가슴을 졸여 숨을 쉬지 못할 지경이었다. 돈줄이 마르니 할 수없이 땅을 살 때의 반도 안 되는 헐값에 팔아넘길 수밖에 없는 지경에 이르렀다. 그렇게라도 해서 일단 급한 상황을 타개해 보려 했지만 회사의 재무구조는 조금도 나아질 기미는커녕 점점 더 어려운 쪽으로 기울기 시작했다. 그러자 임원진과 친인척들이 회사의 회생은 어렵다고 판단 한 듯 그녀의 남편 몰래 회사 재산을 빼돌리기 시작했다. 돈이 돌지 않으니 아파트 현장이 공사를 중단하기에 이르렀다. 어떻게든 공사를 마무리해 분양가보다 나추어서 팔아서라도 회생을 해보려든 계획은 무산 되고 말았다. 그녀의 남편은 그래도 그 상황에서 그녀에게는 회사의 어려움을 알릴 수는 없었다. 그는 늘 하던 대로 그녀 앞에서는 편안한 표정을 지을 수밖에 없었다.

"요즈음 IMF로 회사가 다 어렵다는데 당신은 좀 괜찮아요?"

그녀가 물었다.

"응, 조금 어려움은 있어도 끄떡없어, 당신은 걱정하지 않아도 돼."

"그럼 다행이네요."

"나 샤워 좀 하고 나올게."

"네, 따뜻한 물 받아 놓았어요."

그녀의 남편은 그녀가 받아 놓은 따뜻한 물에 몸을 담구며 여러 가지 생각에 빠졌다.

"살림밖에 모르는 아내가 만약 내가 쓰러져 회사가 망한다면 어떻게 살아갈 것인가?"

그렇게 욕조에서 고심을 하던 그녀의 남편은 잡다한 생각을 떨쳐내고 싶었던 것일까? 그는 그날 오랜만에 그녀와 잠자리를 함께 했다. 남편은 늘 그랬던 것처럼 자신에게 괴로운 일이 있을 때마다 그녀를 요구했다. 그는 회사일이 바빠 며칠 만에 집에 들어 온지도 모를 정도로 뜸했는데 들어오면 그녀에게 미안함을 느껴 그런지 그녀가 요구하지 않아도 그녀를 애무하며 그녀의 몸을 탐닉했다. 그러나 그날은 전과 달리 헐떡거리면서 집요할 정도로 그녀를 파고들었지만 힘들어 하는 것이 역력해 보였다. 한참 그녀를 탐닉하던 그가 별안간 그녀의 몸 위에서 흐느적거리는 듯 하드니 축 늘어져 버리는 것이었다. 그녀가 급히 일어나 남편의 몸을 흔들었지만 끝내 그는 깨어나지 않았다. 급히 119구급차를 불러 병원 응급실로 갔지만 소생을 하지 못한 채 말 한 마디 없이 숨을 거두고 말았다. 그녀의 남편이 그렇게 죽자 회사는 빚잔치와 함께 공중분해 되고 말았다. 모든 빚 청산을 하고 남편의 유품을 정리하는 중, 작은 가방에 따로 챙겨진 서류를 발견하였다. 자세히 들여다보니 김경화란 이름으로 된 땅 등기 문서였다. 거기엔 남편이 쓴 간단한 친필 편지도 끼워져 있었다.

"여보!

당신이 이 편지를 읽을 땐 내가 어디에 있을지는 모르겠오. 회사가 부도가 나 차가운 감옥에 있을 수도 있고 혹 아니면 이미 이 세상 사람이 아닐 수도 있을 것이요. 어느 쪽이 되었건 내가 없어도 당신과 우리 아이들은 살아야 되지 않겠어요. 이 땅은 당신 명의로 사 놓은 것이니 누구도 손대지 못할 것이요. 내가 없더라도 당신이 아이들과 사는 데는 걱정 없을 정도는 될 것이니 잘 간수하기 바라오.

당신의 재철"

남편은 이미 자신의 죽음을 예견이라도 한 듯 그녀도 모르는 사이에 아이들과 함께 살 수 있도록 그녀 앞으로 땅을 매입해 놓은 것이었다. 그 땅은 신도시의 노른자 위치에 있는 땅이었다. 그녀는 남편의 마지막 편지를 읽으며 눈물보다는 자신이 어떻게 될지도 모르는 상황에서 가족을 먼저 생각한 남편의 마음 씀씀이에 고마움을 느끼지 않을 수 없었다.

"여보 고마워요. 그리고 미안해요. 당신이 그렇게 고통스러워하는 것을 전 전혀 몰랐어요. 흐흐흑"

남편과의 사이에 사내 아이 형제를 두고 있던 그녀로서는 남편이 죽고 없는 이 상황에선 아이들과 먹고 사는 것이 선결

해야할 과제였다. 수중에 돈 한 푼 없는 그녀로서는 살고 있는 아파트와 그 노른자의 땅을 담보로 은행에서 대출을 해 그 땅에 건물을 짓는 일이었다. 그녀는 서둘렀다. 신도시 최고의 위치에 있는 땅이었기에 대출은 쉽게 되었다. 땅을 판지  반 년 만에 건물이 지어졌다. 1층의 점포에는 고급 레스토랑을 차렸다. 레스토랑의 이름은 비엔나라고 했고 클래식음악과 차와 고급음식을 곁들인 레스토랑이었다. 실내 장식은 미대 출신인 그녀가 모든 걸 자신의 취향대로 꾸몄다. 레스토랑은 시내 번화가에 위치해 상권은 최적지였다. 사업이 궤도에 오르니 자연 아픈 기억들은 시간과 함께 머릿속에서 희미하게 지워져 갔다. 인간은 망각의 동물이라고 하더니 정말 그런 것 같았다. 남편과의 사이에 태어난 아이들은 아무 탈 없이 잘 커주었다. 아이들은 연년생이었는데 큰 아이가 중 3이었고 작은 아이가 중 2가 되었다. 비엔나가 생각보다 호황이었으므로 영어는 조금 어릴 때 배우는 것이 좋다하여 중학생인 아이들을 미국으로 유학을 보냈다. 그동안 바쁘게 사업을 하며 뒤돌아볼 틈도 없이 살아 왔으나 아이들을 유학 보내고 혼자 있는 시간이 많아지니 외롭다는 생각이 자주 들었다. 그러던 차에 주위에서 재혼을 하라고 성화였다. 그중에서도 대학 때 함께 미술을 했던 친구가 자신의 인척이라는 사람이 추천하는 사람이 있다고 했다. 부산에서 건축설계 사무실을 운영하고 있는 사람이었다. 나이는 좀 들었지만 아직 초혼이라는 것과 부모가 없는 고아 출신이라는 것이었다. 그녀는 의아해 물었다.

"아니 아직 초혼인 사람이 아이가 둘씩이나 되는 여자와 결혼을 한대?"

“부모님이 안 계신 고아 출신이라 그런 것 가리지 않는 것 같아, 미희 너에게는 차라리 그런 사람이 좋을 것 같지 않니? 사람은 괜찮으니 한번 만나 보도록 해봐.”

친구의 부탁이 간곡해 한번 만나보기로 했다. 장소는 다른 곳도 아닌 내가 운영하는 비엔나에서였다. 선을 보러온 사람은 키도 크고 얼굴도 깔끔해 보이는 인상이었다. 그의 옆에는 친구가 함께 있었다. 친구의 키는 보통이었고 얼굴도 흔한 인상이었다. 그 둘은 같은 보육원에서 자랐는데 둘 다 똑같이 몹시 추운 날 같은 장소인 보육원 문 앞에 함께 있었다는 것이다. 보육원에서도 처음엔 형제인줄 알았는데 나중에 알게 된 일이지만 전혀 피가 섞이지 않은 남이라는 것이었다. 보육원에 부모들이 대문 앞에 놓고 갈 때 약간의 시간 차이가 있었던 모양이었다. 그들은 자라면서 형제처럼 늘 붙어살았다. 보육원에서는 고등학교 까지는 교육을 시켜주지만 그 이후는 그들이 알아서 해야만 했다. 둘은 다행히 머리가 명석해 학교 성적이 우수했다. 보육원을 나와 대학에 간 둘은 아르바이트로 대학에서 건축학과를 우수한 성적으로 졸업을 했다. 같은 직장에서 경력을 쌓은 후 군에서 제대를 하고 함께 건축설계 사무실을 개업했다. 실력도 출중했고 성실했던 그들에겐 운도 따라서 일이 떨어지는 날이 없었다. 그렇게 둘은 많은 돈도 벌 수 있었다. 그러다 보니 자연스레 둘 모두 혼기를 놓친 것이다. 그들의 이야기를 들으며 나는 맞선을 보는 당사자 보다는 그 옆의 친구가 더 마음이 갔다. 악의 없이 보이는 따뜻하고 선한 얼굴에 정감이 가는 모습이었기 때문이었다. 그날 선을 보며 맞은편에 앉아 아무 말 없이 이야기만 듣고 있던 그 친구는 끝내 한마디의 말도 없이 선을 보러온 친구를 따라 가게 되었다. 나는 그에게 마음이 갔지만 맞선을 보러 온 사람은 그가 아니었기에 무어라 말 할 수 없었다. 나는 그들을 비엔나에서 그냥 보내는 것이 예의가 아니란 생각에 내 차로 버스터미널까지 태워다 주겠다고 했다.

"잠깐이요? 멀리 부산에서 오셨는데 그냥 가시라고 하기엔 너무 미안해서요. 제가 버스터미널까지 모셔다 드리겠습니다."

"아~ 괜찮은데요. 여기서 그리 멀지 않으니 그냥 가겠습니다."

"아닙니다. 멀리서 오셨는데 버스터미널까지 모셔다 드리고 싶습니다."

"정 그러시다면...."

그러나 그것이 화근이 되었을 줄은 꿈에도 몰랐다. 내가 운전을 하며 가고 있을 때 맞은 편에서 화물을 잔뜩 실은 차가 속력을 내서 마구 달려오고 있었다. 그때 작은 소형 승용차가 달려오는 화물차를 보지 못한 채 끼어들기를 하고 있었다. 그러자 화물차 운전수는 급하게 소형차를 피한다는 것이 내 차를 덮친 것이다. 순식간에 일어난 일이었다. 그녀는 순간적으로 죽었구나 생각을 하며 핸들을 옆으로 힘차게 틀었다. 그녀도 모르게 살기 위한 방어 본능에서 일어난 일이었다. 미국에 보낸 아이들의 얼굴이 순간적으로 떠오르며 어떤 충격과 함께 어둠이 깔린 터널 속으로 깊이 빠져드는 느낌과 함께 정신을 잃고 말았다. 그 후 정신을 차려보니 병원이었고 큰 부상 없이 깨어난 것이다. 그러나 함께 탔던 그녀와 맞선을 본 사람은 현장에서 죽었고 함께 온 친구는 다리가 부러지고 여러 군데 다친 곳이 많아 회복을 장담할 수 없다는 것이었다. 어떻게 보면 죽은 사람보다 불쌍한 사람은 죽지 못하고 불구가 될 운명에 처한 함께 온 친구였다. 그의 이름은 하민규였다. 그는 사고 후 정신은 돌아 왔지만 걷지도 못하고 움직일 수조차 없으니 식물인간처럼 살 수밖에 없었다. 그동안 병원에서의 간병은 그녀가 해야 했다. 하민규는 피붙이 하나 없는 고야였기 때문에 그를 돌보아줄 사람이 없었기 때문이다. 또 그를 그렇게 만든 장본인이 그녀였기 때문이기도 했다. 그는 수술을 몇 번을 했는지 모른다. 으스러진 뼈에는 인조 뼈를 넣었고 신경이 끊어진 부분엔 수술로 이었다. 그렇게 일 년여를 수술을 하며 보낸 것이다. 그의 몸은 수술로 인해 만신창이가 되어 있었다. 일 년이 지나며 그의 몸이 서서히 살아나기 시작했다. 다 죽어가던 사람이 생기를 찾고 한 걸음 두 걸음, 발을 떼기 시작했다. 그렇게 재활을 시작하고 완벽한 몸은 아니지만 웬 만큼의 건강을 찾아 퇴원을 했다. 퇴원을 한 그가 그녀를 찾아 비엔나를 찾았다. 그녀도 하민규가 퇴원을 한다는 것은 알고 있었지만 그날따라 비엔나가 바쁜 관계로 퇴원 수속을 다른 사람에게 부탁했던 것이다. 매일 병원에서 보아 낯익은 얼굴이지만 퇴원해 비엔나로 자신을 찾아온 그를 보니 미안하기만 하다. 그녀가 사고를 낸 당사자임에도 불구하고 민규는 그녀에게 원망 한마디 한 적이 없었다. 하민규는 그녀완 아무런 관련이 없는 사람이었지만 친구 맞선자리에 쫓아 나온 것이 죄라면 죄였다. 그는 아직 걸음을 제대로 걷지 못하여 휠체어를 타고 다녔다. 그런 그가 부산으로 내려가 자신의 회사인 건축설계사무실에 나가

봐야 되겠다는 것이었다.

“그동안 수고 많았습니다. 오늘 부산으로 내려가 봐야 되겠습니다. 너무 오랫동안 사무실을 비워 놓아서....”

“아직 많이 불편하신데 그 몸으로 어쩌시려고....”

“이제부터는 시간과의 싸움만 남았을 뿐입니다. 시간이 지나면 저의 몸도 정상으로 돌아오겠지요.”

민규는 그날로 부산으로 내려가 몸은 불편했지만 건축설계 사무실에 나가 일을 하기 시작했다. 그리고 시간이 날 때면 가끔씩 그녀를 찾아왔다. 그가 퇴원 후 부산으로 내려가기 전 그녀에게 양해를 구한 일이 있었다.

“미희씨, 나 가끔 미희씨 집에 놀려 와도 되겠어요?”

“그럼요. 민규씨가 그렇게 된 것이 누구 때문인데요. 언제든 오시고 싶으면 오세요.”

그녀로 인하여 불구가 된 그에게 오지 말라고 할 수는 없는 일이었다. 그리고 맞선을 보기 전에 선을 본 상대보다 더 호감이 갔던 사람이었다. 나름대로 책임감을 느끼고 있던 터였기에 흔쾌히 승락을 했다.

“정말입니까?”

“네, 언제든 오시고 싶을 땐 오세요.”

“정말 감사합니다.”

그렇게 내려간 민규는 처음엔 2주에 한 번 꼴로 다녀갔는데 어느 때인가부터 일주일에 한 번씩 올라와 건넌방에서 자고 그녀 몰래 새벽에 내려가곤 했다. 그는 항상 휠체어를 타고 다녔는데 그녀에게 올 때는 예외로 휠체어 없이 목발만 짚고 왔다. 목발을 짚고 걷는 모습이 위태하게 보였지만 민규는 그녀 앞에선 넘어지지 않고 걸으려 애쓰는 모습이었다. 피붙이 없이 자란 민규였기에 그녀가 그에겐 의지가 되었나 보았다. 어제 왔던 민규가 떠난 뒤 그녀는 침대에 누워 머릿속에 옛 생각을 정리해 본다.

초등학교 4학년 때 쯤 일 것이다. 평소 남자 성격이었던 그녀는 여자 친구보다는 남자 친구들과 더 잘 어울려 놀았다. 그해 여름방학이었다. 그녀는 남자 친구와 어울려 방학숙제인 곤충채집을 위해 매미를 잡으려 버드나무에 올랐다. 버드나무는 수령이 오래된 나무여서 밑동이 상당히 굵었고 가지도 여러 갈래로 뻗어 큰 수림을 이루어 여름이면 동네 어른들이 그 나무 그늘에서 잠을 자기도 하였다. 큰 나무에는 가지가 많아 매미가 수없이 붙어 울어대고 있었다. 그녀가 어느 정도 오르니 옆으로 뻗은 가지에 매미가 보였다. 매미는 손에 닿을 듯한 근거리에서 울고 있었다. 매미는 울 때마다 날개를 벌렸다 움츠렸다 했다. 그녀는 쾌재를 부르며 매미를 향하여 가지를 타고 살금살금 다가가기 시작했다. 매미는 그녀가 자신을 잡기 위해 다가가는 것을 아는지 모르는지 자신의 임무에 충실하게 힘차게 울어대고 있을 뿐이었다. 그녀가 매미에게 거의 다가가 손을 뻗어 매미를 낚아챌 순간이었다. 그때 나뭇가지가 우지직 소리와 함께 밑으로 기울기 시작했다. 그 나뭇가지는 이미 전부터 부러져 살짝 붙어 있는 불안한 상황이었는데 그녀가 매미를 잡으러 가지를 타고 접근을 하니 그녀의 몸무게를 이기지 못한 나뭇가지는 우지직 소리를 내며 밑으로 떨어지기 시작한 것이다. 만약 나뭇가지가 부러져 뚝 떨어져 내렸다면 그녀는 죽던지 어디 병신이 되었을 수도 있었다. 그러나 다행스럽게도 가지는 부러진 채 나무에 매달려 있었다. 그녀는 혼비백산한 나머지 잠시 정신을 잃은 상태에서도 그냥 떨어진 것이 아니고 축 늘어진 버드나무 가지를 잡고 미끄럼 타듯 떨어져 다친 곳은 없었다. 밑에서 자고 있던 사람들이 놀라 옆에 있는 우물에서 물을 퍼다 먹이고서야 그녀는 정신을 차릴 수 있었다. 그런 일이 있은 후 어머니는 높은 나무에서 떨어지고도 아무 일이 없었다는 것은 기적이라며 무당을 불러 굿판을 벌였다. 굿을 한 무당은 조상의 덕으로 살아났다며 타고난 명은 긴데 다른 사람의 명을 단축시키는 사주팔자라는 것이었다. 어머니는 그 말이 궁금하여 자세히 말을 해 달라 하니 무당도 더 이상은 아는 것이 없다며 다만 사주팔자는 타고나는 것인데 타고난 사주팔자가 지독하게 살(殺)이 낀 사주라는 것이었다. 그렇기 때문에 그녀가 나중에 결혼 할 남자는 그녀의 사주를 뛰어넘을 강한 사람이 아니면 죽을 수를 면하기 어렵다는 것이었다.

그때 그 소릴 들을 때는 기분은 언짢았지만 나이가 어렸던 그녀와 어머니는 심각하게 생각지 않고 그동안 까맣게 잊고 살았던 것이다. 특히 그녀로서는 어릴 적에 들은 말이었기에 그녀의 기억 속에서는 지워져 버린 일이었다. 남편이 죽었을 때도 미쳐 그 생각은 하지 못했다. 그러나 두 번째의 선을 보러 왔던 사람이 죽고 하민규가 죽을 만큼 중상을 입고서야 불현듯 그때 무당의 말이 희미하게 머리에 떠올랐다.

"그럼 이런 일들이 정말 우연히 일어난 일들이 아니란 말인가?"

이렇게 의문을 품으면서도 문명이 고도로 발달한 이 시대에 그런 일은 있을 수 없다는 생각이었다. 그녀는 지금까지 일어난 일들이 어릴 적 무당이 한 예언 같은 말을 믿을 수가 없었다.

"지금까지 일어난 일은 모두 우연의 일치일 뿐이야, 지금 시대가 어느 시대라고 그런 고리타분한 말을 믿어. 다만 내가 운이 지독하게 없었을 뿐이야"

그녀는 그렇게 모든 걸 우연으로 돌려 버렸다. 그녀는 지나간 것들은 빨리 잊는 편이었다. 모든 걸 훌훌 털고 비엔나에 정신을 집중했다. 그런 속에서도 비엔나는 손님이 꾸준했다. 손님 중에서 거의 하루도 빠짐없이 출근을 하듯이 오는 사람이 있었다. 그 손님은 레스토랑 비엔나에 걸린 그림에 관심이 많은 것 같았다. 어느 날 그가 그녀에게 에게 물었다.

"이 그림 어디서 구입한 겁니까?"

"네? 제가 그린 그림인걸요."

"정말입니까? 그럼 미술을 전공하신 모양이지요?"

"그렇습니다."

"대단한 재능을 가지고 계시는군요."

" 어디에 내놓을 작품도 아닌데 제 그림이라 레스토랑을 개업하며 마땅히 실내에 장식할 것이 떠오르질 않아 제 작품들로 채워 놓은 것이랍니다. 부끄럽습니다."

"제가 빈말로 칭찬을 한 것이 아니랍니다. 정말 좋은 작품입니다. 그려 놓은 것이 있으면 어떻게 한 점 얻을 수 있을 런지요?"

매일 출근하다시피 하는 손님이 정중히 요청을 하는데 뿌리

칠 수 없었다. 그래서 그림 한 점을 준 것을 계기로 그와의 사이가 급속도로 가까워 졌다. 그의 이름은 장명재였다. 그는 적은 규모의 회사를 운영하고 있었는데 부모의 유산을 물려받은 게 많아 사업은 소일거리에 불과 했다. 그는 나이가 50세가 넘어 수염을 기르기 시작했는데 60세를 갓 넘은 그의 외모에 하얀 수염이 제법 잘 어울렸다. 그는 특히 외모에서 독특하게 이중적인 면이 풍기는 사람 이었다. 어떻게 보면 온화한 인상이어서 인자한 사람 같기도 하고 어느 쪽으로 보면 야수의 냄새를 풍기는 야누스와 같은 상이기도 했다. 선천적으로 남자 없이는 못사는 여자였는지 그녀는 자신도 모르는 사이에 장명재에게 빠져들고 있었다. 장명재는 그녀의 흔들리는 마음을 읽고 있었는지 어느 날 그녀에게 넌지시 물었다.

"경화씨, 바다낚시 좋아해요?"

"한 번도 가본 적은 없지만 가보고 싶긴 해요. 바다에서 직접 잡은 생선을 회 떠서 먹는 것을 방송에서 보았는데 너무 좋던걸요. 한번쯤 가보고 싶었어요."

"내가 바다낚시에는 일가견이 있지요. 그렇다면 이번 주말에 바다낚시 어때요?"

"어머, 그래요. 그거 좋지요. 그럼 가기로 해요."

그렇게 장명재와 약속을 하고 토요일에 떠나 일요일에 돌아오는 바다낚시를 떠나기로 한 것이다. 그렇다면 하민규가 문제였다. 틀림없이 민규가 일요일에 올라올 것은 틀림없는 일이었다. 할 수 없이 민규에게 전화를 하기로 했다.

"민규씨, 이번 일요일엔 올라오지 않으면 안돼?"

"무슨 일이 있습니까?"

"일이 좀 있어. 토요일 떠나 일요일에 올라 올 일이 생겼거든."

"그렇다면 할 수 없지요. 잘 다녀오세요."

그날 밤 장명재의 차로 출발해 바닷가와 가까운 곳에 민박으로 숙소를 잡았다. 처음엔 방을 2개 얻기로 했으나 무슨 일인지 처음엔 있다던 방이 하나밖에 없다는 것이었다. 그것은 장명재가 민박 주인에게 미리 손을 써 놓았기 때문이었다. 그러나 그녀 또한 내심은 방을 2개 얻는 것을 그리 달가워하지 않았다. 사실 한참 남자를 알만한 나이에 혼자된 몸이 되고 보니 장명재와 함께 오면서 한편으로는 멋진 로맨스를 만들고 싶은 마음이 있었다. 그런데 장명재가 방을 2개 얻는다 하니 속으론 실망을 했던 것이다. 그런데 상황이 돌변하여 방이 하나밖에 없다하니 겉으론 싫은 척 하며 속으론 내심 기분이 싫진 않았다. 그러나 여자인 그녀의 자존심도 세워야 했다.

"방이 2개를 얻기로 하고 왜 별안간 방이 1개 밖에 없다고 하는 거지요?"

"경화씨, 바다낚시를 온 사람들은 많은데 민박이 많지를 않아서 방이 부족한 모양입니다. 우리가 이해를 해야지요. 우리 방에서 잘 때 가운데 커튼을 하나 치고 자면 되잖아요. 하하하"

"좁은 방에서 자며 어떻게 그렇게 해요. 난 피곤해 잘 테니 알아서 자도록 해요."

그녀는 장명재가 어떻게 하던 상관이 없었다. 어쩌면 그녀는 그가 자신을 어떻게 해주길 은근히 바라는 마음이 더 강했는지 모른다. 그런 속에 피곤했던 그녀는 어느새 잠이 들었다.

그런데 어느 때부터인가 가슴이 답답하고 몸이 달아올랐다. 눈을 뜨니 정명재가 벌거벗은 몸으로 그녀의 가슴을 짓누르고 있는 것이었다. 이미 그녀의 몸은 실오라기 하나 걸치지 않은 상태였고 그녀가 숨이 찬 것은 이미 그의 애무에 몸이 후끈 달아올랐기 때문이었다. 사내 냄새를 강하게 풍기며 장명재는 야수로 돌변하여 그녀를 거칠게 몰아치고 있었다. 그녀의 입에서는 자신도 모르게 신음이 흘러 나왔다.

"아– 아–"

그렇게 활화산 같이 뜨거운 시간이 지나고 장명재가 그녀의 몸에서 떨어져 나왔다. 그날 밤 둘은 벌거벗은 몸으로 꼭 안은 채 잠이 들었다. 다음 날 아침 일찍 일어나 민박집에서 주는 아침식사를 하고 그들은 바닷가로 나갔다. 장명재는 준비한 낚시도구로 갯바위에 앉아 낚시를 시작했다. 하늘은 맑았고 쪽빛바다는 잔잔한 파도만 일고 있을 뿐이었다. 점심은 장명재가 잡은 고기로 일부는 회를 뜨고 나머지는 매운탕을 끓였다. 그렇게 점심을 먹고 그녀는 떠날 준비를 했다. 그러자 장명재가 남은 고기에 조금만 더 잡아 가지고 가자며 갯바위로 나가는 것이었다. 그런데 맑았던 하늘이 별안간 회색 하늘로 변하며 파도가 치기 시작했다.

"명재씨, 날이 흐리고 파도가 치니 이제 그만 하고 갑시다."

"알았어요. 낚시를 거두고 바로 내려갈게요."

그렇게 대답을 하고 명재가 막 갯바위를 내려오려는데 별안간 너울성 파도가 명재를 덮치는 것이었다. 마치 파도가 뱀의 혀인 양 순식간에 덮쳐서 명재를 삼켜 버린 것이다. 그녀는 순간적으로 명재의 이름을 불렀지만 바다가 삼켜버린 명재의 흔

적은 찾을 길이 없었다.

"명재씨, 명재씨, 안돼요."

그녀는 악을 쓰며 명재의 이름을 불렀지만 무심한 파도만이 바위에 부딪쳐 산산이 부서지고 있을 뿐이었다. 사고가 난 후 해경이 실종된 장명재의 수색에 나섰으나 장명재의 흔적은 찾을 길이 없었다. 그녀는 시신을 찾지 못한 상태에서 현장을 떠날 수가 없었다. 그러다 3일 후 사고 현장에서 멀리 떨어진 곳에서 고기를 잡으러 가던 어선에 의해 장명재의 시체가 발견되었다. 해경에서 시신을 확인하러 오라는 연락을 받고 급히 가 하얀 천에 덮여 있는 시체를 보니 차마 확인하기가 두려웠다. 다리에 힘이 빠져 도저히 시체를 확인 할 수 없어 그 자리에 털썩 주저 않아 버렸다. 그러자 옆에 서 있던 해경이 부축을 하여 일으켜 세운다. 간신히 부축을 받으며 시신이 덥인 천을 거두니 분명히 장명재였다. 그녀는 그 자리에 털썩 주저앉으며 오열하기 시작 했다. 그 오열은 장명재의 죽음이 슬퍼 우는 오열이 아니었다. 그 울음은 자신의 기막힌 운명에 대한 회한의 오열이었다. 어떻게 된 팔자가 자신과 조그만 연관이 있어도 죽음이라니 이런 기막힌 운명이 어디 있단 말인가. 그녀와 연관이 되어 죽은 사람이 벌써 남편을 비롯 3명에 달했고 한명은 구사일생으로 살았으나 아직도 완전한 몸은 아니었고, 장명재까지 4명에 달하고 있는 것이다. 모든 일을 정리하고 나니 그녀는 탈진이 되어 쓰러질 지경이었다. 비엔나는 직원들에게 맞기고 그녀는 집에서 쉬기로 했다. 며칠이 지나 비엔나에 출근을 한 날이다. 그날도 무사히 영업이 끝나갈 무렵이었다. 웬 여자가 비엔나 입구로 막 들어서고 있었다. 손에는 전에 그녀가 장명재에게 주었던 그림이 들린 채였다.

"여기 주인 여자가 누굽니까?"

그녀는 손에 들려 있는 그림을 보고 그 사람이 장명재의 부인이란 걸 알 수 있었다.

"제가 비엔나의 주인인 김경화입니다."

"그래? 낯짝은 반반해 가지고 남자 홀리는 데는 선수라고 소문이 자자하던데 과연 그렇게 생겨 먹었어."

하고는 들고 있던 그림을 바닥에 내동댕이치고 다짜고짜 달려들어 그녀의 머리를 잡아챘다.

"야, 이 화냥년아 너 오늘 죽어봐라. 네년이 우리 남편을 홀려서 죽게 만든 년이지? 내가 뒤로 알아보니 네년은 남자를 잡아먹는 년이라더라. 이 쳐 죽일 년아."

그녀는 아무런 변명조차 할 수가 없었다. 어떻게 보면 장명재의 부인이 하는 말이 하나도 틀린 말이 아니었기 때문이었다. 다행히 영업이 끝나갈 무렵이라 손님이 없어 다행이라면 다행이었다. 그날 그녀는 장명재의 부인에게 흠씬 두드려 맞았다. 맞을 때 그녀는 도리어 아프기 보다는 속이 후련했다. 맞으면서도 더 때려 달라고 속으론 말하고 있었다. 말하자면 자신에게 이런 굴레를 씌워준 신에게 반항하고 있는지도 모른다는 생각이 들었다. 그런 일이 있은 후 또 일 년이란 시간이 흘렀다. 세월이 약이라고 1년여의 세월이 흐르니 장명재와의 기억이 희미하게 지워져 갔다. 집에서 칩거한지가 1년여가 된 것이다. 이젠 훌훌 털고 일어나야 했다. 우선 하민규 사고 때 취소된 운전면허 시험을 보기로 했다. 실기시험만 보면 됐지만 오래 쉬어서 그런지 면허증 따기가 쉽지 않았다. 기왕에 시작을 한 것이니 하루라도 빨리 따고 싶어 그녀가 사는 지역의 면허시험장에서 실기시험을 보았으나 보기 좋게 떨어졌다. 그녀는 하루라도 빨리 면허를 따기 위해 u시에 있는 면허시험장을 찾았다. 그곳에서는 도로주행시험을 u시에서 p시를 다녀오는 코스였다. 운전석에는 그녀가 타고 있었고 옆에는 시험관이 뒤에는 함께 도로주행시험을 보는 사람 2명이 타고 있었다. 한가한 도로를 달리고 있을 때였다. 별안간 돌발 상황이 발생한 것이다. 급커브 길이었는데 레미콘을 실은 차가 속력을 내고 오자 그녀는 위기를 느끼고 급히 핸들을 옆으로 돌렸다. 그러자 아차 하는 순간 급커브 길의 절벽으로 차가 구르고 말았다. 그 순간은 시험관이 옆에 있었어도 손쓸 시간도 없었다. 절벽으로 떨어지는 순간 그녀의 뇌리엔 찰라 적이었지만 지난 사고의 악몽이 되살아났다.

"아! 또 사고란 말인가?"

하며 정신을 잃었다. 그녀가 정신을 차렸을 때는 병원 침상이었고 몸은 조금도 움직일 수가 없는 상태였다. 그리고 다른 사람 3명은 사고 현장에서 모두 죽었다는 것이었다. 그 소리를 듣는 순간 마음이 참담해 왔다.

"어떻게 나와 함께 사고가 나면 나만 빼고 모두 죽는단 말인가?"

참으로 기가 막힐 노릇이었다. 그러나 기가 막힌 일보다 더 큰 일은 지금부터였다. 운전면허를 따기 위한 주행에서 일어난 일이기에 그녀에겐 보험을 들은 것이 없었다. 물론 면허시험장에서 보상이야 하겠지만 유족들이 그 보상액으로 만족할리 없었다. 유족들은 그녀에게 사납게 대들었다. 죽은 사람들의 목숨 값을 내놓으라는 것이었다. 그들은 보상을 할 때까지 장례를 치를 수 없다며 장례식장에 시신을 안치해 놓고 그녀를 압박했다. 그러나 그녀에겐 그들의 요구를 들어줄 만큼의 큰돈이 없었다. 그동안 비엔나를 지을 때 은행 빚을 내어 지었기 때문에 원금 상환과 이자 갚기에 급급했기 때문이었다. 또 미국에 가 있는 아이들에게 매월 보내는 생활비와 학비도 적은 돈이 아니었다. 주위에선 비엔나가 장사가 잘돼 많은 돈을 번 것으로 알고 있었다. 그러나 빛 좋은 개살구였다. 그녀는 비엔나와 집을 부동산에 내놓았으나 쉽게 팔리질 않았다. 그렇게 돈을 마련하지 못하고 차일피일 미루자 유족들의 대표가 찾아와 최종 통보라며 말했다.

"당신 이렇게 큰 장사를 하면서 사람 죽여 놓고 목숨 값 주기 싫어하니 이젠 실력행사에 들어갈 수밖에 없다는 것을 아시오."

"제발 조금만 봐 주세요. 저의 사업체와 집까지 모두 부동산에 내놓았습니다. 모든 것이 정리 되는대로 해결해 드리겠습니다."

"언제까지 기다리라는 얘깁니까? 더 이상은 기다릴 수가 없어요."

그들은 다음날 장례식장에 안치해놓았던 시신을 차에 실고와 그녀가 살고 있는 집 거실에 3구의 관을 나란히 놓고 시위를 벌였다. 그녀는 그들의 등살에 죽을 것만 같았다. 그때 하민규가 아니었으면 그녀도 죽었을 것이다. 당시 하민규는 그녀에게 있어서는 구세주와 같은 사람이었다. 민규는 그런 그녀를 보고 위로를 하며 걱정 말라는 것이었다.

"모든 일은 나에게 맡겨 주십시오. 내가 알아서 처리할 테니까요."

"민규씨가 어떻게 처리를 한단 말이에요?"

"걱정 말아요."

민규는 그들과 어떤 방법으로 처리를 했는지 모르지만 유족들은 거실에 있던 시체를 모두 철수하고 다음날부터 보이질 않았다. 나중에 안 사실은 민규가 그녀의 남편이라고 하며 조용히 자신의 돈으로 해결을 한 것이었다. 그녀는 그 이야기를 듣고 감동을 하면서도 그대로 있을 수가 없었다. 우선 집과 비엔나를 부동산에 가 다운된 가격에라도 팔아 달라고 했다. 그러자 성황중인 비엔나에 대하여 눈독을 들이고 있던 사람이 계약을 했다는 것이다. 얼마 후 집도 계약이 됐다는 소식이었다. 이젠 하민규의 돈만 갚으면 되는 것이었다. 민규를 그 지경으로 만든 사람은 그녀인데도 민규는 그녀에게 원망 한마디 없이 도리어 원수를 은혜로 갚고 있는 것이었다. 그녀는 집과 레스토랑 비엔나가 팔리자 자신이 살 조그만 집만 마련하고 모두 민규의 돈을 갚기로 했다. 그러나 민규는 한사코 받으려 하지 않는다.

"만약 민규씨가 돈을 받지 않는다면 난 다시는 민규씨 얼굴 보기 힘들 것 같아요. 제발 그러지 말고 이 돈 받아 줘요."

"그럼 조건이 있어요."

"그럼 그 조건이란 게 뭔데요?"

"앞으로 경화씨는 나를 경화씨의 남자라고 생각해 줘요. 내가 아무리 생각해도 경화씨의 짝은 내가 분명해요. 지금 것 경화씨와 함께 했던 사람들이 모두 죽었지만 살아남은 사람은 유일하게 나 하민규 뿐이잖아요. 물론 나도 죽다 살아났지만 경화씨의 운명을 이겨낼 수 있는 사람은 유일하게 나뿐인 것 같아요. 이 돈은 일단 경화씨의 통장을 만들어 보관하고 있을 테니 앞으로 필요한 일이 있을 때 다시 가져가도록 해요."

그녀는 민규의 말에 선뜻 대답을 할 수가 없었다. 물론 일부러 그렇게 만들려고 한 것은 아니라지만 그 사람이 생각하기에 따라서는 원수와 같은 존재가 될 수도 있는 처지였다.

"민규씨 절대 그럴 수는 없어요. 어떻게 원수와 같은 사람과 그럴 수가 있어요."

"아닙니다. 우린 태어날 때부터 운명적으로 그렇게 만나게 되었던 사람들인 것 같습니다. 지금처럼 일주일에 한 번씩 왔다 갈게요. 단 경화씨가 내가 싫고 다른 좋은 사람을 만난다면 얼마든지 그때는 그렇게 해도 괜찮습니다."

그렇게 말을 하고 민규는 부산으로 내려갔다. 일주일 후에 올라온 민규는 차를 한 대 끌고 올라 왔다. 물론 장애인용 표시가 붙어 있었다. 민규는 지난번 사고의 후유증으로 장애 2급의 등급을 받았다는 것이었다. 민규의 이름으로 된 것이었으나 나를 배려해 산 것이니 정상인용으로 산 차였다.

"레스토랑도 그만 두었으니 심심할 것 같아 차를 끌고 놀러 다니라고 사왔어요."

"고맙긴 한데 나에게 물어보고 사지 그랬어요. 나 옛날에 그리던 그림 일 해보려고 해요. 미국에 있는 아이들한테 생활비도 보내야 하니 뭐든 해야만 하거든요."

"지금 그 나이에 그림 그리기 쉽지 않을 텐데요. 웬만하면 좀 쉬다가 내가 사무실을 내 줄 테니 한번 해보도록 해요."

"그게 뭔데요?"

"부산에서 내가 하는 일인데 전부터 서울에다 지사를 하나 내려고 계획했던 일입니다."

"그런 일을 내가 어떻게 해요. 전문적인 지식이 필요한 일인 것 같은데요."

"아닙니다. 이곳에 사무실을 내놓고 일이 들어오면 경화씨가 메일이나 팩스로 보내 주세요. 그러면 모든 일은 내가 알아서 할 테니까요."

그렇게 말한 후 몇 달이 지나서 민규는 서울에 지점을 내어 그녀에게 맡겼다. 민규의 말대로 그 일은 그렇게 어려운 일은 아니었다. 처음엔 민규가 부산의 직원을 파견하여 그녀를 돕게 하였다. 차차 일에 적응이 되자 그녀는 그 일을 혼자서도 할 수 있는 수준이 되었다. 민규 덕분에 그녀의 불안했던 마음과 생활도 안정이 되어 갔다. 어느 날이었다. 민규가 올라와 하룻밤을 잔 후 그날은 일찍 부산으로 내려가지를 않고 그녀와 어느 곳에 들 릴 곳이 있다며 함께 가기를 요청했다.

"경화씨, 오늘 저와 어디 좀 함께 갑시다."

"어딘데요?"

"묻지 말고 따라만 와줘요."

민규가 그녀를 데리고 간 곳은 관음정사라는 간판이 붙은 곳이었다. 안으로 들어가니 먼저 온 사람들이 대기하고 있었다. 그러나 전날 민규가 미리 예약을 해놓아 차례를 기다리지 않고 그들은 바로 들어갈 수 있었다. 들어가니 승복 차림의 단아하게 생긴 사람이 좌정을 한 채 앉아 있었다. 그는 두 사람의 생년월일을 묻고 한참 무언가 생각을 하더니 말했다.

"두 사람이 타고난 사주팔자가 좋지 않습니다. 그러나 두 사람은 운명적으로 만날 연분입니다. 만약 연분이 아니었다면 사고 당시 죽었을 겁니다. 비록 사고로 인하여 후유증은 있었지만 시간이 가면 정상으로 돌아 올 겁니다. 여자 분이 남자 분의 분신이 되어준다면 좋은 짝이 될 것입니다. 그러나 아직도 여자 분의 살기(殺氣)가 모두 해소되지 않아 신앙에 귀의해 몸에 있는 살기(殺氣)를 털어 내십시오. 그러면 두 분에게 아무 일이 없이 행복하게 살 것입니다."

여기까지 말을 마친 그녀는 빈소 옆 의자에 앉아 졸고 있는 사람을 쳐다보았다. 나의 직감으로는 그 사람이 하민규일 것이라고 생각 했다. 아침에 일어나 출근을 해야 했기 때문에 나는 그만 자리에서 일어나야 했다. 그녀에게 그만 가봐야겠다는 인사를 하고 밖으로 나왔다. 바람이 제법 차다. 허긴 낮에 간간이 눈을 뿌리더니 저녁이 되며 바람과 함께 기온이 더 내려간 것 같다. 버스정류장에는 버스를 기다리는 인파가 발 디딜 틈도 없이 밀려 있다. 버스가 들어올 때마다 많은 사람들이 자신이 타고 갈 버스를 찾아 이리 밀리고 저리 밀리는 모습이다. 그렇게 기다리다 보니 내가 타고 갈 버스가 들어오고 있다. 또 다시 많은 사람들이 우~ 하고 밀린다. 비좁은 틈새를 비비고 들어가 간신히 차를 타는데 성공해 서서갈 자리지만 내 한 몸 의탁할 공간을 확보했다. 이미 거리는 어둠에 잠기고 상점의 윈도우에는 환하게 불이 들어와 어둠을 밝히고 있다. 집으로 점점 가까워 올수록 버스 안에도 자리가 비워지기 시작한다. 나는 비워진 자리를 찾아 자리에 앉는다. 천(川)을 건너고 학교 건물이 차창에 나타난다. 또 교회의 높은 탑에 빨간 불의 십자가가 선명하게 눈에 들어온다. 그리고 마침내 집 앞의 정거장에 도착을 했다. 차에서 내리니 찬바람이 몸을 엄습한다. 어두운 하늘을 올려다본다. 실로 얼마 만에 보는 밤하늘인지 모른다. 그간 하늘에 별이 떴는지도 모르고 바쁘게 살았으니까. 별을 보며 조금 전 들은 경화의 이야기를 음미해 본다. 인간에게 운명이란 것이 과연 존재하는 것일까? 나는 골똘히 생각하며 지금까지 들은 김경화의 지나온 이야기가 믿기지 않았다. 과연 그러한 일들이 신에게 도전할 정도의 과학이 발달한  세상에서 있을 수 있는 일일까? 하고 의문 부호를 떠올려 보았다.

_끝_

# 8
# 이별여행

봉필현 단편

시야가 확 트인 아스팔트길을 호수를 옆으로 끼고 30여분을 달렸을까, 오른쪽으로 작은 길이 보이는 아담한 마을이 눈에 들어온다. 나는 마을로 향해 있는 곧장 뻗은 길로 차를 몰았다. 주변에는 묵은 노송들이 마을을 감싸듯 병풍처럼 둘러서 있어 제법 풍치가 있어 보인다.

"이곳이 그 친구가 잠들어 있다는 마을이란 말인가?"

나는 마을 빈 공터에 차를 세우고 올 때에 미리 준비 해 가지고 온 생전에 그가 좋아 했던 맥주와 안주를 내렸다. 그의 처(妻)의 말에 의하면 그 마을에 들어가 공터에 차를 세우고 오른쪽을 보면 노송이 늘어선 산에 사람이 다닐 수 있는 길이 있다고 하였다. 그 길을 20분쯤 걸으면 오른쪽으로 2 기의 무덤이 있을 것이라 했다. 나는 그 길을 천천히 걸어 올라가기 시작 했다. 포장이 되지 않아 울퉁불퉁하지만 빽빽하게 들어선 노송에서 풍겨 나오는 송진 냄새가 뇌를 상쾌하게 자극시켜 주고 있다. 문득 그 친구와의 여름밤 느티나무 아래서 밤이 늦도록 맥주를 마시던 기억이 되살아난다.

퇴근할 무렵 그의 전화를 받았다.

" 나 오늘 술 좀 사줄래?"

그와 늘 마시는 슈퍼마켓 앞 느티나무 아래서 자리를 잡고 맥주를 시켰다. 그는 술이 나오자 병마개를 딴 후 연달아 맥주를 컵에 따라 두 잔을 마셨다.

"아~ 이제야 끓던 속이 좀 가라앉는 것 같아."

잎이 무성한 느티나무 아래 초저녁부터 마시던 맥주는 이미 여러 병 비우고 있었다. 처음에 세병으로 시작한 맥주가 몇 병인지 알 수 없을 정도로 놓여 있다. 술은 짝수로 먹는 것이 아니라고 그가 우겨 계속 마시다 보니 그렇게 쌓인 것이다. 시계를 보니 벌써 2시다. 나는 새벽에 출근을 해야 하기 때문에 더 이상 마실 수가 없었다. 이제 그만하자고 하니 그는 두 병만 더 하자고 막무가내다. 2시인 지금 들어가도 잠잘 시간은 별로 없다. 들어가 씻고 하면 1시간은 훌쩍 지날 것이고 기껏해야 잠잘 수 있는 1~ 2시간 남짓이다. 나는 할 수없이 30분 정도의 시간을 더 할애하기로 하고 도로 앉을 수밖에 없었다.

"아니 도대체 무슨 일이 있기에 속이 끓는다는 거야?"

"나야 속 끓일 일이 한 두 가지 여야지"

"회사에서 좋지 않은 일이 있기도 하지만 집안일에도 속이 끓을 일이 있어. 휴~"

"무슨 일인데 세상이 무너진 듯 한숨이 긴 거야?"

그는 다시 한 번 긴 한숨을 몰아쉬고 천천히 이야기를 시작한다. 7월의 여름밤이 후덥지근해 불쾌지수가 올라갈 즈음 때맞춰 시원한 바람이 불어왔다.

그의 형제는 6남매였다. 위로 누나가 2명 밑에 동생이 3명이 있었다. 바로 밑으로 남동생이었고 남동생 밑으로 여동생이다. 그러나 위의 누나들은 별 탈 없이 살고 있었지만 밑으로 동생들 셋이 문제였다. 바로 밑의 남동생은 취직을 해도 진득하게 다니질 못했다. 또 두 여동생 중에 하나는 남편과 사별해서, 막내 여동생은 이혼해 집에 와 있었다. 그러니까 밑으로 동생들 셋이 골치 덩이었다. 문제는 직장을 그만두고 놀고 있는 남동생과 이혼하여 와 있는 막내 여동생이었다. 그 둘은 죽이 잘 맞아 늘 말썽은 그 둘이 피우고 다니는 것이다. 그가 속상해 하는 일도 물론 그들 때문이었다. 놀고 있는 남동생과 막내 여동생이 아버지에게 땅을 담보로 은행에서 대출을 받아 룸살롱을 하나 차려 달라고 조른다는 것이다. 남동생과 여동생이 함께 동업을 하겠다는 것이다. 시국이 경제적 불황인데도 불구하고 그들은 우기며 아버지를 겁박하고 있었다. 아버지께서는 어려운 결정을 할 때는 늘 그를 불러 자문을 구하고 실행을 했다. 그만큼 그는 아버지에게 믿음이 가는 든든한 맏이였다. 그 날도 동생들을 앉혀 놓은 자리에서 아버지는 그에게 묻는 것이었다.

"네 동생들이 시내에 나가 룸살롱을 하겠다고 저 야단인데 네 생각은 어떤지 듣고 싶구나."

"요즘은 유가의 폭등과 경제 불안으로 인하여 많은 사람들이 몸을 사리고 있습니다. 모든 물가가 천정부지로 치솟고 있는데다가 한 푼이라도 아끼려 생활비까지 줄이며 허리 졸라매는 세상인데 그 비싼 룸살롱에서 흥청망청 누가 술을 마시겠어요. 이건 애초의 발상부터가 틀린 거예요."

아버지도 이해가 가는지 고개를 끄덕인다.

"지금 룸살롱을 하겠다함은 망하려고 기름을 지고 불에 뛰어드는 거나 다름없어요. 그렇다고 동생들이 그 방향에 경험이 풍부한 것도 아니잖아요."

아버지는 한참을 망설이더니 어렵게 말을 꺼낸다.

"네 동생들이 자꾸 저래서 그런데 아예 이 기회에 여기 집과 내가 전부터 너에게 주려고 작정을 했던 땅을 네 앞으로 등기를 하는 게 어떨지 모르겠다. 이러다가는 애들이 무슨 짓을 저지를지 알 수가 없구나."

그러자 동생들의 눈빛이 대번에 달라졌다.

"흥, 결과적으로 모든 것을 형에게 주려고 내려오라 한 거군요? 나머지 자식들은 모두 개밥에 도토리네요. 아버지."

하면서 작심을 한듯 적개심을 드러냈다. 그는 이런 모습은 아니라고 생각 했다.

"아버지, 저는 아직은 아니라고 생각해요. 아직도 아버지가 정정하신데 미리 그렇게 하면 동생들이 분명 오해할 소지가 있어요. 지금 동생들이 화를 내는 것도 전 이해 할 수 있어요."

그는 유산 상속 문제는 때가 아니라고 아버지를 설득했다. 그러나 동생들의 룸살롱 문제도 지금은 때가 아니라고 분명히 아버지께 말을 하고 동생들에게도 알아들을 수 있도록 설명을 했다. 그러나 그때부터 동생들은 그를 이상한 눈으로 보기 시작했다. 행여 아버지를 꼬드겨 모든 재산을 자신 앞으로 빼돌리지 않나 하는 의심을 하게 된 것이다. 그의 마음에는 없는 상상을 그들은 자신들 마음대로 하고 있는 것이었다. 사실 그는 동생들이 좀 더 건설적인 사업을 구상하고 있다면 아버지를 설득해 밀어 주라고 권유하고 싶었다. 아버지를 만난 지 며칠이 지난 후 동생 준석이 회사로 찾아 왔다. 형제는 근처의 커피숍에서 마주 앉았다. 동생은 앉자마자 그에게 말을 쏟아 놓는다.

"형이 아버지께 무슨 말을 했기에 먼저 보다 더 완강하게 내 사업 구상에 반대를 하는 거지?"

그는 먼저 번 아버지 앞에서 이야기를 했고 그 자리에서도 현 상황에서는 사업이 안 된다는 당위성을 이야기 했지만 마음이 뒤틀린 동생은 귀에 들리지 않는 것 같았다.

"씨팔, 형이 아버지 재산을 다 먹겠다는 거야, 뭐야. 나 몰래 아버질 만나서 내가 하겠다는 일을 훼방 놓고 지랄하는 거잖아? 형이 아버지 재산 다 먹으려 하는 것 같은데 그게 그리 마음대로 될 줄 아슈? 흥."

아무리 그가 알아듣게 말을 했지만 동생은 화를 참지 못하고 일어나 휙 나가 버린다. 그는 그런 행동을 하는 동생이 황당하게만 보였다.

여기까지 이야기를 한 그는 목이 타는지 맥주 한 컵을 벌컥벌컥 마시고 한마디 휙 던진다.

"야, 성진이 먼저 신청한 마라톤 대회 기념품 도착 안 했냐?"

나와 그는 무엇인가 풀리지 않을 때는 그 어려움을 극복하기 위해 가끔 마라톤 대회에 출전하곤 했다. 이번에도 그가 머리가 복잡하다며 마라톤 대회에 출전하기를 희망 했다. 그래서 얼마 전에 신청을 해 놓았던 것이다.

"응, 도착이 되어 우리 집에 있어, 그렇지 않아도 자네에게 말하려 하던 중이었어. 그런데 다음 주가 마라톤대회인데 연습은 좀 했나?"

"연습은 많이 못했지만 어쩔 수 없잖아. 무조건 가서 뛰어야 하지 않겠어?"

"무리 하지는 말아, 그저 완주 한다는 기분으로 즐기는 마라톤을 하도록 하게나."

인간의 한계에 도전 한다는 마라톤을 하고 나면 때론 피 오줌을 눌 정도로 힘은 들지만 결승 라인을 통과 할 때에 느끼는 성취감은 그 힘든 과정을 상쇄하고도 남았다. 그 어려운 것을 완주했다는 자부심으로 또 다른 어려움을 헤쳐내곤 했던 것이다. 나는 그와 헤어져 집으로 향하는 길에 하늘을 올려다보니 7월의 하늘에 수도 알 수 없는 별이 총총히 서려있다.

구파발 통일로 입구 많은 사람들이 모여 있고 어떤 사람은 열심히 달리는 연습을 하고 있다. 도로를 가로질러 걸려 있는 현수막엔 "제00회 통일마라톤대회" 란 글자가 선명하다. 그간 나와 그는 10여 년 전부터 마라톤을 꾸준히 해왔었다. 그와 내가 사는 동네에 마라톤 팀을 만들어 운영도 하며 많은 회원들과 함께 각 지방에서 열리는 마라톤 대회에도 출전을 해 좋은 성적과 친목을 도모하고 있었다. 오늘도 많은 회원들과 함께 이 대회에 출전을 하여 임진각 까지 뛰어서 골인을 해야 하는 것이다. 잠시 후 스타트 라인에 서서 출발 신호를 기다린다. 드디어 출발을 알리는 총성이 울리고 많은 건각들이 출발선을 박차고 나가기 시작 했다. 나는 그를 보며 파이팅을 외쳤다.

"준태 잘 뛰어 보자. 화이팅!"

"그래 성진이 자네도 잘해, 화이팅!"

나는 선두의 무리에 섞여 구파발 언덕을 박차고 오르기 시작했다. 초반에 고개를 만나 힘이 들지만 이 고개를 넘으면 밋밋한 평지였기에 힘을 비축할 필요성을 느끼질 않았다. 그러나

선두권이 3인으로 축소가 된 상태에서 달리는데 무리가 왔다. 평소에 연습을 많이 못했던 것이 거기에서 나타나기 시작한 것이다. 겨우 절반뿐이 못 왔는데 힘이 달려 뛸 수가 없었다. 나는 기권을 하기로 하고 선수를 회수하는 버스가 오기를 기다렸다. 그러나 아무리 기다려도 버스는 오지 않고 내 앞을 스쳐 가는 선수들이 퍽 지친 모습들이다. 그때 많이 지친 모습의 준태가 앞을 스쳐 지나간다.

"박준태 파이팅!"

그는 지친 모습으로 돌아보기도 힘든 듯 겨우 손을 들어 답례를 하고 앞을 향해 달린다. 나를 아는 많은 사람들이 달려가며 의아하다는 듯 왜 기권을 하느냐고 묻는다. 일일이 답변하기도 힘들다. 아무리 기다려도 회수차는 오지 않고 뜨거운 여름 볕이 사정없이 내려 쬐는 도로에 그냥 서있기도 지루해 다시 뛰기 시작했다. 막상 다시 뛰니 오기가 발동을 한다. 조금 쉰 덕분에 힘이 충전 된 것 같다. 나를 앞질러 뛰던 사람들이 모두 떨어져 나가기 시작했다. 문산 언덕길 초입에 들어섰다. 약 50m 거리에 준태가 힘이 들어 허우적거리며 뛰고 있는 모습이 눈에 들어왔다. 나는 그의 어깨를 툭 치며

"준태 힘내 파이팅!"

하며 앞질러 나갔다. 언덕이 길고 높아 많은 사람이 뒤쳐진다. 많은 사람을 추월하니 힘이 절로 난다. 그러나 준태의 힘들어 하던 모습이 나는 마음에 걸렸다. 언덕에 올라서니 임진각이 멀리 눈에 들어온다. 지금부터는 내리막길이다. 발걸음이 힘차고 가볍다. 넓은 도로를 지나 2차선으로 접어드니 임진각으로 들어가는 길이다. 이젠 다 온 것이다. 100m앞에 "제00

회 통일마라톤대회" 란 아치가 서 있고 그 아래 많은 사람들이 골인 하는 선수들을 열렬히 응원을 하고 있다. 42.195km 언제 해봐도 힘든 레이스다. 내가 들어오고 30분쯤을 기다리니 완전히 지친 준태가 절룩거리며 들어오고 있었다. 그와 나는 우선 배가 고팠다. 회원들과 함께 싸가지고 온 밥을 그늘에 빙 둘러 앉아 먹기 시작했다. 한 여름에 뛰는 마라톤을 혹서기 마라톤이라 부르기도 한다. 하지만 정말 힘든 것은 마라톤 이 후 며칠씩 앓아누워야만 한다는 사실이다. 준태는 마라톤을 한 후 늘 입버릇처럼 이렇게 말했다.

"난 죽어도 마라톤 안 할래, 나보고 뛰자고 하지 마."

뛰고 나서 늘 하는 말이지만 시간이 지나고 나면 그가 먼저 새로운 도전을 하곤 했다. 그랬던 그의 죽음을 알게 된 것은 내가 중국 지사에 파견 된지 몇 달 후였다. 중국에 나가서도 가끔 전화 연락은 했었는데 어느 날부터 전화가 불통이 된 것이다. 그가 죽고 난 후 그의 휴대폰을 받는 사람이 없었기 때문이었을 것이다. 그러던 어느 날 그의 처에게서 전화가 걸려왔다. 장례를 마치고 경황이 없어 몇 개월이 흐른 후에야 남편의 유품을 정리하다 보니 휴대폰에 번호가 찍혀 있었고 그 번호가 나의 전화번호란 것을 알고 연락을 했다는 것이었다. 진작 전화로라도 알렸어야 하는데 미안하다는 인사도 빼 놓지 않았다. 워낙 부지불식간에 일어난 일이라 경황이 없어서 그랬다는 데는 할 말이 없었다. 나는 사건의 경위가 궁금했다. 하지만 그녀는 전화상으론 그렇고 멀리 외국에 통화를 하는 것이라 전화비가 많이 나오니 나중에 한가한 시간에 다시 통화 하자며 끊었다. 그리고 2년간의 중국 근무를 마치고 들어와 사건의 진상을 듣게 되었다.

내가 중국으로 떠난 후였다. 그는 그날도 여느 때와 마찬가지로 아침 출근을 하려고 막 엘레베이터에서 내려 밖으로 막 나오려할 때에 휴대폰으로 전화가 걸려 왔다. 어머니의 전화였다.

"애비야 빨리 좀 내려와야겠다. 너의 아버지가 쓰러지셨다."

전화의 목소리는 다급했고 울음 섞인 목소리였다.

"아버지가요? 별안간 웬 일이예요?"

"준석이 놈이...."

어머니는 채 말을 하지 못하고 울음을 터트렸다. 그는 회사로 전화를 했다. 급한 일이 생겨서 유급 휴가를 내야 되겠다고 하고 집으로 내려갔다. 아버지는 앰브란스로 옮겨져 이미 병원에 입원을 하고 있었다.

"어머니, 준석이는 어디 갔어요?"

"그놈 사람 놈도 아니다. 너의 아버지한테 행패를 부리더니 아버지가 쓰러지자 어디론가 휭 하니 사라지고 말더구나."

"도대체 무엇 때문에 그런 거래요?"

"너도 다 아는 일 아니냐? 땅을 팔던지 아니면 은행에 땅을 저당 잡혀서 저 술집 차려 달라고 안달 하지 않더냐? 어휴~ 무자식 상팔자라더니 귀신들은 다 뭐하누, 저런 놈 안 잡아 가구."

어머니는 속이 많이 상한 모양이다.

"아니 또 그 애기예요?"

"그래 아버지가 안 된다 하니 아마 형이 그랬으면 벌써 해

줬을 거라며 저에겐 한 푼 안주고 몽땅 전 재산을 맏아들인 너에게 주려고 한다며 고래고래 소리를 지르지 않겠니? 그래서 홧김에 아버지가 그래 이놈아 몽땅 네 형 주려고 그런다. 하며 때리려 하니 아버지를 때리진 못하고 확 밀어 버리고 달아났단다. 아버진 혈압이 원래 높았던 사람이 아니니? 쓰러져 정신을 놓은 거란다."

"의사는 뭐라고 해요"

"일단 검사는 했는데 조금 있다가 알려 준다 했으니 기다려 봐야지."

아버지의 상태는 뇌에서 작은 실핏줄이 터졌는데 수술 없이 치유가 되겠지만 당분간은 언어에 약간의 지장이 있겠고 거동하기에도 조금 불편함을 느낄 정도지만 걱정할 정도는 아니라고 하는 것이었다. 그나마 다행인 것은 절대 안정을 취하여야 한다는 전제가 붙긴 했지만 거의 정상인으로 돌아 올 수 있다는 판정을 받고 퇴원을 하였다. 그러나 그의 동생 준석은 불량한 친구들과 어울리며 매일 술에 취해 들어와 아버지를 괴롭혔다. 병원에선 신경을 쓰지 않게 해야 된다고 했지만 준석의 마음엔 차라리 아버지가 죽으면 재산을 나누기가 훨씬 수월할 거란 생각을 가지고 있는 것 같았다. 준석이 법무사에 가서 알아보니 법이 바뀌어 유언장을 작성하지 않은 이상은 모든 형제는 남녀 구분 없이 균등하게 유산을 분배 받을 수 있다고 했다는 것이다. 그런 사실을  술에 취해서 준석이 말 한 적이 있었다. 아버지는 점점 쇠약해 가기 시작했다. 한 주에 한 번씩 내려가는 준태는 마음이 아팠다. 아버지를 만난 준태는 좋은 말로 아버지를 설득했다.

"아버지 저는 아버지 재산 없어도 괜찮아요. 동생들도 생각이 있을 테니 동생들이 그렇게 원하면 해 주도록 하세요. 나중에 누구 원망은 못할 거예요."

그러나 아버지 생각은 달랐다.

"아니다. 옛말에, 잘 될 나무는 떡잎부터 알아본다 하였다. 준석이 저놈은 자랄 때부터 싹수가 없었다. 네 반만 쫓아가도 내가 이러진 않는다. 이거 해 주면 금방 털어 먹고 너를 괴롭힐 놈이지 내가 보지 않아도 뻔히 앞이 보이는 일인데 어떻게 선뜻 해주겠니?"

그러면서 아버지는 일을 저지르기 전에 유산 상속을 하라고 권유 하는 것이었다. 그는 무조건 아버지께 안 된다고 할 수 없어 생각을 해 보겠다고 하였다.

"아버지 마음도 안 좋으신데 어머니와 함께 시내에 나가 점심 식사라도 하시지요?"

"음, 그러자꾸나."

아직 거동이 불편 한 아버지지만 조그만 거들어 주면 걷는 데는 무리가 없었다. 준태는 아버지를 부축하여 차에 태우고 시내로 출발을 하였다. 그때 뒤에서 준석이 떠나는 차를 차가운 시선으로 보고 있었다. 준태는 부모님의 마음을 풀어 주기 위하여 시내에 나가 점심을 대접하고 어머니도 미용실에 들려 머리도 오랜만에 만지도록 배려를 하였다. 어머니가 미용실에 있는 동안 준태는 아버지와 함께 목욕탕엘 가기로 했다. 목욕탕에 들어가 오랜만에 아버지 등을 밀어 본다. 많이 몸이 수척하고 늙었다는 것을 알 수가 있었다. 괜히 마음이 메여 온다. 돌아오는 길은 마음이 가볍다. 부모님이 오랜만에 기분이 좋은 지 화사한 얼굴이다. 그러나 준석이 생각을 하면 마음이 무겁기만 하다. 무심히 준석이 생각을 하며 급커브를 도는 길이었다. 그때 덤프트럭이 요란하게 달려온다. 그는 황급히 피하려 했지만 미쳐 피할 틈도 없이 덤프트럭 밑으로 깔리고 말았다. 그 순간 비명 소리가 나고 그도 이젠 죽었구나, 하는 생각과 함께 정신을 잃으며 컴컴한 터널 속으로 빠져 들었다.

여기까지 그의 아내에게서 들은 말이었다.

한참을 걸으니 송림이 울창하던 숲이 지나고 잔디가 파랗게 깔린 지대에 묘지들이 여기 저기 산재해 있었다. 비교적 가파르지 않은 비탈을 오르자 오른 쪽으로 약간 언덕진 곳에 만든지 얼마 되지 않은 듯한 두 기의 묘지가 나란히 있었다. 그의 아내가 가르쳐준 이야기대로라면 이 묘지가 틀림이 없었다. 나는 언덕을 내려 가야하기에 조금의 거리를 돌아서 내려가니 어느 이가 그 묘지 앞에서 엎어져 자고 있다. 장애인인지 전동차가 묘지 밑에 세워져 있고 목발이 옆에 아무렇게나 놓여 있었다. 나는 그 사람을 깨우지 않고 우선 묘비를 살폈다. 분명 그 친구의 묘지라면 비(碑)에 분명 이름이 올라 있을 것이란 생각에서였다. 그러나 그 묘비에 쓰여 있는 비명에는 그 친구의 이름은 없었다. 고개를 갸우뚱 하며 서 있는데 엎드려 있던 사람이 인기척을 느꼈는지 일어나고 있었다.

"누구쇼?"

"아니, 자네 준태?"

눈을 부비며 묻고 있는 사람은 죽었다던 친구 그가 아닌가? 나는 깜짝 놀라 한 발짝 물러서며 그를 다시 한 번 확인해야만

리 친구들에게는 죽었다고 말해 버리라 하고 피나는 재활 훈련을 했다. 처음엔 전혀 움직이지 않던 몸이 다시 서겠다는 강한 재활 의지에 의해서 서서히 살아나기 시작했다. 조금씩 희망이 싹터갔다. 또한 부모님을 자신의 실수로 죽게 한 것이 한스러웠지만 생전에 그분들이 못한 일을 마무리해야 된다는 일념이 그를 더 강하게 했다. 아내가 친구들에게라도 그가 살아있다는 것을 알리자고 했을 때 그는 한사코 거부했다. 병신이 된 몸을 누구에게도 보이기 싫었고 집에 가는 것도 한사코 거부했다. 자신의 실수로 부모를 죽게 했다며 이곳에 작은 움막을 짓고 부모의 산소를 돌보기를 원했다. 처음엔 그가 우울증 증세가 있어 무슨 일을 저지를지 몰라 조심하고 망설였다. 그러나 죽을힘을 다해 재활 의지를 불태우는 그의 모습에서 차차 그런 염려는 하지 않아도 되겠다는 생각을 갖게 되었다. 그래서 그의 아내가 이곳에 컨테이너로 불편하지 않을 정도의 집을 꾸며준 것이다. 그는 아직도 잘 걷지 못하여 지금도 이곳 시내에 있는 장애인 복지관에 나가 재활 훈련을 하고 있었다. 웬만한 거리는 장애인용 전동차를 이용 하였고 가까운 거리는 목발을 짚고 걸어서 일을 보기도 했다. 그러나 그가 가지고 있는 고민은 육체적 장애가 아니었다. 그는 육체적 장애는 살아보니 그리 극복하기가 어려운 게 아니라고 했다. 조금 불편할 뿐이지 시간이 지나며 그런 환경에 익숙해지니 전과 다름없는 마음으로 살 수 있을 것 같다고 했다. 그러나 그의 마음을 짓누르는 아픔은 다른 곳에 있었다. 그는 누구보다도 극진하게 부모에게 효성을 다 하던 친구였다. 그런데 죽음에서 깨어나 보니 준석과 위에 누님 둘, 아래 여동생 둘이 찾아와 재산을 분배해야 된다며 도장을 받아 가야 한다고 매일 찾아오는 일이었다. 부모님이 살아 있을 때는 한마디도 못하던 누이들까지도 준석의 사주를 받았는지 먹이를 빼앗기지 않으려 으르렁 거리는 이리떼와 같이 달려드는 모양새다. 지금은 법이 바뀌어 남녀 평등하게 일대일로 재산을 상속 받을 수 있다며 형제 모두가 동의를 하여야 분배를 할 수 있다는 것이다. 기가 막힌 것은 사고 당시 책임보험에서 부모님 두 분 목숨 값으로 나온 몫까지도 어디 놀러 다닐 때에 쓰자고 제안을 했다가 자기네끼리 몰래 분배를 했다는 것이다. 죽음에서 겨우 살아난 사람에게 그게 할 말이었는지 기가 막혔다. 그의 아내의 말을 빌리면 그가 혼수상태였을 때에는 재산 배분 문제로 그런 난리가 없었다는 것이다. 준석과 누이 4명이 사위와 합세해 지금은 장남에게 상속권이 없다며 지금은 장남이 혼수상태이고 언제 무슨 일이 일어날지도 모르는 상황이니 모두 도장을 받아 유산을 분배하자고 했다는 것이다. 전부터 직장을 다니기 싫어하던 준석과 막내 이혼한 여동생은 부모가 죽고 형이 혼수상태인 상황에서 경황이 없는 틈을 타 몰래 아버지 인감과 등기서류를 훔쳐다 은행에 저당을 잡히고 돈을 융자해 기어이 룸살롱을 차려 운영하고 있다는 것이었다. 그리고도 욕심이 지나쳐 부모님이 살던 생가도 그의 것이라 부모가 이야기 했음에도 자신이 멋대로 들어가 살고 있으며 물류 쎈터로 지정이 되어 나온 땅의 보상비도 자기들 멋대로 나누어 가져갔다는 것이다. 그는 기가 막혔다. 아직 말도 시원치 못하고 제대로 움직이지 못하는 사람에게 그게 할 짓인가?

전에 아버지가 교통사고를 당하여 중상을 입고 병원에 입원해 있을 때였다. 그때는 병 수발하기가 싫어 누구 한 사람도 오지 않았다. 그의 아내 혼자 아버지의 소 대변을 다 받아 내고 목에서 올라오는 가래 때문에 잠 한숨 못자고 밤을 새며 간호하기를 3년여나 했었다. 늘 아내에겐 미안함을 가지고 살았었는데 힘든 일에는 나 몰라라 하던 형제들이 돈에는 눈에 불을 켜고 달려드니 실망감을 넘어 살고 싶지 않다는 절망감이 그를 엄습했다. 그 일이 있고 난 후 그의 아내가 물었다.

"여보, 어떻게 할 참 이예요?"

아내는 그에게 물으며 차라리 모든 걸 깨끗하게 포기하자고 했다. 그러나 그의 생각은 달랐다. 이제 사고가 나지 않았어도 은퇴할 나이가 넘었고 그런 더러운 생각을 가진 인간들이 형제라는 게 부끄러웠다. 차라리 작은 지분이라도 받아 사회에 기부를 하고 싶다는 마음이 더 강했다.

"아니요, 나는 결코 그들에게 다 내어주지는 않을 것이요, 일대일 이라면 법대로 그대로 받아야지요, 모두 그들에게는 주지 않겠어요."

그는 비록 말하는 발음은 좋지 않았지만 분명한 어조로 말을 하고 있었다.

"그들이 나의 형제라는 것이 부끄러워요. 다행히 당신과 내가 젊어서 고생한 덕에 아이들은 앞으로 사는데 큰 지장이 없으니 우리 포기하는 마음으로 우리 몫을 찾아다 사회에 미련없이 기부 합시다."

그렇게 말을 한 그는 기분이 매우 밝아 보였다. 그가 그동안 재활을 위해 있던 복지관에는 많은 장애인이 재활을 위해 힘쓰고 있었다. 그러나 장애란 재활 훈련을 해 좋아질 수 있는 사람이 있는가 하면 선천적으로 안 되는 사람도 있게 마련이다. 그는 선천적 장애를 가진 사람들을 위하여 그 돈을 찾아다 모두 기부하자는 것이었다. 그의 아내도 남편인 그의 말에 좋다고 찬성을 했다. 법적인 수속을 하고 재산을 분배하여 땅을 처분하니 꽤 묵직한 돈이 손에 잡혔다. 그는 아내에게 장애인 복지관에 함께 가자하여 그곳에 아낌없이 쾌척 하였다.

그날 나의 마음은 무척이나 복잡했다. 죽었다 생각한 친구가 살아 있다는 것과 그 형제들의 재산 싸움, 게다가 이미 깊어진 듯 보이는 그의 우울증. 그러나 집에 간다고 일어설 때 그가 한 말이 희망적이어서 좋았다.

"성진이 부탁이 있는데 들어 줬으면 좋겠어."

"뭔데, 자네가 부탁해 내가 못 들어줄 일이 뭐가 있겠나."

"나 요즘 이렇게만 있으니 너무 답답함을 느끼고 있지, 어디라도 데려다 주지 않을래?"

그의 눈빛은 간절해 보였다.

"어디를 가고 싶은데?"

내가 물었다.

그는 주저 없이 남이섬을 가고 싶다 했다.

"우리 옛날 함께 남이섬에 간적이 있잖나, 그때는 밤이면 모닥불 피워놓고 캠프 화이어 하던 시절도 있었지."

"그래 그런 때가 있었지."

"그래 그곳이 가고 싶어, 남이 장군님의 묘소도 보고 싶고 유자광의 모함으로 죽었지만 나는 지금도 그분의 기개를 좋아하지."

그랬다. 그는 호방하고 남아다운 기상의 남이 장군을 참 좋아했었다. 남이 장군이 지었다는 시를 늘 즐겨 외웠던 기억이 난다.

白頭山石磨刀盡　백두산 돌은 칼을 갈아 다 없애고
豆滿江 水飮馬無　두만강 물은 말이 마셔서 다 말라 버렸네.
男兒二十未平國　사나이 스무살 나이에 나라를 평정치 못하면
後世誰稱大丈夫　후세에 어느 누가 대장부라 일컬으랴

남이 장군이 이시애(李施愛)의 난(亂)과 건주 야인(野人)들을 평정 후 돌아 올 때 지었다는 시다.

"그래 자네의 소원인데 그럼 남이섬으로 가기로 하지. 그럼 자네가 날짜를 정해서 연락을 주면 내가 데리러 올게."

일주일여가 지난 후 그에게서 전화가 왔다. 다음날은 날씨가 맑으니 함께 갔으면 한다는 것이었다. 물론 그의 아내도 함께 가기로 했다는 것이다. 내가 보기엔 환영할 만한 일이었다. 다음날 나는 간단한 피크닉 차림을 하고 집을 나섰다. 차를 몰고 그가 있는 곳에 도착을 하니 그의 아내가 모든 준비를 끝내고 기다리고 있었다. 휠체어를 실고 그의 아내와 그를 뒤에 태우고 출발을 했다. 차가 경춘가도에 들어서니 맑은 날씨에 평일이라 그런지 차가 별로 없다. 이제 오월이라 그런지 나무들의 색깔이 짙은 녹색으로 변해가고 있었다. 한참을 달리니 청평 댐이 보인다. 오른 쪽으로 가면 청평 댐을 건너 설악으로 빠지는 길이다. 나는 옛일이 생각나 그에게 물었다.

"준태, 이 길 생각나나?"

그는 생각이 나는 것 같았다, 나는 될 수 있으면 그에게 많

은 추억을 말해주고 싶었다.

“저기 보이는 것이 청평 댐 아니야?“

“그래, 맞아.”

“전에 우리가 저 길로 가서 유명산 갔지 않나?”

“그렇지, 유명산과 어비산이 함께 붙어 있지, 그곳 계곡에서 고기를 잡던 일이 생각나는 모양이지? 하하하~”

이야기를 하며 가는 동안에 차는 남이섬 주차장에 다다르고 있었다. 주차장에 주차를 하고 나는 그의 휠체어를 내려 그를 부축해 휠체어에 앉혔다. 그의 아내가 먼저 매표소에 가서 표를 구입해 왔다. 선착장으로 가서 배를 타니 맑은 날씨에 햇빛에 반사된 물이 은빛 물결과 금빛물결을 이르며 환상적인 아름다움을 연출한다. 평일이라 그런지 그렇게 붐비지는 않았으나 일본이나 중국에서 온 손님이 많은 것 같다. 말  소리를 들으면 중국어 아니면 일본어로 말을 하고 있었다. 오월의 남이섬은 참 아름다웠다. 모든 나무들이 파랗게 옷을 입은 모습이 잘 생긴 남자가 말쑥하게 차려 입은 모양새 같다. 그는 오랜만에 와 본 남이섬이 경이롭게만 느껴지는 모양이다.

“난 이곳에 영원히 못 올 줄 알았어.”

하면서 눈물이 눈에 맺히는 것을 억지로 참는 듯 했다. 나는 친구가 기뻐하는 모습을 보니 마음에 흐뭇함을 느꼈다. 그는 전에도 그랬지만 섬 주위를 한 바퀴 돌고 싶은 마음 같았다. 나는 그 마음을 누구보다 더 잘 알고 있었다. 아무 말 없이 휠체어를 밀고 천천히 섬 주위를 돌기 시작했다. 강가에서는 요란하게 굉음을 울리며 보트가 물보라를 일으키며 지나간다. 그는 보트가 지나간 자리를 보며 부러워하는 눈치다. 강가의 깨끗한 초록의 물에 하늘에 떠 있는 흰 구름이 비쳐 물결에 흔들리는 모습이다. 한 시간 가량 천천히 도니 한 바퀴를 다 돌았다. 배가 많이 출출하다. 다 돌고 오니 그의 아내가 밥을 먹으라며 그늘에 자리를 펴 놓고 기다리고 있었다.

“수고가 많으셨어요, 배고프실 텐데 빨리 식사부터 하시지요.”

나는 그를 부축해 잔디에 앉히고 함께 식사를 하기 시작 했다. 날씨는 더웠지만 지나가는 바람이 땀을 식혀준다. 어디서 날아 왔는지 작은 새 한 마리가 지척에서 노래를 한다. 작은 몸에서 어떻게 그리 큰 소리가 나는지 주위가 찌렁찌렁 울린다. 마치 그에게 힘을 내라고 기를 돋구어주는 것 같다. 언제나 야외에서 먹는 밥은 훨씬 맛이 있기 마련이다. 그의 아내가 많이 가져온 밥과 간식이 모두 동이나 버렸다. 식사를 마친 뒤 피곤해 하는 그를 쉬게 한 후 나는 그의 아내와 잠시 이야기를 나눌 시간을 가졌다. 요즈음 그가 정신이 회복이 되니 그간의 경위를 자세히 묻는다는 것이었다. 사실 꽤 많던 재산을 그의 형제들이 아버지 도장을 몰래 훔쳐 땅을 잡히고 빼낸 돈이 적은 것이 아니라는 것이었다. 처음엔 말을 하지 않으려 했는데 정신이 맑아지며 재촉을 하는 데는 어쩔 수 없이 말을 할 수밖에 없었다.  바로 밑의 남동생은 그렇게 빼낸 돈으로 사업을 한다며 룸살롱을 차려 얼마간 해보지도 못하고 다 망해 버려 룸살롱의 문을 닫았다는 것이다. 여동생과 함께 했지만 서로 자신의 이익을 챙기려 다투다 돈을 몰래 빼내기 경쟁을 했던 모양이다. 겉으론 동업자지만 속으론 자신들의 속셈을 차리기 위한 경쟁자였던 것이다. 최고급으로 차린다며 돈을 쳐 발라 놓았다가 경기의 불황으로 손님이 없으니 그럴 수밖에 없었던 모양이다. 그러고 보니 부모님의 재산은 그가 몇 년 간 장애를 안고 있는 사이 준석과 여자 형제들에게 다 넘어간 상태였고 일부는 사업을 한다며 탕진한 상태였다. 물론 그가 나중에 찾아 장애인 복지관에 헌납을 했지만 개발로 인해 나온 돈을 모두 찾은 것은 아니고 그들이 빼내간 것의 일부에 지나지 않았다. 그의 아내는 가끔 와서 반찬도 마련해 주고 함께 묽기도 하고 가는 모양이었다. 그때마다 그는 밤만 되면 찾아오는 다쳤던 부위의 통증과 부모님에 대한 미안함에 면목이 없다며 자주 운다는 것이다. 그 소리를 듣고 나도 마음이 안 좋은데 그의 마음이 오죽할까? 그렇게 그의 우울증은 깊어가고 있었다.

"이제 그만 가지요?"

나는 마음이 착잡해 그의 아내에게 말했다. 혹여 갈 때는 차가 밀릴지도 모른다는 생각에서였다.

"네,"

그러나 그는 남이 장군의 묘에 들르자고 했다. 마침 어차피 나가는 길목에 있으니 남이 장군 묘에 들렀다. 그 묘 앞에서 휠체어에 앉은 채로 고개를 숙여 한참을 있던 그가 고개를 든다. 그러자 울었는지 얼굴이 처연한 모습이다. 그는 존경 한다는 남이 장군 묘소에서 울면서 무슨 생각을 했을까? 하고 나는 한참을 생각했다.

우리는 섬을 떠나 왼쪽으로는 남이섬을 끼고 오른 방향인 호명산 쪽으로 차를 몰았다. 어둠이 내리는 호명산에 석양의 붉은 노을이 마지막 빛을 발하고 있었다. 사람의 삶이 마지막까지 저 석양의 노을처럼 아름답다면 얼마나 멋있는 삶일까?

하고 생각 하고 있는데 뒤에서 그가 말했다.

"성진이, 오늘 고마웠어, 죽어서도 잊지 않을게 정말 죽어도 잊지 못할 여행이었어."

그런데 나는 그의 말이 귀에 거슬렸다. 꼭 죽을 사람이 하는 말 같이 들렸기 때문이다.

"준태 무슨 말을 그렇게 해, 꼭 죽을 사람이 하는 말 같다."

"어이 이 사람아 내가 죽긴 왜 죽어. 그런데 성진이 후일 자넨 죽으면 매장을 할 건가?"

"이 사람아, 살날이 창창한 사람들인데 그게 무슨 말인가?"

"가령 그렇다는 얘길세. 언젠가 시간이 흐르면 자네도 나도 모두 갈 것이 아닌가?"

그렇게 이야기를 하며 오는 동안 그가 기거하는 집에 도착했다. 나는 그를 그의 아내와 함께 그곳에 내려놓고 오려고 했다. 그의 아내도 그렇게 생각을 하였는지 그와 함께 있다가 다음날 가겠다고 했다. 나는 좋은 생각이라며 찬성을 했다. 그러나 극구 그가 가라며 밀어댄다. 할 수 없이 나는 같은 동네에 살고 있었기에 그의 아내와 함께 차를 타고 올 수밖에 없었다.

혼자 남게 된 그는 나와 그의 아내가 떠난 후 어둠이 짙은 방에 우두커니 앉아 깊은 상념 속에 독백처럼 혼자 말을 한다.

"결국 인생이란 운명의 틀 안에서 살다가 가는 존재라는 걸 왜 내가 진작 깨닫지 못했을까? 아무리 운명에서 벗어나려 발버둥을 쳐도 결국은 그 자리인데 나는 왜 그리 애를 쓰며 힘을 소진 했을까? 사람들은 운명은 노력하면 극복 할 수 있는 것이라고 말들을 한다. 그러나 내가 살아본 인생은 그게 아니었다. 사람의 인생은 요람에서 나올 때부터 모든 것이 결정된 것이다. 아무리 발버둥을 쳐봐도 기차가 레일을 벗어나지 못하듯이 인생도 마찬가지일 뿐이다. 신이 정해준 법칙 즉 운명대로 살 수 밖에 없는 것이다. 누가 말하길 아무리 날뛰어 봤자 부처님 손바닥안의 손오공이라고 말하지 않았던가?"

생각이 거기에 미치자 그는 헛웃음이 나온다. 그는 미친 듯이 웃기 시작했다.

"하하하하~ 하하하하하~"

그의 웃음소리가 공허하게 허공으로 사라져 사위어가고 있었다. 그는 웃음을 멈추고 형제들을 생각했다. 그들은 아무리 자신과 같이 피를 나눈 혈육이라 하지만 본질적인 문제에서는 그들은 자신과는 다른 괴리감이 분명 있었다. 자신은 살면서 맏아들이라는 책임감 속에서 자라왔다. 부모의 재산을 탐내서 부모를 섬긴 적은 없었다. 다만 부모님께서 대학까지만 가르쳐 주면 나머지 삶은 자신이 개척할 것이란 생각으로 살았다. 그러나 동생은 달랐다. 게을렀고 개발로 인하여 땅값 올라가 보상비 나오는 것에만 몰두 했다. 불량한 친구들과 어울리며 매일 술집을 드나들었다. 그럼 그들의 본성은 그것이었는가? 그들은 이미 자신들이 원하는 방향으로 가서 다 가지지 않았는가? 그들의 본성은 처음부터 나쁘게 형성이 되어 있었다고 생각하니 자신의 몸에도 그들과 같은 교활한 피가 흐르고 있다는 것이 미치도록 싫다. 그들과 같은 피라면 언젠가 자신도 그들과 똑같이 변할지 모른다는 생각에 미치자 몸에 있는 피를 모두 뽑아 버리고 지금의 상황에서 빨리 벗어나고 싶다. 그것은 이 육신의 감옥에서 탈출 해야만 가능한 것이다. 그래야 이 고통에서 벗어나 육신의 감옥에서 진정한 해방이 되는 것이다. 그는 몰래 감추어두었던 석유를 방에 뿌리기 시작했다. 매일 전동차를 타고 나가 가까운 주유소에서 조금씩 사다 놓은 것이다. 그는 그간 우울증에 시달리면서도 아내와 아이들에게는 그런 내색을 하지 않았다. 혼자만이 가슴에 간직하고 죽음을 맞을 준비를 하고 있었던 것이다. 그는 촛불을 켠다. 촛불에 비춰진 그의 눈에서 눈물이 비 오듯 흘러내리고 있다. 그는 아내가 준 성경을 가슴에 품었다.

"여보, 당신에겐 미안하오, 아이들 잘 부탁해요. 성진이 나와의 마지막 이별여행에 함께 하여 줘서  고마웠다."

그는 천천히 수면제를 입에 넣고 물을 마셨다. 그리고 잠자리에 든다. 시간이 얼마나 흘렀을까? 그는 깊이 잠든 모양이다. 다 타들어간 초가 석유로 붙기 시작하고 순식간에 불길은 좁은 공간을 태우기 시작했다. 그는 깊은 잠에 떨어져 미동도 않는다. 불길은 훨훨 불꽃을 일으키며 맹렬히 타오르고 있다.

_ 끝 _

# 9
# 행복한 대통령

봉필현 단편

내가 대통령에 취임을 한지 1년여 지날 무렵이었다. 아직 임기가 4년여의 기간이 남아 있었지만 1년여 동안 아무 사고 없이 온 것만 해도 하늘에 감사할 일이었다. 그렇게 대통령직을 아무 일없이 수행해 왔으나 1년이 막 지나며 예기치 못한 일이 닥쳐왔다. 하루의 업무를 마치고 집무실을 나오려는데 급보가 날아 들어온 것이다.

"대통령님, 큰일 났습니다. 일본이 독도를 침범했다는 보고입니다."

청천벽력과도 같은 소식이었다.

"언제 어떻게 침범을 했다는 거요?"

"지금 바로 들어온 보고인데, 일본 해군함이 기습적으로 우리 영해로 들어와 독도를 급습했다는 것입니다. 일본 해군의 급습으로 독도 경비 초소가 파괴 되고 경비대의 일원 중 몇 명이 사망과 부상을 당하면서도 일본군의 상륙을 끝까지 저지했다는 것입니다. 우리 해군이 급히 출동해 일본군의 함정에 포격을 가해 일본 함정에도 피해가 있었고 몇 명의 사망자가 있다는 보고입니다. 지금은 우리 영해에서 대치중인 가운데 군통수권자인 대통령님의 명령을 기다리고 있다는 보고였습니다."

나는 보고를 받고 즉각적인 판단을 유보한 채 잠시 생각에 잠기지 않을 수 없었다. 내가 정권을 인수하기 전, 전 정권에서 일본과의 껄끄러웠던 일들이 결국에는 일본이 독도 침범이란 행동으로 나타난 것이다. 어쩌면 전면전으로 비화될 수도 있는 소지가 있었다. 또 거기에 호시탐탐 남침을 기도하려는 북한을 생각하지 않을 수도 없었다. 그러기에 신중하게 대처하지 않으면 한 순간에 한반도는 전화(戰火)에 휩싸일 수도 있는 상황이 되고 있는 것이었다. 이렇게 일본이 독도를 급습하였다면 이것은 작심을 하고 행동에 옮긴 것이기 때문에 어떤 모종의 흉계가 깔려 있을지도 모를 일이었다. 그렇다면 취임한지 1년여 밖에 안 된 한국 대통령의 통치력을 시험하려는 의도인지도 모를 일이었다. 그렇잖아도 요즘 동해 주변 정세가 심상치 않다는 보고는 자주 받고 있었다. 일 · 러 간 북방 영토(러시아명 남쿠릴열도) 영유권 갈등이 고조되면서 러시아군의 남하(南下) 현상이 표면화하고 있었고 러시아와 중국이 동해상에서 공동 훈련을 자주 하는 편이었다. 러시아 초계기가 일본 영공에 접근하면 항공자위대 전투기가 긴급 발진하는 소동이 벌어진다는 것이다. 또 러시아 해군 함정이 러시아령 사할린과 일본 홋카이도 사이의 소야(宗谷)해협을 통과해 북방영토 북쪽 해역에서 대잠수함전 훈련을 한다는 정보도 있었다. 소야 해협을 통과한 러시아 함정은 역대 최대 규모라는 소식이었다. 러시아 공군의 전략폭격기가 일본 영공에 근접해 열도를 순회하며 무력시위를 벌이며 일본을 상대로 한 군사적 압박을 가하고 있기도 했다. 이에 촉각을 곤두세우고 있던 일본은 "영토 주권을 수호 하겠다"고 외치며 러시아와 대치를 하고 있었다. 그렇게 러시아와 대치를 하고 있던 일본 함정이 돌연 영해 12마일 수역을 넘어 독도를 급습 한 것이다. 나는 언제인가 일본이 도발해 올 것이란 것을 예견을 하고 있었다. 내가 선경지명이 있어 그런 것은 아니고 우익 세력이 팽창하고 있는 일본은 멀지 않은 장래에 분명 어떠한 군사적인 분쟁을 일으켜 국제사회에 이슈를 만들 것이란 정보를 가지고 있었다. 일본의 경제는 국제적으로 코너에 몰리고 있었다. 그동안 기술 우위로 반도체나 전자왕국으로 군림하던 일본이었다. 그러나 한국을 비롯 중국 등의 추격으로 반도체나 전자 부분에서 2류 국으로 내려앉은 일본은 경제적인 모든 면에서 타격을 받아 정권이 국민들로부터 지지를 받지 못하고 있는 실정이었다. 나는 그래서 일본이 국제적으로 어떤 이슈가 될 모종의 사건을 일으킬 것이라는 생각을 하고 있었다. 지진으로 인한 방사능 오염으로 촉발된 경제적 손실과 계속되는 자연재해로 국민의 생활은 피폐해져 불만이 고조에 이르렀고 석유의 힘을 등에 업고 경제적으로 다시 일어서는 러시아의 힘은 막강해서 그들을 대적한다는 것은 피폐해진 지금의 일본으로서는 사건을 일으킬만한 상대가 아니었다. 때문에 주권 정당인 지금의 정권이 국민의 불만을 밖으로 돌려볼 생각으로 러시아 보다는 만만하게 느껴지는 한국의 독도를 택할 수도 있다는 생각을 가지고 있었다. 러시아와 쿠릴열도에서 대치하고 있던 일본은 한국을 러시아 보다는 만만한 상대라고 볼 수 있었다. 그들은 국민의 불만과 관심을 쿠릴열도 보다는 독도에 돌리려 함정을 파견해 무력으로 독도를 접수하려 했던 것이다. 지금 이 시점에서 일본 함정을 공격하는 일은 어려운 일은 아니었다. 그러나 문제는 북한이었다. 적을 앞뒤에 놓고 전쟁을 하는 일은 쉬운 일이 아니었다. 몇 달 전이었다. 늘 서해상으로 공격을 해왔던 북한이 이번엔 동해상으로 함정을 동원해 공격을 해왔다. 북한의 지도자가 새로 등장한 이후 경제가 더 어려워진 북한은 혼란이 가중되고 있었다. 경제가 어려워지니 굶어 죽는 사람들이 속출하자 주민들은 죽음을 불사하고 탈북을 시도하는 사람들이 더욱 늘어 갔다. 중국과의 국경지대에서 탈북을 하다 북한군 총에 맞아 죽는 사람들의 숫자가 늘고 또 작은 배로 서해상으로 동해상으로 탈북을 하는 사람들의 수는 끊임없이 늘어나고 있었다. 그러자 북한정권 자체 존립의 위기를 느낀 북한은 서해상보다 경계가 느슨했던 동해상으로 공격을 가해온 것이다. 이번 공격은 전쟁을 하겠다는 의도라기보다는 북한 주민들의 시선을 한 곳으로 집중시키기 위함의 전략이라고 보는 것이 옳을 것이었다. 그들은 늘 하던 대로 경계를 하고 있던 우리 해군 함정에 느닷없이 발포를 한 것이었다. 그러나 서해상에서 그들의 공격을 받았던 우리 해군은 만반의 준비를 하고 있었기에 전처럼 쉽게 당하지 않고 반격을 가하여 노후한 북한 함정을 격침 시킨 것이다. 그러자 북한은 늘 하던 대로 생떼를 쓰기 시작했다. 가만히 순시하던 북한 함정을 남한의 해군 함정이 공격을 가하여 격침을 시켰다는 것이었다. 만약에 남한에서 정중한 사과와 함께 북한 함정에 대한 손해 배상을 하지 않을 경우 서울을 핵으로 불지옥으로 만들어 버리겠다는 것이었다. 그리고 미국의 대통령이 한국에 대하여 동맹으로서 느슨한 듯 보이자 이제는 노골적으로 핵 국가라고 선포를 하고 매일 미사일을 동해상으로 쏘며 무력시위를 하고 있었다. 그동안 한국이 좌파 정권의 대통령이 집권을 하면서 일본과는 적대 관계를 만들었고 북한과는 화해를 하려고 노력을 했으나 도리어 북한에 비위를 맞추려는 것밖에 되지 않았고 도리어 그들이 한국을 허약한 상대로 보게 만든 꼴이 되고 말았다. 그러고 보면 일본과는 적이 되었고 북한 또한 대한민국을 우습게 보는 상전과 같은 상대가 된 것이다. 그런 과정에 있을 때 선거에서 무소속으로 출마해 당선된 나로서는 북한이나 일본을 균형감 있게 끌고 가야할 어려운 처지에 직면해 있었다. 좌파정권이 북한과 일본에 껄끄럽게 만들어 놓은 골치 아픈 일들을 해결하지 못한 상황에서 정권을 인수한 새 정권에 대하여 그 약점을 파고 든 것이 교활한 일본의 독도 찬탈을 위한 공격이었다. 나는 북한의 도발은 크게 개의치 않았다. 전쟁도 지금은 경제전이기 때문에 피폐한 경제로 허덕이는 북한으로서는 천문학적인 비용이 들어갈 대규모의 전면전은 할 수가 없고 또 미국이라는 강대한 국가가 동맹국으로써 돕고 있기에 북한이 전면전과 같은 도발은 감행치 못할 것이라는 것을 나는 예견하고 있었다. 다만 소규모의 국지전은 감행할 수 있다고 봤다. 또한 북한이 전쟁을 하지 못할 것이라는 판단은 전쟁이 날 경우 남북 양쪽이 입을 피해가 너무 커 한민족 자체가 공멸할 수도 있다는 것이었다. 또 북한으로서는 전쟁에 패할 경우 북한 정권이 더 이상 지상에 존재하지 못할 것이란 걸 자신들이 더 잘 알고 있을 것이기 때문이었다. 판단이 여기에 이르자 나는 즉석에서 일본 함정을 격침하라고 명령을 하달했다. 그것은 국가 원수인 군통수권자로서 조국(祖國)의 땅을 한 치도 적에게 더럽힐 수 없다는 판단과 국민의 생명을 지키는 것이 나에게 주어진 임무이기 때문이었다. 우리의 무기체계도 정밀한 전자 무기로 무장이 되어 있어 언제든 정확하게 목표물을 명중시켜 적을 섬멸할 수 있는 능력을 가지고 있었다. 나의 명령이 떨어지자 우리 충무공의 후예들은 한 치의 오차도 없이 일본 함정을 격침 시켜 버렸다. 그러자 일본군도 더 많은 함정을 파견해 임진왜란 때 충무공 이순신에 의해 크게 패한 이후 동해바다의 독도 근해에서 한 일 간 일촉즉발(一觸卽發)의 해전(海戰)이 벌어질 상황에 처하게 되었다. 나는 이 기회에 일본의 버르장머리를 고쳐놓지 않으면 언제 또 독도를 침범 당할지 모른다는 생각에 일본과의 전쟁도 불사할 각오였다. 나는 전군에 전투태세를 명령했다. 이렇게 일본의 독도 침공으로 촉발된 전쟁상태가 우리 해군의 미사일로 일본 함정이 격침된 후 계속 대치하고 있는 상황이 전개되고 있었다.

"전쟁을 피할 수 없다면 이번엔 일본 본토를 공격하여 그들의 침략 근성을 뿌리 뽑겠다. 이젠 우리도 옛날 같이 당하고만 있지는 않을 것이다."

대통령인 내가 그렇게 강경한 발언을 쏟아내자 세계의 유수한 통신사들이 나의 강경 발언을 한국발(韓國發)로 전 세계에 타전하기 시작했다.

"독도 근해에서 한(韓) 일(日)간의 전쟁 위기 고조! 원인은 일본의 독도 선제 침공, 그로 인한 한국의 대응은 독도를 침공한 일본함정을 미사일로 타격 격침시킴, 일본이 사죄하지 않을 경우 일본과의 전쟁도 불사할 것이라고 한국 대통령 강경 발언."

그러자 북한에서 성명을 발표한다는 움직임이 감지되고 있었다. 나는 북한이 어떤 성명을 발표할 것이냐에 촉각을 곤두세울 수밖에 없었다. 일본과 대한해협에서 대치하고 있는 상황에서 북한의 태도는 우리에겐 치명적이 될 수도 있기 때문이었다. 얼마 후 방송을 통해서 흘러나오는 북한의 성명을 들을 수 있었다. 북한의 성명 전문은 대략 이러했다.

"만약 남조선과 일본이 전면전을 할 경우 우리 조선민주인민공화국은 일본의 남조선 침략을 좌시하지 않을 것이다. 북과 남은 한민족(韓民族)이다. 일본의 남조선 침공은 한민족(韓民族)을 말살하기 위한 침략전쟁이라 규정하고 우리 조선민주인민공화국은 우리의 역량을 총동원해 남조선을 돕고 우리가 가지고 있는 핵으로 일본 본토를 공격하여 침략을 하려는 일본의 근성을 뿌리 채 뽑아 말살해 버릴 것이다."란 요지였다.

어떻게 보면 우리에겐 위기에서 쾌재와 같은 북한의 성명이었다. 이젠 군사력을 두 군데로 양분할 필요가 없는 것이다. 도리어 북한의 지원 하에 일본과 일전을 불사할 수 있는 계기가 마련이 된 셈이다. 기회만 있으면 티격태격하던 남과 북이 일본이라는 적에게 힘으로 공동 대처하는 모습이었다. 그렇게 확전의 기미가 보이자 유엔이 바빠졌다. 유엔에서 안보리가 소집이 되고 안보리가 열리고 있는 동안에도 나는 강경한 자세를 늦추지 않았다. 거기에 언제나 예측불허의 북한이 핵을 가지고 남한에 동조를 하니 일본이 한국을 함부로 대할 상황이 되지 못했고 대부분의 일본 국민은 한국과의 전쟁을 반대하고 나섰다. 그럴 수밖에 없는 것은 지진으로 촉발된 원자력발전소의 방사능 유출의 무서움과 2차 세계대전에서의 히로시마와 나카사키 원폭의 위력을 알고 있는 일본으로서는 핵전쟁이 공포의 대상이 될 수밖에 없었다. 또한 독도를 침공한 일본에 대한 국제적인 여론도 일본에 불리하게 돌아가고 있었다. 안보리의 성명은 일본의 독도 침공은 이해할 수 없는 것이라며 당장 철군을 결정한 것이다. 이래저래 진퇴양난에 빠진 일본은 먼저 한국에 화해를 청해왔다. 앞으론 절대 독도를 공격하지 않을 것이란 사죄문이었다. 그러나 나는 말로만은 될 일이 아니니 문서화할 것을 요구했다. 그러자 그들은 울며 겨자 먹기로 그것마저 수용을 하기로 했다. 일이 마무리 되고 나서 생각을 하니 일본이 우리에게 사죄를 한 것에 대하여 북한의 힘이 컸다는 것을 인정 않을 수가 없었다. 남과 북이 힘을 합하지 않았다면 과연 일본이 어떻게 나왔을까? 생각을 해봐도 북한과 함께 힘을 공조한 일은 잘한 일이었고 일본에게 사죄를 받아낸 일은 통쾌하기까지 한 일이었다. 이렇게 일본을 단호하게 응징했기에 사죄를 받았지 좋은 게 좋은 것이라고 두리 뭉실 넘어 갔다면 결코 일본은 사죄 같은 것은 하지 않았을 것이다. 그들은 약한 나라엔 강하고 강한 나라엔 약한 족속이었기에 우리가 약하게 나갔다면 더욱 기고만장 하였을 것은 뻔했다. 그 일이 나의 결단으로 인하여 일본의 사죄로 끝나자 국민들은 케네디가 미국의 턱 밑인 쿠바에 미사일 기지를 세우려던 소련에게 세계 3차 대전도 불사하겠다는 강경한 발언을 하여 미사일 기지를 무산시켰던 것과 같은 큰일을 해냈다고 추켜세웠다. 물론 그 일로 인하여 북한과의 신뢰가 쌓이게 되어 경제적으로 어려운 그들과 교류가 빈번하여졌다. 말하자면 해빙 무드가 조성이 된 것이다. 일본과의 그런 일이 있고부터 나의 대통령으로서의 인기는 하늘을 찌를 듯 했다. 한국 사람이 제일 싫어하는 나라가 이웃의 일본이라고 하는데 그 일본의 코를 납작하게 만들어 놓았으니 국민이 느끼는 통쾌함이란 이루 말로 표현할 수 없는 것이었을 것이다. 그간 전 정권에서 생겼던 일본과의 관계가 완벽하게 해소되지 않고 쌓였던 감정의 불씨가 독도 침공으로 나타난 것이라고 나는 생각했다. 나는 임기 5년 동안 취임하며 퇴임할 때까지 단 한 번도 나에게 주어지는 대통령 봉급을 내가 한 푼도 쓴 적이 없다. 나는 선거 때 국민들과 약속했던 그대로 가난한 사람들에게 주었고 나의 재산은 취임 때 기부한 후 단 한 푼도 늘린 적이 없다. 이제 임기를 마치고 청와대를 떠나면 나는 국민들과의 약속대로 전세 집을 얻을 것이다. 다행스럽게도 경제적으로 실정(失政)이 없었고 특히 일본과의 관계를 독도 침공 후 무난하게 회복 했기에 많은 국민들에게 지지를 받고 떠날 수 있게 된 것이 다행이라면 다행이었다. 그렇게 나의 임기도 무사히 끝나가고 2개월여가 남아 있을 때였다. 오늘은 대통령의 기자회견이 있는 날이다. 사람들은 물러날 때가 된 대통령이 무슨 기자회견을 하느냐는 반응들이면서도 어떤 내용의 회견일까 궁금해 하는 것 같았다.

"아니 대통령께서 물러날 때가 다 됐는데 무슨 기자회견을 한다는 거야?"

"지난번 일본과의 독도 사건이 있었는데 또 무슨 일이 또 있는 건가? 그래서 기자회견을 하는 것 아니겠어?"

"글쎄, 그럴지도 모르지."

이렇게 사람들은 몇 명만 모이면 수근 댔다. 10시쯤이 되자 나는 청와대에 마련된 기자회견장으로 천천히 이동을 했다. 내외신 기자들이 꽉 들어찬 가운데 나는 기자회견을 시작했다.

기자회견을 하기 전 지금까지 통치를 하면서 느꼈던 일들과 생각하고 있던 것들을 정리해 간단하게 연설의 형식으로 발표했다.

“국민 여러분! 나는 이 나라의 대통령으로서 나의 임기동안을 아무런 과오 없이 무사히 마치고 물러나게 됨을 영광스럽게 생각하며 저를 편안하게 일 할 수 있도록 도와주신 국민 여러분께 오늘 이 자리를 빌려 감사의 말씀을 드립니다. 저는 이제 얼마 후 대통령직인 이 자리를 떠나 국민 여러분과 함께 호흡하기 위해 한 사람의 국민으로써 여러분 곁으로 돌아갑니다. 나는 그동안 대한민국의 대통령으로서 직무를 수행하며 국민 여러분과 함께 국정을 과오 없이 무사히 마치고 물러나게 됨을 무한한 영광으로 알고 물러나게 되었습니다. 국민 여러분 제가 집권하는 동안 보내주신 성원을 다시 한 번 감사드립니다.

후략~

나는 이 세상에서 더 이상의 것에 미련이 남아 있지 않습니다. 나는 대통령직에서 물러나도 국가에서 주는 연금을 타는 것만으로도 충분히 잘 살 수 있습니다. 이제 나는 국민 여러분들께 나의 모든 재산을 내놓을 것입니다. 다만 전셋집 얻을 돈만은 남기겠습니다. 나중이라도 저의 재산에 변동 사항이 있으면 조사해 언제든 말씀 하십시오. 전 앞으로도 재산을 불릴 일이 없을 것이며 늘 여러분 곁에서 불우한 사람들과 함께 하며 여생을 보낼 것을 국민 여러분과 약속합니다. 국민 여러분 그동안 고맙고 행복했습니다.“

기자회견 보다는 나의 간단한 연설문이 더 화제가 된 것 같았다. 이 연설문이 나가고 사람들의 반응은 몇 갈래로 갈렸다.

“모두 정치 쇼를 하고 있는 거야. 기부 한다고 내놓으면 뭐해, 누군가 채워줄 놈이 있으니 겁 없이 재산을 기부 한다고 큰

소리 떵떵 치는 거지, 나중에 두고 봐, 내 말이 틀리나."

"허긴 역대 대통령을 보면 그 말이 틀린 말은 아니라고 봐. 그러나 이번만은 그렇지 않을 거라고 보네. 임기동안 투명하게 일한 것은 국민이라면 모르는 사람이 없잖은가? 거기에 임기가 끝나가는 대통령이 무슨 힘이 있어 재산을 축적하겠는가?"

"두고 보면 알겠지."

세 갈래의 반응이었는데 어떤 측은 쇼를 하고 있다는 반응과 두고 봐야 한다는 유보적인 반응과 정직한 대통령의 진실이 담긴 연설문이었다는 반응이 훨씬 우세했다. 이렇게 물러나는 마당에 연설문을 놓고 국민들이 설왕설래 하는 것은 지금까지의 전직 대통령들이 국민들에게 믿음을 주지 못했다는 반증인 것이다. 나는 소시민일 때부터 그것을 잘 알고 있었기에 대통령이 된 후 정직한 대통령이 되기 위해 부단하게 노력 했다. 하지만 대통령 자리에 앉으면 부정한 짓을 저지른다는 전직 대통령들의 인식이 뇌리에 박힌 국민들의 의혹은 쉽게 사라지지 않았다. 그러나 나는 내 소신대로 통치행위를 해나갔다. 국가에 이익이 되고 국민을 위하는 일이라면 소신대로 했다. 그렇게 일하는 과정에서 국민들은 공정한 통치를 했다는 후한 점수를 준 편이었다. 그러나 정치를 잘하고서도 욕을 먹는 경우는 물러날 때와 물러나서의 처신이었다. 나는 임기가 얼마 남지 않은 시점에서 물러나기 전 청와대를 떠나서 살 집을 구입하기로 했다. 통치기간 동안에 가지고 있던 재산은 사실상 모두 사회에 환원 시켰고 매달 나오는 봉급도 아무도 모르게 불우한 이들을 위해 썼다. 그 사람들은 내가 선거 때 유세 중 알게 된 사람들이었다. 유세차 어느 중도시의 장애인 복지관을 들린 적이 있었다. 그곳에서 한 표를 부탁한다며 일일이 장애인들과 악수를 나눌 때 휠체어를 타고 있던 40대 중반의 남자와 대화를 나누게 되었다. 그는 손과 발은 전혀 쓸 수 없었고 할 수 있는 것은 말을 할 수 있다는 것뿐이었다. 교통사고로 장애를 갖게 되었는데 아내는 아이들이 셋씩이나 되었는데도 집을 나간 후 종적을 알 수 없더니 다른 사람과 재혼을 했다는 소식을 며칠 전 들었다는 것이다. 지금까지는 70세가 넘은 노모(老母)가 아이들을 돌보고 있는데 이제는 너무 연로하여 아이들을 돌보기는 고사하고 자신의 몸을 추스르기도 힘겨운 편이었다. 그러나 그 마저도 어머니가 연로하여 앞으로 얼마나 살지, 만약 지금 어머니가 죽기라도 한다면 살 길이 막막하다며 눈물을 흘리는 것이었다. 나는 그를 위로하며 대통령에 당선되지 않더라도 꼭 기억 하겠다는 약속을 하고 헤어졌는데 대통령이 된 후 나는 그 약속을 지켰다. 사람들은 유세 중에는 표를 얻기 위하여 별 짓을 다 하고서도 당선이 되고 나면 마치 목에 기브스를 한 것처럼 힘이 잔뜩 들어가 아무 것도 기억을 못하는 사람처럼 행동하는 정치인들을 너무 많이 보아왔기 때문이었다. 그러나 나는 대통령에 당선이 된 후에도 유세 때와 조금도 다름없이 국민의 머슴이란 자세로 나 자신을 낮추며 성실하게 국가를 위해 헌신 했다. 나는 대통령이 되고 큰일은 물론이지만 작은 일에도 소홀히 하지 않았다. 그러다 보니 이제 대통령인 나에게 남은 재산이라곤 전셋집 얻을 것 밖에는 남아있지 않았다. 그래도 나는 뿌듯했다. 적어도 대통령을 지냈기에 내가 죽을 때까지는 연금을 받아서 살 수가 있어 걱정할 일은 아무 것도 없었다. 주위에서는 전직 대통령으로서의 품위도 생각해야 된다고들 하지만 굶고 있는 사람들을 생각하면 전직 대통령으로서의 품위 따위는 아무 것도 아니란 생각이었다. 높은 산에서 내려오면 모두가 평지인데 아무리 대통령을 지냈다 하여도 그 자리에서 내려오면 또 다시 일개 국민으로 돌아가야 하는 것이 당연한 도리인 것이다. 이제 나에게 주어진 대통령으로서의 통치기간도 두 달여가 남았을 뿐이다. 이제는 하나하나 모두 정리를 끝내고 청와대를 떠나 일개 국민으로 돌아갈 채비를 해야 했다. 지금까지 별 탈 없이 직무를 수행해 왔지만 대통령은 현직에 있을 때도 그렇지만 그 자리에서 물러나서도 잡음이 없어야 했다. 나는 나 자신은 물론이지만 먼저 이 나라를 통치했던 전직 대통령들을 취임하기 전 한명씩 머리에 떠올리며 타산지석(他山之石)으로 삼으려 했다. 초대 대통령이었던 사람은 독재를 하다 국민에 의해 쫓겨났고 민간정부가 탄생했지만 얼마 못가 5. 16 군사쿠데타로 힘없이 물러났다. 군 출신 대통령은 자신의 부하의 총탄에 암살을 당했고, 암살을 당한 대통령 이후 총리였던 사람이 대통령직을 수행 했지만 군 출신들의 득세로 대통령직에서 내려와야 했다. 그 후 군 출신 대통령이 2명이 더 있었고 민주화 바람으로 3명의 민간 출신 대통령이 있었다. 그러나 군 출신과 민간인 출신이었던 그들에게는 하나같이 똑같은 공통점이 있었다. 물러났을 때에 과연 아무 잡음 없이 깨끗이 물러났느냐이다. 두 군 출신 대통령은 주지의 사실이지만 대통령 때에 축적한 비자금으로 인하여 감옥까지 다녀온 경력의 소유자들이다. 또 민간인 출신 두 대통령도 그런 면에선 자유로울 수 없는 사람들이다. 한 대통령은 아들 관리를 잘못하여 나라의 돈을 축냈고 경제를 소홀이 감독해 국제적 치욕인 IMF를 유발케 한 장본인이다. 또 한 대통령은 겉으론 화려하게 우리 역사에서 유래가 없는 노벨 평화상을 수상했다. 하지만 아들들을 잘못 관리하여 그의 정치 경력에 흠집을 내고 아들을 감옥에 보내야 했던 경력의 소유자이기도 했다. 또 거기에 노벨 평화상도 로비를 통해서 탔다는 개운치 못한 말들이 있는 상이었다. 그런데 또 한 대통령마저 말년에 부정한 돈에 연류 되어 자살하고 말았다. 그리고 청계천을 복원하고 4대강 사업을 했던 대통령이 부정 축재를 했다며 감옥을 가고 최초의 여성 대통령이었던 사람이 촛불 집회와 세월호 희생자들의 사고로 인해 좌파들의 득세로 파면이라는 초유의 일이 벌어지고 감옥에서 오랜 세월을 보내야 하는 형(刑)을 받게 된 것이다. 내가 대통령이 되기 전의 전직 대통령은 좌파 대통령이었던 M이었다. 어느 전직 대통령도 권력 앞에 자유로울 수 있는 대통령은 없었다. 지금 것 권력을 앞세워 비리에 작은 것이나 큰 것에 개입되지 않은 대통령은 없었다. 한 때 국민들은 그런 말을 했었다. 정권이 바뀌면 재계의 지도도 바뀐다고 했다. 새로운 정권이 들어서면 어느 그룹이 망하는가 하면 어느 그룹은 반사 이익을 본다. 그것은 새 정권에 물 타기를 잘해서 그런 건지는 모른다. 그러나 나는 정직한 대통령의 선례를 남기기 위해 작은 일에도 부정한 짓은 한 적이 없다. 사회주의든 자본주의든 대통령이라는 직분은 국민을 윤택하게 살게 하기 위해 필요한 직분임에도 불구하고 지금까지의 대통령들은 자신에게 주어진 권력을 옳지 않게 썼다는 데에는 반론의 여지가 없는 것이다. 그래서 내가 대통령직을 처음 수행하면서 가장 어려웠던 일은 내 바로 전 퇴임한 대통령을 어떻게 처리해야 하는 것이냐에 있었다. M도 그런 면에서는 자유로울 수가 없는 대통령이었기 때문이다. 내가 대통령이 되기 전 가장 잘못된 것이 여성 대통령을 촛불 집회란 미명하에 대한민국 건국 이래 초유의 사태인 현역 대통령을 탄핵한 일이었다. 과연 탄핵될 정도로 잘못된 정치를 했던 것일까? 나는 대통령에 당선된 후 가장 먼저 한 일은 여성 대통령을 석방하고 검찰에 탄핵된 대통령에 대한 재수사를 지시한 것이다. 모든 사건에 대한 것을 처음부터 원점에서 공명정대하게 다시 시작을 하도록 지시한 것이다. 재수사 결과 사건들은 거의가 조작된 것이 대부분이었다. 증인이란 것들도 그렇고 증거란 것도 모두가 M정부에서 만들어낸 허위들뿐이었다. 그래서 그들은 죄도 없는 여성 대통령이 나오면 보수 세력이 그 깃발 아래 결집되는 것이 두려워 감옥에서 내보내지 않고 자신이 퇴임 때까지 감옥에 있게 했던 것이다. 나는 검찰에 지시해 전직 대통령 M의 비리를 밝혀 무거운 중형을 내리게 하고 전직 여성 대통령에 대하여는 복권을 시키는 것으로 마무리 했다. 5년이란 기간을 나는 굵직한 사건들을 시원하게 해결하다 보니 어느새 임기를 마치게 된 것이다. 나는 대통령직에 있는 동안 국민들에게 정말 깨끗한 대통령도 있었다는 것을 보여주고 싶었다. 물러나서도 깨끗했던 대통령이라고 국민들에게 칭송 받을 수 있는 청렴한 대통령의 패러다임을 내가 만들어 보고 싶었기 때문이다. 내가 이런 대통령이 되고 싶어 하는 것은 단지 나의 명예를 높이기 위하여 그러는 것이 아니었다. 나는 정말로 세계에서도 유래가 없는 깨끗한 지도자의 모습을 보여 정치 후진국이라는 오명을 씻고 경제도 선진국이지만 정치도 선진국인 대한민국의 참모습을 보여주고 싶었기 때문이다. 그러려면 그 자리를 물러나서도 국민이 행복해할 대통령이 되어야만 했다. 결코 쉬운 일은 분명 아니란 걸 난 잘 알고 있었다. 그러나 꼭 해내야만 할 일이란 것 또한 잘 알고 있는 나였다. 대통령으로서의 직무기간은 무척이나 외롭고 고독한 시간이었다. 그 긴 시간을 보내고 이제 홀가분한 마음으로 나는 다시 국민의 곁으로 돌아가는 것이다. 내가 민간인으로 돌아가 살집이라야 큰집도 필요 없었다. 외국에 나가 있는 아들이 돌아오면 세 식구가 살 집이니 아래층에 방 3개, 2층에 방 3개가 있으면 되었다. 1층은 우리 부부가 쓸 방 1개씩에 서재가 있을 뿐이었다. 2층에는 아들이 쓸 방과 내가 대통령에 있을 때 받았던 여러 가지 기념품을 정리해둘 곳이었다. 그리고 방 하나는 손님이 오면 접대할 곳이 꼭 있어야 한다고 해 마련 된 것이었다.

드디어 임기가 끝나고 민간인으로 돌아가 살 집으로 이사를 하는 날이다. 새 정부에서는 전직 대통령의 품위도 있고 물러나도 관례로 비서나 경호원은 항상 따라다니게 되어 있다며 비서와 경호원을 붙여 주는 것이었다. 그러나 나는 그런 것을 모두 사양했다.

“내가 세상을 깨끗하고 정직하게 살았는데 무엇이 두렵겠는가? 그런 나에게 경호원이나 비서가 무슨 필요가 있겠는가? 나에게 붙여진 경호원이나 비서가 국민에게 거두어들인 혈세로 급여를 주는 것인데 어찌 내가 물러나서도 국민이 낸 세금을 축낸단 말인가? 나는 전직이란 대우로 연금을 받는 것조차 과분한 사람이다. 평민으로 돌아온 이상 나는 평민과 똑같이 살 것이다”.

내가 이런 생각을 하는 것은 그동안 그런 대통령이 아무도 없었으니 나부터라도 전직 대통령으로서의 선례를 남겨야 다음 대통령도 나와 같이 할 수 있을 것이란 생각 때문이기도 했다. 그렇게 나에게 주어진 대통령으로서의 통치 기간이 끝나고 퇴임과 함께 나는 준비된 집으로 이사를 했다. 청와대를 떠나 이사 하는 날, 내가 앞으로 살 동네는 주민들의 환영 무드였다. 아직 것 국민들에게 존경받는 대통령이 없었는데 그런 대통령이 자신들이 살고 있는 동네로 이사를 온다니 환영을 하는 것이다. 골목골목에는 여러 형태의 현수막이 걸려 있었다.

"반만년 역사에 길이 남을 자랑스러운 대통령께서 우리 마을로 살러 오심을 자랑스럽게 생각 합니다."

"대통령님 그동안 수고 많으셨습니다. 이제 이곳에서 편히 쉬십시오."

이런 문구의 환영 현수막이 마을 입구부터 이곳저곳에 걸려 있었다. 그리고 내가 마을 입구로 들어서자 마을 주민들이 입구에서부터 꽃다발을 들고 기다리고 있다가 꽃다발과 함께 박수를 치며 환영을 하는 것이었다. 주민들의 환영을 받으며 입성한 집은 그리 크지 않은 집이었지만 단란한 것이 홀가분해 마음이 편했다. 나는 처음 이사한 집이었지만 마을 사람들은 전직 대통령이 사는 집이라 하여 호기심 어린 시선으로 기웃거렸다. 나는 많은 사람들이 몰려와 기웃 거릴 때마다 그들을 불러들여 함께 어울렸다. 처음엔 어려워했지만 소탈한 나의 성격을 알고부터는 격의 없는 대화를 나눌 수가 있었다. 그렇게 어울리다 보니 시간이 지나며 사람들은 내가 풍족하게 살고 있지 않다는 것을 알게 되었다. 사람들은 올 때마다 여러 가지 생활에 필요한 것들을 들고 오는 사람들도 있었다. 나는 전직 대통령에게 나오는 연금으로 나의 뜻에 동조하는 사람들과 불우한 사람들을 돕는 일을 시작 했다. 시작한지 얼마 안 되어 소문을 듣고 그 일에 참여 하고 싶다는 사람들이 늘어 갔다. 사람의 수가 늘어 가니 작은 집에서는 그 많은 사람들을 수용할 수가 없는 실정이 되었다. 그러자 소문을 어떻게 들었는지 재벌 기업에서 집을 지어 주겠다고 나섰다. 재벌 기업의 제안을 받아들인다면 처음부터 내가 말한 것들이 모두 거짓이 될 것이며 국민들은 그것 보라며 역시 쇼였다고 말할 것이 분명했다. 나는 그런 제안들을 모두 거절하고 함께 하고자 하는 사람들과 작은 것부터 시작하기로 하였다. 정치와는 무관한 모임이었기에 그렇게 부담이 가지는 않았다. 만약 정치적인 모임이었다면 내 스스로가 중단 하였을 것이다. 전직 대통령이라고 해서 칩거하는 것보다는 활발하게 사회에 봉사하는 모습이 더 좋을 것 같아 시작한 사업이었다.

내가 대통령이 된 것은 처음부터 나의 뜻과는 상관이 없었다. 어느 전직 대통령은 자신의 방 벽에 미래의 대통령 아무개라고 써서 붙여 놓고 대통령의 꿈을 키웠다고 하지만 나는 대통령이 되겠다고 생각한 적은 한 번도 없었다. 내가 자라온 환경이라는 것이 그런 큰 꿈을 키우며 살기엔 너무도 보잘 것이 없었기 때문이었을 것이다. 학교 때 선생님이 장래 희망이 무엇이냐고 물었을 때 내가 한 말은 자선 사업가였다. 자선 사업가가 꿈이었던 내가 대통령이 될 수 있었던 것은 순전히 나를 좋아하던 친구들과 더불어 인터넷과 네티즌들의 힘이었다고 볼 수 있다. 어려서부터 책 읽기를 즐겼고 친구들과 어울리

길 좋아했던 나는 주위에 좋은 친구들이 많았다. 책을 읽으며 춘추전국 시대의 맹상군을 보고 그를 흉내 내기를 한 것인지는 몰라도 아니 그것보다는 나의 타고난 천성이 그랬던 것 같다. 그래서 그랬는지 불우한 사람들에게 베푸는 것을 좋아했다. 또 한고조(漢高祖) 유방이 어떻게 해서 중국을 통일하였는지를 초한지를 읽으며 배웠다. 한고조(漢高祖) 유방은 보잘 것 없는 집안 출신이었지만 사람을 볼 줄 아는 안목을 가진 사람이었다. 인사가 만사라고 했듯이 사람을 보면 그 사람이 어느 자리에 있어야 적합한지를 알고 있었던 것이다. 한마디로 사람을 볼 줄 아는 혜안(慧眼)이 항우를 이기고 중국 대륙을 통일 할 수 있었던 원동력이었다는 것을 알 수 있었다. 그 대표적인 예가 한신이란 인물이다. 그는 항우에게 있을 때는 별 볼일 없는 한직에 있었으나 유방은 그가 인물이란 걸 한눈에 알아본 것이다. 유능한 인물을 적재적소에 발탁해 쓴다는 것이 쉬운 일은 아니다. 그 쉬운 일이 아닌 것을 유방은 해낸 것이다. 이런 책들을 보면서 습득한 지식이 내가 대통령을 하면서 유용하게 쓸 수 있었던 것은 부인할 수가 없는 사실이었다. 그렇게 살고 있을 때 친구들이 대통령에 한번 출마를 해보는 것이 어떠냐고 농담조로 말을 했다. 국회의원도 해보지 못한 정치 문외한인 내가 어떻게 대통령에 출마를 한단 말인가? 하고 웃음으로 흘려버렸다. 또한 내가 제일 혐오하는 인물들이 정치인이라며 나는 손 사례를 쳤다.

"내가 제일 싫어하는 사람들이 정치인이다. 사기꾼 같고 온통 거짓말쟁이들이 모인 집단이 정치 집단이 아닌가? 특히 대학에서 민주화니 뭐니 하며 데모를 선동하던 사람들과 종북이니 뭐니 북한을 찬양하고 법을 어기고 북한을 다녀온 사람들이 정치를 한다며 국회에서 판을 치는 세상이니 환멸을 느끼지 않을 수 없었다. 그들은 후일 정치를 하기 위하여 대학 때부터 이름을 알리기 위한 쇼를 하고 있었던 것이다. 나보고 그런 거짓말쟁이 집단에 들어가 같은 부류가 되란 말인가?"

하고 나는 반박했다. 그러자 친구들이 말했다.

"자네는 묘한 마력을 가지고 있는 사람일세. 자네 주변에는 언제나 중국의 맹상군처럼 사람들이 끓고 있어. 자네는 자네를 잘 모르는 것 같은데 자네에겐 누군가를 위해 희생하겠다는 열정과 정직함과 따뜻한 성품이 있고 사람을 휘어잡는 마력이 있지. 자네가 아는지 모르지만 그것은 분명 자네의 큰 장점이네. 자네는 가만히 있게, 우리가 알아서 할 테니 자네는 출마만 하면 되네."

끊임없이 설득하는 그들의 말을 듣고 나는 그들에게 한 가지 조건을 걸었다. 만약에 대통령에 당선이 된다면 일절 공을 인정하지 않겠다는 조건이었다. 즉 말하자면 논공행상(論功行賞)을 하지 않겠다는 약조였다. 지금까지의 대통령들이 실패한 원인이 논공행상(論功行賞)으로 인한 가신 그룹들 때문이었다고 해도 과언이 아니기 때문이었다. 단단하게 약속을 한 후 나는 친구들의 의견을 받아 들였다. 친구들은 스스로 선거 공탁금을 만들어 나를 선관위에 무소속 대통령 후보로 등록 시켰다. 그런 후 인터넷으로 선거운동을 하기 시작했다. 정치에 때묻지 않은 깨끗한 대통령을 뽑자는 슬로건으로 인터넷에 뜨기 시작한 나를 기존 여당과 야당에서는 코웃음을 치며 안중에도 두지 않았다. 지명도가 없는 나를 그렇게 보는 것도 무리는 아니었다. 거기에 선거자금이라는 게 천문학적인 금액이 들어가게 마련인데 그런 돈을 융통할 길이 없는 것을 여당과 야당은 빤히 알고 있기에 나와 같은 무소속 출마자는 아예 무시를 하고 있었던 것이다. 그러나 네티즌들의 활약으로 내 이름이 인터넷 지면을 도배하기 시작하자 평범했던 내 행적이 알려지며 네티즌들이 열광하기 시작했다. 그때부터 여기저기서 개미군단처럼 모여들기 시작한 후원자의 후원금은 선거를 치루는 데는 풍족하지는 않았지만 지장을 줄 정도도 아니었다. 선거 날자가 가까워지면서 방송국 출구 조사를 통해 나타난 지지도는 기존의 여야 후보를 조금씩 앞지르는 수치로 나타나기 시작했다. 그러자 여야 정당은 당황하기 시작했다. 그때부터 흠집을 내려고 나의 약점을 찾기에 급급하였다. 그러나 살아온 과정이 남에게 베풀고만 살아왔기에 흠을 잡을 데가 없었다. 그런 소문이 일파만파로 퍼지자 표심은 나에게로 쏠림 현상이 두드러지게 나타나기 시작했고 유세를 가는 곳마다 구름처럼 몰려드는 군중에 휩싸일 수밖에 없었다. 그러자 비밀리에 여당과 야당에서 제의가 들어 왔다. 나를 자신들의 당으로 끌어들이려는 시도를 한 것이다. 그러나 나는 대통령 출마를 결심할 때부터 나름대로의 정치 철학을 세워둔 것이 있었다. 내 생각대로라면 당이 없이도 나의 소신대로 대통령직을 수행할 수 있을 것 같았다. 여당도 아니고 야당도 아니니 양당에서 내놓은 정책들을 좋은 것만 채택해 쓰는 것이 상책이란 생각이었다. 말하자면 정책 탕평책인 것이다. 나는 이제 확신을 갖기 시작했다. 몸이 고달프고 힘은 들었지만 참모들과 함께 선거 유세에 박차를 가했다. 기존의 여당과 야당은 공약을 위한 공약을 남발하고 다녔지만 나는 꼭 필요한 정책들만 타당성 있게 거론하였다. 어느 후보가 나라가 이만큼 발전을 했으니 더 이상의 발전보다는 분배를 하며 안정을 도모해야 한다고 말하는 것을 보고 반박을 했다. 재산이 많으면 분배를 하는 것은 당연한 것이다. 허나 안정을 내세우며 그 자리에 머문다면 이것은 후퇴라고 역설을 했다. 우리의 경쟁국들은 지금 이 순간도 밤낮을 가리지 않고 우리를 앞지르기 위해 결사적으로 달리고 있는데 안정을 위하여 정체한다는 것은 경쟁국들에 추월을 허용 한다는 것과 다름이 없는 논리였다. 나는 경쟁국이 더 이상 쫓아오지 못할 정도로 국가의 기반을 튼튼하게 조성하겠다는 것과 우리보다 선진 기술을 따라 잡는데 총력을 기울이고 다른 나라가 쫓아오지 못할 기술을 개발 하는데 초점을 맞추겠다는 공약을 하였다. 이슈가 될 만한 공약은 아니었지만 그런대로 젊은 층에게는 먹혀 들어가는 것 같았다. 나라님은 하늘이 낸다고 했잖은가? 나는 지금 것 살아오면서 내가 하늘이 낸 대통령이 될 것이란 생각은 한 적이 없었다. 나에게 주어진 삶을 불우한 이들과 더불어 충실하게 살다가 가는 것이 나의 진정한 꿈이었다. 그렇게 살다보니 내 인생의 진로가 이상한 방향으로 흘러가고 있는 것을 알게 되었다. 그러나 내 친 걸음이니 그대로 주저앉을 수는 없었다. 모든 참모들과 몸은 파김치가 될 정도였지만 최후까지 열심히 뛰었다. 이제 마지막 날 선거 유세를 끝내고 조용히 선거 날을 기다렸다. 변화를 추구하는 젊은이들은 나를 지지했고 급격한 변화를 원치 않는 어른들은 기존의 당을 지지했다. 선거가 처음엔 여야의 대결에 나까지 가세하며 삼자 구도로 변한 것이다. 나는 아침 일찍 일어나 근처에 마련된 투표소에 가서 일찌감치 투표를 하였다. 내가 투표를 할 때 방송국 카메라와 기자들이 몰려와 투표를 하는 장면을 찍고 인터뷰를 요청했다. 그렇게 시간이 가고 투표 마감 시간이 되자 선관위에서 투표함에 봉인을 한 후 개표 장소로 향했다. 나는 참모들과 작지만 아담한 선거 사무실에서 개표 실황을 보기로 했다. 아무리 출구 조사가 나에게 유리하게 나왔다고 하여도 나는 조직도 없고 정치적 기반도 없었다. 정말 맨땅에 대고 헤딩을 하는 꼴이었다. 또한 출구 조사가 100% 맞는 것도 아니었다. 그러나 나는 최선을 다했고 하늘의 뜻에 모든 것을 맡기기로 하였다. 드디어 개표함이 열리고 개표 방송이 시작 되었다. 방송에는 여당과 야당의 수뇌부들이 긴장을 한 채 개표를 기다리는 모습이 비춰지기도 했다. 또한 담담하게 몇 명의 참모들과 함께 개표를 기다리는 내 모습도 비춰졌다. 초반은 대체적으로 지방에서는 기존의 여당과 야당이 강세를 보였다. 개표는 여당과 야당의 표 대결로 끝날 것 같았다. 그러나 인구 밀집 지역인 대도시에서 무소속인 나의 표가 쏟아져 나오기 시작 했다. 10시가 넘어 가면서 기적 같은 일이 벌어진 것이다. 그리고 12시가 넘어가자 나의 이름 옆에 '대통령 당선 확정'이란 자막이 뜨기 시작했다. 기적이 일어난 것이다. 말 그대로 경천동지(驚天動地)할 일이 벌어지고 만 것이다. 당선확정이란 자막이 뜨자 함께 있던 참모들이 나를 들어 올려 헹가래를 치기 시작했다. 그리고 밖에 진을 치고 있던 각 언론의 기자들이 몰려들기 시작했다. 정신없이 모든 인터뷰를 마치니 이젠 푹 쉬고 싶었다.

"오늘 밤은 푹 쉬고 싶은데 일정이 어떻게 될 것 같습니까?"

"쉴 새가 없을 것 같습니다. 오늘 참모들과 축하 파티도 하여야 하니 파티를 끝낸 후 잠시 눈을 부치십시오."

그러나 쉴 새가 없었다. 여기저기서 나를 아는 지인들의 전화가 쇄도했고 축하화환이 끝이 보이지 않을 정도였다. 나는 더 이상 축하화환을 받지 않겠다고 했다. 낭비인 것이다. 이튿날부터 나에겐 후임 대통령 자격으로 경호원이 신변 보호차원에서 부쳐졌다. 그러나 그런 일에 익숙하지 않은 나로선 모든 것이 불편했다. 그러나 그런 일에도 익숙해져야 한다는 것을 나는 잘 알고 있었다. 나는 우선 새 정부 인수위원회를 발족해야 했다. 나는 무소속 출신이라 당도 없었고 내가 아는 사람도 없어 누구를 인수위원으로 위촉을 하여야 할지 몰랐다. 그러나 크게 걱정하지는 않았다. 바로 여당과 야당에서 줄을 대기 위하여 연락이 오기 시작했다. 그러나 나는 기존의 기성 정치인들 보다는 깨끗한 이미지의 참신한 사람들로 인수위원회를 짜고 싶었다. 나는 인수위원회를 만드는데 인물의 지명도를 따지지 않았다. 이름이 없는 사람이라도 정직하고 일에 열정이 있고 그 방면에 해박한 지식이 있는 사람을 우선순위로 발탁을 했다. 그렇게 구성된 인수위원회는 아무런 잡음 없이 전 정권으로부터 무사히 인수를 끝냈다. 나는 처음 친구들과 약속한 대로 논공행상에 한사람도 참여 시키질 않았다. 그 길이 깨끗한 정치로 잡음 없이 임기를 마칠 수 있는 지름길이라 생각했기 때문이었다. 일체 친인척이나 형제들과 친구들은 배제된 채 새 정부를 꾸렸다. 새 정부에는 새로운 인물을 발탁하기도 했지만 전 여야 양당에서 유능하고 정직했던 인물들은 발탁을 했다. 말하자면 당을 망라한 탕평책을 쓰기로 했던 것이다. 인사가 만사라 한 것처럼 요소요소에 그 자리에 맞는 적당한 인물을 앉히니 새 정부는 잡음 없이 돌아 갈 수 있었다. 5년이란 세월은 길 다면 길고 짧다면 짧은 세월이었지만 그 임기 동안에 잘했다고 자부할 수 있는 사건도 있었다. 그 예로 북한의 동해에서의 우리 함정 공격으로 인해 촉발된 반격으로 인한 북한 함정의 침몰과 일본의 독도 침공으로 대한해협에서의 전운(戰雲)이 있기도 했지만 북한과의 공동전선을 구축함으로서 화해가 이루어진 일은 잘된 일이었다.

그렇게 분주한 가운데 5년이란 세월이 빨리 지나간 느낌이다. 그렇게 물러나고 몇 개월의 시간이 흘렀다. 그동안 많은 사람들이 집에 놀러 왔다. 사람들은 언제나 변함없이 소탈한 내 모습을 보면서 정을 느낀 것 같았다. 처음엔 전직 대통령을 지낸 사람인데 당연히 내 집일 것이라 여겼던 것 같다. 그러나 집에 놀러와 보고 정말로 내 집이 아니라는 걸 알게 되고부터는 모두 놀라는 것이었다. 청와대를 떠나올 당시 담화문을 발표하여 모든 재산을 국민에게 헌납을 한다고 발표를 하였으나 그것을 액면 그대로 받아들인 국민은 많지 않았던 것이다. 전직 대통령이 국민을 위하여 모두 헌납을 하고 연금 나오는 것까지 불우한 사람을 위하여 쓰며 어렵게 살고 있다는 것을 실제로 알게 된 사람들은 놀라는 것이었다. 정치는 쇼라고 생각하는 일에 익숙해 있던 사람들이 진실을 알게 되자 놀라워하며 소문은 입에서 입으로 빠르게 퍼져 나갔다. 그러면서 또 네티즌의 움직임이 빨라지기 시작했다.

"대통령을 지냈으면서도 집 한 채 없이 물러났던 정직한 우리 대통령에게 집을 장만해 드립시다. 대통령 재임 시절에도 불우한 이웃을 위해 있던 재산은 물론 매달 받는 봉급까지도 아낌없이 내놓았던 대통령입니다. 국가에서의 도움을 모두 거절하고 매달 나오는 연금마저도 최소한의 생활비만 남기고 불우한 이들을 위하여 모두 내놓고 있는 분입니다. 우리 국민은 그런 대통령을 모셨다는 게 얼마나 영광스럽고 자랑스러운 일입니까? 그런 분을 위하여 우리 작은 힘이나마 보태어 집을 장만해 드립시다."

이런 요지의 글이 인터넷에 뜨자 여기저기서 훌륭한 전직 대통령을 돕자는 댓글이 폭주하기 시작했다. 그렇게 대통령 돕기 운동이 불길처럼 번지자 삽시간에 엄청난 성금이 모아지기 시작했다. 일이 눈덩이 불어나 듯 커지자 나는 당황스러워졌다. 그러자 한쪽에서는 국민들을 호도하여 불쌍하게 보여 동정을 사려는 작태라며 비판을 하는 세력이 생겨나기 시작했다. 나는 할 수 없이 국민들에게 호소문을 발표하기에 이르렀다.

"국민 여러분 내가 이렇게 살고 있는 것은 누구의 동정을 사기 위한 행동이 절대 아닙니다. 예로부터 대통령은 하늘이 내려야만 할 수 있는 자리라 하였습니다. 그런 직분을 받았던 사람이 더 무엇을 바라겠습니까. 나는 세상에서 어떠한 것에도 여한이 없는 사람입니다. 저는 한 평생을 가식 없이 살아온 사람입니다. 이제 전 여기서 선언합니다. 물러나기 전 연설문에 발표한 바와 같이 나는 이제 전셋집 얻은 돈이 제 전 재산입니다. 숨겨 논 재산이 있다면 찾아보아도 좋습니다. 또 제가 살아가면서 어느 곳에서든 나와 결부된 재산이 단 한 푼이라도 있다면 언제든 저를 고발하십시오. 또한 나는 이번에 나를 위해 거둔 성금에 대하여 단 한 푼도 받지 않을 것입니다. 이 돈은 여러분들과 상의 하여 재단을 만들어 불우한 사람들을 위해 쓰겠습니다. 지켜봐 주십시오. 이 단체는 비영리 단체이자 비정치 단체가 될 것입니다."

이렇게 나는 나를 견제하려는 세력을 사전에 차단을 하지 않으면 안 된다는 것을 알았기에 미리 선을 그어놓을 필요성을 느꼈던 것이다. 그날로 함께하는 사람들과 비상회의를 열고 바로 재단을 만들기로 합의를 보았다. 일은 일사천리로 진행이 되어 바로 재단을 설립하는 것으로 결론이 났다. 그러자 우선 할 일이 생겼다. 내가 살고 있는 전셋집을 내놓고 그 전세금으로 시골 한적한 곳에 땅을 사는 일이었다. 전셋집은 바로 나갔다. 전직 대통령이 살던 집이라 해서 영광이라며 집이 빨리 나간 것이다. 그리고 시골에 보아둔 땅을 우선 매입했다. 아담한 산 밑이었는데 앞이 확 트인 곳이라 전망이 좋았다. 시골의 싼 땅이었기에 전셋집 돈을 가지고도 큰 집을 짓고도 남았다. 마당이 넓은 집이 지어졌다. 내가 그곳에 집을 지으니 하나, 둘 땅을 사서 그곳에 집을 짓고 이사를 하는 사람들이 늘어났다. 짧은 시간에 한 마을이 형성이 되었다. 그러나 집을 지을 땅은 아직도 많이 남아 있었다. 내가 살 집이 완성이 되자 재단에 참여한 사람들이 모두 집 마당에 모였다. 바로 재단의 일을 시작하기로 했기 때문이었다. 그러자 함께한 회중 가운데 젊은 사람이 의견을 제시했다.

"이렇게 좋은 취지의 재단을 시작 하면서 아무런 기념 될 만한 행사도 없이 하는 것은 도리가 아니라고 생각합니다. 제가 흥을 돋우기 위해서 노래라도 한마디 하고 싶습니다. 괜찮겠습니까?"

그러자 많은 사람들이 호응을 한다.

"와~ 좋습니다."

"당연한 일이지요.

"그러면 오늘 이 넓은 마당에서 신명나는 마당놀이나 한판 펼쳐 봅시다."

그러자 그 젊은이가 키타를 치며 흥겹게 노래를 시작했다.

"보라 동해에 떠오르는 태양
누구의 머리 위에 이글거리나
피맺힌 투쟁의 세월 속에
고귀한 순결함을 얻은 우리 위에
보라 동해에 떠오르는 태양
누구의 앞길에서 환히 비치나
찬란한 선조의 문화 속에
고요히 기다려온 우리 민족 앞에
숨소리 점점 커져 맥박이 힘차게 뛴다.
이 땅에 순결하게 얽힌 겨레여
보라 동해에 떠오르는 태양
우리가 간직함이 옳지 않겠나
숨소리 점점 커져 맥박이 힘차게 뛴다
이 땅에 순결하게 얽힌 겨레여
보라 동해에 떠오르는 태양
우리가 간직함이 옳지 않겠나."

젊은이가 피를 토하듯 열창이 끝나자 마당이 잠시 조용해졌다. 젊은이는 노래가 끝나자 마당에 모인 관객에게 고개 숙여 정중하게 인사를 했다. 그러자 잠시 조용했던 마당이 다시 함성으로 가득해졌다.

"와~ 대단한 열창입니다. 우리의 취지에 맞는 축가입니다."

마당이 축제 분위기로 고조 되고 있었다. 그러자 인파 속에서 나에게 한마디 해 달라는 요청이 있었다.

"좋은 노래를 불러 주셨습니다. 우리의 역사를 도리 켜 보면 정말 피맺힌 투쟁의 역사였습니다. 그러나 이젠 피맺힌 역사의 한을 훌훌 털어내고 깨끗하고 힘이 있는 나라로 변모하고 있습니다. 그 힘은 정직하고 깨끗한 지도자만이 할 수 있는 일입니다. 그런 지도자가 계속 나와 국민의 힘을 하나로 묶어야 합니다. 자~ 이젠 우리는 희망가를 부르며 새로운 나라 새로운 대통령을 위하여 우리는 작은 일이라도 최선을 다합시다."

"와~ 맞아요."

이렇게 재단이 설립된 후 처음 시작한 사업이 집이 없는 사람 집을 지어 주는 일이었다. 싼 땅을 구입해 당장 오 갈 데 없는 사람들을 우선순위로 배정을 했다. 그렇게 시작된 사업이 궤도에 오르기 까지는 힘든 일도 있었지만 함께한 사람들이 힘을 합했기에 가능한 일이었음은 말할 나위도 없었다. 처음엔 나에게 집을 사주자고 모아졌던 기금으로 재단을 만드는데 일부를 썼고 남은 기금으로 사업을 시작했다. 그렇게 비영리사업이지만 바쁘게 돌아가니 함께하는 회원들의 얼굴에도 행복한 웃음이 떠나질 않았다. 겨울이 되자 쪽방에 사는 사람들과 판자촌 같은 곳을 찾아 연탄을 배달해 주고 독거노인들이나 소년소녀 가장들에게 학용품이나 생활비를 전달하기도 했다. 그러나 그런 일은 일회성으로 끝날 수 있는 일은 아니었다. 지속적으로 관심을 가질 수밖에 없는 일이었다. 그렇게 하다 보니 정부에서 받는 보조금도 있었지만 전직 대통령이 발 벗고 나선다

하여 이곳저곳에서 후원금이 답지하였다. 그런 돈은 한 푼도 헛되이 쓸 수 없는 일이었다. 나 또한 매달 나오는 연금의 일부를 재단에 또박 또박 회비로 납부를 했다. 그렇게 재단의 일이 바쁘게 돌아가고 있을 때였다. 사무실로 한통의 전화가 걸려왔다.

"여보세요? 사람이 죽었어요."

"네?"

"재단에서 도와주던 독거노인인데 보이질 않아 집에 들어가 보니 죽어 있었습니다."

"거기가 어디죠?

전화에서 가르쳐 주는 대로 가보니 과연 얼마 전 자식과 함께 살 것이라고 좋아했던 노인이 잠자는 듯 죽어 있었다. 그동안 자식이 사업에 실패한 후 빚쟁이를 피해 도망가 어디에 살고 있는지도 몰랐는데 아들이 소식을 전해 왔다는 것이었다. 이제 빚을 모두 갚고 다시 합치게 되었다고 좋아하던 노인이었다. 우선 빈소를 마련해야 했다. 노인한테만 들은 이야기라 자식이 어디 있는지 알 수가 없었기에 일단 재단에서 장례를 치르기로 했다. 장례식장은 병원의 장례예식장에서 하기로 했다. 시신을 병원으로 옮긴 후 조금 지나니 어떻게 알았는지 아들이라며 찾아온 사람이 있었다. 그는 우선 노인의 영전에서 서럽게 울었다.

"아버지, 용서하여 주세요. 이제야 빚을 모두 갚고 아버지 모시고 살려고 했는데 왜 이렇게 급하게 가셨어요. 그동안 얼마나 외롭고 힘드셨어요. 흐흐흑흑~

그렇게 실컷 울고 난 아들은 나를 찾았다.

"대통령님, 정말 감사합니다. 대통령님께서 저의 아버지 장례를 치러 주시니 아버지도 기쁜 마음으로 가셨을 겁니다. 너무 감사합니다. 이 은혜 꼭 갚도록 하겠습니다."

"허허~ 은혜는 무슨 은혠가, 세상은 서로 돕고 살면 편하고 살만한 세상이지. 살면서 불우한 사람들끼리 서로 돕고 산다면 그것이 우리가 원하는 천국과 같은 세상이 아니겠는가?"

"네, 저도 그렇게 살도록 노력하겠습니다."

쓸쓸할 것 같았던 장례식은 아들이 돌아와 화기애애한 가운데 치러졌다. 가는 고인도 기쁘게 갔을 것 같았다. 그렇게 열심히 봉사 정신으로 일을 하고 일 년을 돌아보는 송년회 자리다. 한 사람이 건배를 제창했다.

"건배는 대통령님께서 해 주시지요?"

"그렇다면 내가 하지. 새해에는 불우한 사람들이 더 잘 사는 나라를 위하여~ 건배."

"건배~"

모두가 건배를 한 후 박수를 친다. 그러자 한사람이 제안을 한다.

"우리 대통령님을 위하여 헹가레를 한번 쳐 드립시다."

그러자 와~ 하고 사람들이 나를 향해 달려든다. 모두가 나를 공중으로 띄운다. 나는 공중에서 허우적거리며 마구 웃는다. 그러자 꿍~ 하는 소리와 함께 엉덩이에 통증이 밀려왔다. 엉덩이를 만지며 눈을 떠보니 침대 밑이었다. 꿈속에서 허우적거리다 침대 밑으로 떨어진 것이다.

"정말 꿈이었지만 행복한 대통령이었는데...."

밖에선 대통령 선거 운동원의 소리가 들려오고 있었다.

"기호 3번 정직한 대통령 후보 00당 후보 아무개입니다."

라는 소리가 아직도 낮잠에서 덜 깬 나의 귀에 공허하게 들려왔다. 〈끝〉

# 10
# 오늘의 운세

봉필현 단편

고무장갑을 낀 손으로 이리저리 내 몸의 일부를 만져보며 고개를 끄덕이던 의사는 별 것이 아니라는 듯 장갑을 꼈던 손을 벗고 책상에 앉더니 알아볼 수도 없는 글씨로 처방전을 쓰고 있었다. 그리고는 나를 흘끔 쳐다보고는 주사실에서 주사 한 대 맞고 가라고 한다. 나는 그래도 뭔가 불안해서 다시 한 번 확인하고 싶었다.

"선생님, 앞으로 몇 번이나 더 와야 되나요?"

이런 경험을 난생 처음해보는 나로서는 창피하기도 했지만 남이 나를 이상한 눈으로 보는 것 같아 마음이 불안하기도 했고 창피하기도 했다. 늙은 의사는 내 마음을 꿰뚫고 있다는 듯 장난기 섞인 표정으로 대답을 한다.

"이런 일 처음입니까?"

"네."

"오늘 주사 한 대 맞고 가면 병이 나을 겁니다."

하며 아무렇지도 않게 대답을 한다. 진찰실에서 나와 대기실에 앉아 있으니 아내가 먼저 주사를 맞고 나오고 있었다. 아내의 표정은 매우 불만스러운 듯 나에게 화가 나 있는 것 같았다. 나는 그런 아내의 얼굴을 똑바로 쳐다볼 수가 없어서 고개를 숙이고 있으려니 간호사가 내 이름을 호명을 한다.

"신경민님 들어오세요."

나는 간호사의 호명을 받고 주사실로 들어갔다. 간호사는 엉덩이에 주사를 맞아야하니 바지를 내리라고 한다. 엉덩이를 비스듬히 까고 있으려니 간호사는 주사기에 약을 넣고 내 엉덩이를 찰싹하고 때린 후 주사기를 잽싸게 엉덩이에 찔러댄다. 따끔 하더니 묵직하게 엉덩이 전체로 통증이 퍼져나간다. 이제 이 약이 내 몸으로 퍼져 나가면 지긋지긋한 병균을 소멸될 것이다. 주사를 맞은 후 바지를 추스르고 나오니 아내는 이미 보이질 않았다. 나는 돈을 지불하고 급히 병원 문을 나섰다. 병원 문을 나오니 아내는 한참 앞을 절룩이며 걸어가고 있었다. 걸음걸이가 매우 불안정해 곧 넘어질 것 같다. 나는 아무 기척도 없이 아내의 뒤만 따라가고 있었다. 한참을 걷던 아내는 뒤가 간지러운지 뒤를 돌아다본다. 멀리서 보아도 화가 많이 난 것을 알 수 있었다. 아내는 나를 보고 뭐라고 궁시렁 거리는 것 같았으나 내가 멀리 떨어져 있어 도무지 뭐라고 말하는지를 알 수가 없다. 아마 나에게 악다구니를 퍼붓고 있는 것일 것이다. 나는 요 며칠 간 아내에게 정신적 육체적으로 고통을 준 것은 사실이기 때문에 입이 열 개라도 할 말이 없다. 요즘 들어 회사에서는 경제난으로 인하여 대규모의 감원이 있을 거라는 말과 명퇴 신청을 받는다는 소문이 퍼져 각 부서마다 분위기가 뒤숭숭했다. 그래서 그랬는지 아침 출근을 하기 전에 오늘은 무슨 일이 없을까 하는 불안감에서였는지 모르지만 신문을 들추면 먼저 보는 것이 오늘의 운세 란이었다. 아침에 일어나자 오늘은 무슨 좋은 일이 있을까 하는 기대심리로 내 띠와 일치되는 운세 란을 뒤지기 시작했다.

"오늘 남쪽으로 가면 귀인의 도움으로 좋은 일이 있을 수...."

라고 되어 있었다. 도대체 어떤 귀인을 만날 것이며 또한 좋은 일이란 어떤 것일까? 물론 오늘의 운세가 모두 맞는 것은 아니지만 그래도 좋은 점괘는 기분 나쁘지 않은 법이다. 어제 퇴근 무렵이다. 부장이 부른다기에 뜨끔했다. 혹 회사를 그만 두라는 것은 아닌지 하는 낭패한 마음으로 부장실에 들어서니 부장은 빙그레 웃으며 나를 맞는다.

"어서 오게, 자네가 차성진이 동서인가?"

"네, 그렇습니다."

"좀 전에 차이사가 전화를 했더구먼, 내일 신기사를 서해 현장으로 며칠간 파견을 시켜 달라는 거야. 그러니 내일은 출근하지 말고 직접 서해 현장으로 내려가도록 하게."

"네, 알겠습니다."

이렇게 부서장으로부터 출장 명령을 받아 놓은 상태였다. 아침식사 후 느긋하게 서해에 있는 현장으로 내려갈 참이었다. 바닷가를 매립하는 공사 현장이었는데 아무리 생각해도 좋은 일이 있을 것 같지 않았다. 그 현장에는 차성진이라는 손위 동서가 현장 소장이었다. 그는 서울대학교 토목학과 출신이었는데 회사에는 인정받고 있는 엘리트였다. 내가 그와 동서로서 인연을 맺게 된 것은 일에 충실했고 남보다 기술이 뛰어났던 나를 그가 상사로서 좋게 보게 된 것이 인연을 맺게 된 동기였다. 그는 나와 같은 부서는 아니었지만 현장 소장으로 있었기에 현장에 출장을 함께 가게 된 것이 좋은 인연을 맺게 된 것 같다. 나는 기계공고 에서 선반을 전공했다. 건설현장에서는 가끔 중장비가 고장이 날 경우 부속을 구하려 해도 구할 수 없는 경우가 종종 있다. 그때는 비싼 임대료를 주고 쓰는 장비인데 하루만 운행을 못해도 손해가 이만저만이 아니다. 그때는 내가 필요한 것이다. 중장비의 부속은 정밀해야 하는데 선반으로 깎고 다듬어 똑같은 부속을 만드는 일은 쉬운 일이 아니다. 그 일에는 내가 독보적인 존재였기 때문에 부속을 사려다 구하지 못하면 나를 찾게 마련이었다. 그날도 장비 때문에 현장에 다녀오는 길이었다. 운전자의 부주의로 컴컴한 길을 잘못 들어 모아 놓은 흙더미를 들이 받으며 차가 뒤집히는 사고를 당했다. 다행이 사상자는 없었지만 그와 나는 다리와 팔이 부러지는 중상을 입고 병원에 입원을 하게 되었다. 같은 병실에 입원했던 관계로 나는 그의 집안 식구들의 병문안도 함께 받아야 했다. 나는 미혼이었던 관계로 어머니가 나의 병 수발을 했다. 차부장은 지금은 나에겐 처형이 되었지만 부인이 정성으로 간호를 하였다. 병원에 입원하며 처음 알게 된 차부장의 부인은 첫인상이 이지적이며 교양 있어 보이는 천상 여자의 모습이었다. 병원에 입원해 있는 동안 나는 차부장의 부인과 스스럼없을 정도로 친해졌다. 그녀에게는 동생이 있었는데 가끔 형부 병문안을 오곤 했다. 그녀도 언니를 닮아서 미인 소리를 들을 만 했지만 성격은 언니와는 딴판이었다. 언니가 요조숙녀라면 동생은 괄괄해서 말괄량이에 가까웠다. 차부장 부인의 소개로 인사를 했는데 병원에 올 때마다 그녀는 나를 친절하게 대했다. 나는 그런 성격의 그녀가 좋았다. 그녀는 가끔 들렀지만 나는 그녀가 매일 기다려졌다. 어느덧 나의 마음속엔 그녀가 조금씩 자리를 잡고 있기 시작했다. 한 달 여가 지나니 마음을 송두리째 빼앗긴 상태가 되고 말았다. 약 2개월 정도 입원 후 퇴원을 해도 된다는 진단이 나왔지만 나는 그녀로 인하여 차부장과 계속 병원에 머물고 싶었다. 그녀는 자주 들렸고 횟수가 잦을수록 그녀의 마음도 나를 좋아하는 쪽으로 기울고 있는 듯 했다. 자연스럽게 어머니와도 친해졌고 곁에서 그녀와의 가까워짐을 보는 어머니도 만족스러워 하는 눈치였다. 그러나 시간이 흐르며 예정대로 퇴원을 했고 나를 좋게 보아준 차부장의 주선으로 나는 그녀와 어렵지 않게 결혼에 골인할 수 있었다. 어떻게 보면 차 전복 사고가 나에게는 행운을 가져다준 것이었다. 결혼 후 동서라는 이유에서 그랬는지 나와 다른 부서에서 근무하는 것이 좋겠다며 자신은 자리를 옮기게 될 것이라는 것이었다. 다른 부서로 자리를 옮긴 차부장은 자주 만나는 것은 아니었지만 회사에서 만나게 되면 나를 대하는 태도가 전과 달랐다. 가끔 만나게 되어도 면박을 주기 일쑤였다. 나는 그와 점점 멀어져 감을 느끼기 시작했다. 나는 그와 비교해 내세울 것도 없는 선반 기능공이었다. 거기다 요즘 경제 불황으로 인하여 많은 명퇴자가 생기고 하루가 지나면 어느 부서의 아무개가 명퇴 했다는 소문에 모두들 자리보전에 전전긍긍 하고 있었다. 요즈음 유행하는 말이 고개 숙인 남자라는 말이 유행이 될 정도이니  요즘의 불황이 이만 저만이 아니라는 것을 알 수가 있는 것이다. 이 정도면 직장인들의 애환을 알만한 일이 아닌가? 남들의 애환과는 상관없이 고속 승진 하는 차부장에게 나는 상대적인 박탈감을 느껴야 했고 점점 그와 부딪치는 것조차 싫어졌다. 그는 그런 나를 생각했던 건지는 알 수 없으나 어느 날 갑자기 이사로 승진하여 현장 소장으로 자원하여 나갔다.

공사 현장 중에서는 큰 곳이었는데 회사에서는 말렸으나 현장 경험을 쌓겠다며 굳이 내려가기를 자청 했다는 것이었다. 그렇게 현장으로 떠났던 그가 어제 부서장에게 출장 파견 말이 나오기 전에 나에게 전화를 했었다. 수화기를 통해서 들려오는 음성이었지만 밝았다.

"여보게 동서, 나 차성진일세. 내가 자네 부서장에게 연락해 내일 이곳에 좀 내려 보내 달라고 부탁을 할 테니 내려오도록 하게. 조금 있으면 자네 부서장으로부터 무슨 말리 있을 걸세. 자세한 이야기는 내일 만나서 하기로 하세."

하고는 전화를 끊었다. 그 후 저녁 퇴근 무렵 직속 상사에게서 내일 서해 현장으로 출장을 다녀오라는 지시를 받았던 것이다. 나는 신문을 접고 드러누워 빈둥대다가 오후 느긋하게 출발을 했다. 현장이 지척의 거리에 있었기에 내가 잘 아는 길로 가기로 했다. 봄이 시작된 들녘은 그야말로  온통 불붙은 듯 진분홍의 물결과 노란색의 물결이다. 농부들은 파종하기에 몹시 분주한 듯 들판을 오가는 모습이다. 내가 현장에 도착 했을 때는 해가 서해 바다 속으로 마지막 붉은 빛을 발하며 서서히 빠져 들고 있을 때쯤이었다. 넓은 갯벌이 흙으로 메워져 벌판을 이루고 있는 것이 장관이었다. 나는 여러 대의 차가 세워져 있는 주차장에 차를 세우고 곧바로 현장 소장실로 들어갔다. 문을 노크하니 들어오라는 아가씨의 상냥한 음성이 들린다. 나는 문을 밀고 들어갔다. 그러나 차소장은 현장에서 아직 들어오지 않고 있었다. 아가씨가 주는 커피를 마시며 창밖 바다 속으로 점차 빠져 드는 해를 바라보고 있었다. 서서히 저가는 저녁노을 속으로 한 척의 배가 스쳐 지나간다. 이제 하늘에는 초저녁

별들이 드문드문 뜨고 있다. 손에 들고 있는 커피 잔에서 모락모락 올라오는 커피 냄새가 코를 향긋하게 자극한다. 나는 기분이 상쾌해지며 나도 모르게 콧노래가 흘러나온다.

"하늘에 빛난 별 물 위에 어리어
바람은 고요히 불어오누나.
내 배는 살같이 바다를 지난다.
싼타루치아~ 싼타루치아~"

나는 붉게 물든 저녁노을에 넋을 빼앗기고 있었다. 매일 반복되는 도시생활의 권태로움이 오랜만에 접해보는 낙조의 황홀함에 푹 빠져 들었던 모양이다.

"자네  왔나? 지금쯤 도착했을 거라 생각하고 부지런히 들어 왔지."

깜짝 놀라 뒤를 돌아보니 차소장이 뒤에 서있다.

"조금 전에 도착했는데 현장에 계시다고 하기에 기다리고 있었습니다."

차소장이 동서지간이기는 하나 그는 처음부터 직속 상사였고 승승장구하는 그를 볼 때마다 나는 늘 주눅이 들었었다.

"서 있지 말고 거기 의자에 앉게."

차소장은 웃으면서 소파에 앉으라고 권하는 것이었다. 그리고 여직원을 향해 말했다.

"바쁜 일 없지?"

"네, 소장님."

"그럼 퇴근 하도록 해."

하고는 내 앞 소파에 앉는다. 바닷바람을 쐬어서 그런지 검게 그을린 모습이 건강하게 보였다.

“건강하게 보이십니다.”

“그렇게 보이나? 사실 이곳에 와 많이 건강해진 것 같아. 이제 근무 시간도 끝나고 평상으로 돌아갈 시간이지. 이제부터는 동서지간인 형님과 동생으로 만나는 거야. 이 시간부터는 차소장도 아니고 신기사도 아니야. 그냥 차성진과 신경민이 만나는 거지. 자네 그간 서울에서 탁한 공기만 마셨잖아. 내가 오늘 자네에게 맑은 공기 좀 마시라고 일부러 불러 내린 걸세. 이곳 토목 현장에서 자네가 할 일이 뭐가 있겠나. 여기 며칠 머물면서 싱싱한 바다생선도 먹으면서 힘을 충전해 보게. 그동안 자네와 내가 대화가 부족했던 것 같은데 오늘은 마음을 활짝 열고 이야기도 좀 해보세.”

하고는 일어선다.

“동서 자네는 오늘 내 손님일세. 오늘은 모든 걸 나에게 맡기고 따라 오게.”

그는 현장에서 가까운 도시에 숙소를 정해놓고 있었다. 밖에 나오니 이미 어둠이 내려져 있었다. 바다 쪽을 보니 만조가 된 바다는 칠 흙처럼 어두워 보인다. 하늘에는 서울 하늘에서는 볼 수 없는 무수한 별들이 반짝이고 바닷가 특유의 비릿한 냄새가 후각을 자극한다. 나는 차소장과 함께 뒷좌석에 탔다. 회사에서 이사급에게는 승용차와 운전기사가 딸려 있었다. 차소장은 운전기사에게 뭐라고 지시를 했다. 술집이 있는 곳을 이야기 하는 듯 했다. 얼마 후 나는 불빛이 화려한 곳으로 안내됐다. 큰 횟집이었는데 벌써 손님이 발 디딜 틈도 없이 꽉 들어

차 있었다. 그러나 차소장이 미리 예약을 해 두었는지 우린 따로 마련된 방으로 안내되었다. 잠시 후 상에는 여러 가지 회가 푸짐하게 올라왔다.

"자네 술은 뭘 로 하려나?"

"소주로 하겠습니다."

"그럼 오늘은 자네가 주인공이니 자네 취향대로 하기로 하세."

"형님 한잔 받으시지요."

차소장은 술잔을 받으며 빙그레 웃는다.

"자네도 한 잔 하게."

술잔에 소주를 가득 채운 후

"자네 그동안 나를 많이 원망했지. 그러나 그게 본심은 아니네. 직장 생활이란게 다 그런 것 아닌가. 내가 남보다 특출하지 않으면 절대 경쟁자를 이길 수가 없어 그래서 부단하게 노력을 하다 보니 여기까지 오게 된 거지. 자네는 가지고 있는 기술이 남들보다 특출하고 성실했기 때문에 자네를 동서로 추천했던 것 아닌가. 하하하"

차소장은 변명 같지만 진실을 말하고 있었다.

"자네가 생각하기에 나는 특별한 인간이라 생각할지 모르나 특별한 인간은 세상엔 없네. 사람은 다 똑같지. 단 조금씩 더 인내하고 노력하는 것 일뿐이지. 그러나 인간이 추구하는 욕망은 결국은 다 같다고 보는 것이 옳은 답일 것이야."

몇 순배 술잔이 돌아가면서 그도 얼근하게 취하는 모양이었다. 한동안 시간이 흐르고 얼굴은 붉게 상기되어 있었지만 자세는 전혀 흐트러짐이 없었다. 이제 먹던 생선회도 바닥이 나고 있었다. 그는 내 얼굴을 보고는 술은 그만하고 2차를 가자고 했다. 그가 앞장서 안내한 곳은 단란주점이었다. 술과 안주를 시킨 후 노래는 생음악으로 하기로 하고 밴드를 불렀다. 차 소장은 지금 보여 주고 있는 모습이 자신의 참모습이라고 했다. 그는 마이크를 잡고 "향수"란 노래를 부르기 시작했다.

"넓은 벌 동쪽 끝으로 / 옛이야기 지즐대는 실개천이 휘돌아 나가고" 로 시작되는 정지용 시인의 시에 성악가 박인수와 가수 이동원이 함께 불러 유명해진 노래였다. 나는 그 노래를 잘 부르진 못하지만 아내와 노래방에 가면 아내는 가끔 그 노래를 불러 귀에 익은 편이라 흥얼거리며 따라 불렀다. 그렇게 흥이 고조되어 절정에 이를 즈음 그가 화장실에 다녀오겠다며 밖으로 나간다. 잠시 후 돌아온 그는 그만 끝내고 3차로 가자고 하는 것이었다. 이미 다른 곳에 예약을 해놓은 것 같았다.

"자네 오늘 나와 한번 망가져 보는 거야. 그동안 자네는 보지도 못하고 상상도 못했던 차성진을 보게 될 거야. 나도 사람이고 감정이 있는데 왜 쾌락 같은 것을 모르겠어. 행인지 다행인지 나에겐 그런 기회가 없었지."

밖으로 나온 그는 YK호텔이란 글씨가 선명한 호텔로 거침없이 들어간다. 미리 예약이 되었던 듯 로비에서 열쇠를 받아든 그는 나에게 55호란 숫자가 붙여진 방 열쇠를 건넨다. 나는 얼떨떨한 상태에서 열쇠를 받아들고 방으로 들어갔다. 나는 함께 잘 것이라고 생각을 했는데 호텔까지 와서 따로 잠을 잔다는 것은 생각지도 못한 일이었다. 술이 약간 취하기는 했지만 모든 상황 판단은 할 수 있었다. 그는 방문을 열어주며 나에게 속삭이듯이 말했다.

"오늘 재미있는 일이 있을 거야. 한번 기대해봐."

"네?"

나는 무슨 말인지 알듯 모를 듯한 그의 말을 들으며 방으로 들어오자 피곤해 씻을 생각도 들지 않아 그냥 침대에 벌렁 드러누웠다. 모든 것이 꿈을 꾸는 것만 같다. 오늘 아침 신문에서 오늘의 운세를 볼 때 귀인의 도움으로 좋은 일이 있을 수라고 하였는데 그 귀인이 차소장이였단 말인가? 나는 오늘 집에서 떠나올 때 저녁잠은 현장 막사에서 자게 될 것이라 생각했다. 그러나 예상을 완전히 뒤엎는 파격적인 사건이었다. 여하간 편하고 좋은 곳에서 하룻밤을 자게 됐다는 것은 기분 나쁜 일은 아니란 생각이었다. 조금은 귀찮기는 했지만 욕실로 들어가 옷을 벗고 샤워기를 틀었다. 따뜻한 물이 힘차게 쏟아져 내린다. 거울에 비친 나의 알몸을 본다. 아직 군살이 붙지 않은 근육질의 몸이 내가 보기에도 괜찮은 것 같다. 마르지도 비대하지도 않은 모습이다. 적당하게 밴 근육이 아직은 강인한 남성미를 풍긴다. 나는 목욕 타올에 바디샴푸를 풀어 거품을 낸 후 부드럽게 몸을 문지른다. 목욕 타올이 스쳐간 자리에 붉은 자국이 난다. 잠시 후 샤워기로 거품을 흘려보내고 타올로 닦은 후 샤워 실에서 나왔다. 향긋한 샴푸 냄새가 코를 자극한다. 나는 속옷도 입지 않은 채 머리를 말린 후 침대에 누웠다. 몸에 옷을 걸치지 않아 그런지 더 아늑한 편안함을 느낀다. 그대로 잠이 막 오고 있을 때였다. 똑똑똑~ 문을 노크하는 소리가 들렸다. 나는 막 잠이 들려는 순간에 벌떡 일어나 차소장이 온 것이라 판단하고 문을 열었다. 그런데 그게 아니었다. 문밖에는 웬 여자가 서 있는 게 아닌가? 그러나 그게 전부가 아니었다.

“어머~”

여자는 문을 연 나를 보고 놀라며 얼굴을 돌린다. 이상하다 생각하며 내 몸을 보니 옷 하나 걸치지 않은 알몸이 아닌가? 나는 기겁을 하여 문을 '쾅' 하고 닫아 버렸다. 문을 닫은 후 나는 황급히 돌아서 옷을 주섬주섬 꿰기 시작했다. 순식간에 일어난 일에 취했던 술이 확 깬 것 같았다. 옷을 입고 한참을 앉아 놀란 마음을 진정 시키고 있었다.

“뭐 저런 여자가 있어. 자신이 들어 있는 방도 모르나 남의 방을 함부로 노크하게, 에이 이게 무슨 망신이람.”

가만히 앉아서 생각을 해봐도 벌거벗은 몸을 외간 여자에게 들킨 것 같아 영 마음이 찜찜하다. 그때였다 다시 문을 노크하는 소리가 들렸다. 이번엔 정말 차소장일 것이라 생각하고 문을 열었다. 그러나 문밖에 서 있는 사람은 조금 전 나의 알몸을 보았던 그 여자였다. 나는 부끄러워 얼굴이 화끈 거렸지만 묻지 않을 수가 없었다.

“또 무슨 일입니까?”

“손님이 찾는다 해서 왔는데요.”

“네? 전 부른 적이 없는데요.”

그러나 그녀는 분명 로비에서 55호 손님에게 가라고 했다는 것이다. 혼란스러워 하고 있는 나에게 전화가 걸려왔다.

“여보게 동서 날세, 거기 자네를 즐겁게 해줄 사람이 갔을 거야, 자네 오늘 나하고 함께 망가져 보자고 안 했나? 아무 걱정 하지 말고 오늘은 눈 딱 감고 즐기기만 하면 돼. 이 일은 자네와 나 무덤에 갈 때까지 비밀이야, 알겠지?”

하고는 일방적으로 전화를 끊는다. 나는 머리가 혼란해지기 시작했다. 결혼 후 외도라는 것을 해본 적이 없는 나로서는 황당함에 어찌할 바를 몰랐다. 그러나 그것도 잠시뿐, 오랜만에 객지에서 홀로 보내는 밤이라는 허허로움이 나를 무너뜨리기 시작했다. 적당하게 걸친 술의 힘은 나를 대담하게 만들었다. 예로부터 열 계집 주어 싫다는 사내가 있던가? 여자는 조금 전 있었던 일은 안중에도 없는 것 같았다. 나의 표정에서 자신을 싫어하지 않는다는 것을 읽은 것 같았다.

"너라고 별 수 있니?"

라고 하는 듯 옷을 훌훌 벗고 욕실로 들어간다. 잠시 후 물소리가 들리기 시작했다. 나는 침대에 올라가 누워 있으려니 가슴이 두근거리고 태산이 나를 짓누르는 기분이지만 한편으로는 야릇한 흥분이 일고 있는 것도 사실이었다.

"바람을 피운다는 것이 이런 걸까?"

얼마의 시간이 흐른 후 여자는 한 장의 타올을 걸친 채 걸어 나와 자신의 빽에서 화장품을 꺼내 거울 앞에 앉아 간단한 화장을 했다. 화장이 끝난 여자는 침대로 올라 왔는데 상당한 미인이라는 것을 그때야 알았다. 나는 여자가 처음 들어 왔을 때부터 그녀의 얼굴을 제대로 쳐다보지를 못했었다.

"담배 한 대 피워도 될까요?"

여자는 나에게 물었다. 나는 고개만 끄덕였다.

"이런 일 처음인가 보죠?"

여자가 나에게 또 물었다. 나는 이번에도 고개만 끄덕였다.

"아내를 무척 사랑하나 봅니다."

나는 아무 말도 하지 않았지만 그 여자의 표정에서 그 말이 진실인지 아니면 조롱 삼아 던진 말인지 그 진의를 알 수가 없었다. 나는 이런 미인이 왜 무엇 때문에 이런 일을 하고 있는지 안타깝다는 생각뿐이어서 그냥 지나칠 수가 없었다. 혹 그녀의 자존심을 건드릴 수도 있다는 생각도 들었지만 나의 궁금증이 그냥 있지를 않았다.

"이런 일을 하기엔 아까운 사람 같습니다만 어쩌다...."

여자는 귀찮다는 듯 담배연기를 후~ 하고 불어내고는 말을 하기 시작했다.

"남편이 요즘의 경제난 때문에 직장에서 명퇴를 했지요. 퇴직금으로 서둘러 시작한 사업이 실수였어요. 아무 경험 없이 시작한 사업은 반년도 못 버티고 망해버리고 말았지요. 그 충격으로 아무 말 없이 돈 벌면 돌아오겠다며 편지 한 장만 달랑 남기고 어디론가 떠나버렸어요. 아이들은 셋씩나 있는 데 말이에요."

거기까지 이야기를 하고 여자는 눈물이 나는지 손수건으로 눈물을 훔치며 말을 잇는다.

"이 일 말고도 다른 일도 많이 해봤어요. 아이들 셋과 살려니 무슨 짓인들 못하겠느냐는 마음으로 달려들었어요. 아이들 학교도 보내야 되고 굶길 수는 없는 노릇이잖아요. 그래도 아이들을 죽이고 자신도 함께 죽는 비정한 모정보다는 나을 것이란 생각으로 이렇게 산답니다. 이런 일을 하기엔 내 인물이 아깝다고요? 죽으면 썩어질 몸인데 무엇이 아깝단 말이에요. 난 세상에 그 어느 것도 내 아이들보다 귀한 것은 없어요. 난 이것보다 더한 것이라도 아이들을 위한 것이라면 할 수 있답니다."

나는 그녀의 이야기를 듣고 나니 그녀와 일을 치루고 싶은 마음이 싹 가셔버렸다. 그러나 말을 마친 그녀는 자리에 눕자고 하며 걸쳤던 타올을 벗어던진다. 여자의 백옥 같은 눈부신 나체가 한눈에 들어온다. 나는 조금 전 먹었던 마음은 어디론가 사라지고 몸이 뜨겁게 전율하기 시작했다. 아무런 생각이 나질 않는다. 오직 그녀를 탐닉하여야겠다는 마음만이 나를 지배하고 있을 뿐이었다. 나는 망설임 없이 그녀를 덮쳐갔다. 술의 힘이었는지 아니면 내 내면 속에 감춰진 순결을 가장한 악마가 있었는지 굶주린 맹수처럼 나는 그녀를 범해갔다. 숨 가쁘게 나는 그녀를 탐닉하기 시작했다. 얼마의 시간이 흐르고 나는 짜릿한 쾌감과 함께  맥없이 여자의 몸에서 떨어졌다. 광풍이 일고난 후의 잔잔한 바다처럼 나는 평상으로 돌아와 있었다. 허전함과 후회가 밀려왔다. 아내의 얼굴이 떠오르며 나도 별 수 없는 인간이라는 것을 자각하고  있었다. 나는 바람 빠진 풍선처럼 흐느적거리며 긴 잠에 빠져 들었다.

나는 햇볕이 쨍쨍 내려쬐는 벌판에 서 있었다. 주위는 풀 한 포기 없고 오로지 모래와 민둥산만 보일 뿐이다. 목이 탔다. 사방을 두리번 거려보아도 어디에도 물을 마실 때라곤 보이질 않는다. 갈증에 곧 쓰러질 것 같다. 나는 물을 달라고 외쳤다.

"물 물 물 좀 줘요."

나는 손을 내 저으며 소리치다 벌떡 일어났다. 꿈이었다. 몸에는 땀이 흥건하다.

휴, 왜 이런 꿈을 꾸었을까?"

옆을 보니 함께 자고 있던 여자의 모습이 보이질 않는다.

"내가 잠든 사이 화장실을 갔나?"

시계를 보니 아직 얼마 안 된 시간이다. 나는 담배 한 개비를 피워 물었다. 길게 연기를 들어 마신 후 한숨을 토해 내 듯이 후~ 하고 뱉어낸다. 하얀 연기가 공간으로 퍼져나간다. 왠지 모를 불안감이 엄습해온다. 지금 것 이 나이 먹도록 아내밖에 몰랐던 내가 다른 여자와 함께 섹스를 했다는 죄의식이 어깨를 짓누른다. 나는 문을 열고 밖으로 나왔다. 그런데 차소장이 묵고 있는 방에서 나와 함께 있던 여자가 나오는 것이 아닌가? 나는 그 여자가 보기 전에 얼른 방문을 열고 들어 왔다. 도대체 뭐가 뭔지를 알 수가 없다.

"여자가 이중 플레이를 하고 있는 걸까? 그렇다면 차소장은 저 여자의 이중 플레이를 알고 있는 걸까?"

모든 것에 의문이 들기 시작하자 잠이 오질 않는다. 뜬눈으로 밤을 새우고 날이 밝아 오자 나는 침대를 박차고 일어났다. 그리고 밖으로 나갔다. 시원한 바람이라도 쏘이고 싶어서였다. 한참을 걷고 있는 중인데 휴대폰이 울렸다. 액정을 보니 차소장이었다.

"네, 접니다."

"일어나 자네의 방으로 가보니 자네가 보이질 않아 전화를 걸었네. 지금 어디 있나?"

"네, 바람 좀 쏘이고 있습니다."

"그럼 바로 들어오게. 아침 해장이라도 해야 하지 않겠나."

"네, 곧 들어 가겠습니다."

잠시 후 우리는 근처의 해장국 집에서 만났다. 그러나 나는 어제 밤에 있었던 일은 말하지 않기로 했다. 그 여자가 이중 플레이를 했던 그건 그 여자의 사정이었을 수도 있기 때문이라 생각했기 때문이었다.

“사실 자네를 부른 것은 자네 처의 부탁이 있었기 때문이지. 또 나도 자네와 나름대로 기탄없는 대화를 나누고 싶었어.”

“아니, 제 처의 부탁이라니요?”

요즈음 자네가 너무 위축이 되어 있는 것 같다고 하더군. 그래서 자네의 어깨에 힘을 좀 넣어 주라며 부탁을 했어.“

그 말을 듣고 나니 어젯밤 일이 아내에게는 더 미안하기만 하다.

“자네 어젯밤 일 갇고 너무 미안해하지 말게. 자네 같이 가정과 회사에 충실한 사람이 어디 있나? 자네 가지고 있는 기술이면 어느 회사에 가도 환영 받을 것이고 우리 회사에서도 자네가 나갈까봐 걱정이지. 그리고 때론 어쩌다 한 번 쯤은 사내답게 외도도 할 수 있는 것 아니겠나. 꽁생원처럼 살지 말고 어깨 쭉 펴고 남자답게 살아봐.”

“네”

“어때? 자네가 알고 있는 나는 이런 사람이 아니라고 생각했겠지만 사람이란 알고 보면 다 똑같은 동물에 불과하지. 겉으론 점잖은 척 뒤로는 호박씨 까는 인간들, 이중성이라고 할까? 내가 경멸하는 인간들이 그런 이중인격자들이지.”

차소장은 잠시 말을 끊었다가 다시 시작한다.

“나도 사람인지라 고독을 느낄 때가 있지. 내가 무엇 때문에 뒤도 돌아보지 않고 앞만 보고 달려왔는지 성공이 뭔지, 과연 나는 성공을 한 건지 죽으면 한줌의 흙에 불과한 내가 무엇을 위하여 버둥대며 살았는지 후회가 될 때도 있었지.”

차소장은 독백처럼 말을 하더니 앞에 놓인 물을 단숨에 들이킨다. 목이 말랐던 모양이다.

"나도 자네와 같은 인생을 살았던 것 같은데 이곳 현장에 나온 후부터 조금씩 인생관이 바뀌더군. 현장에서 총책임자로 있다보니 공사가 뜻대로 진척이 안 되다 보면 본사의 질책을 받게 되고 그러다 보면 쌓이는 것응 스트레스라네. 그럴 때 한 번쯤 외도를 하다보면 긴장도 풀리고 스트레스도 해소가 되고 내가 숨 쉬고 살아 있다는 걸 다시 한 번 느끼게 되지. 아내에게는 미안한 일이지만 말일세."

나는 동서인 차소장의 말을 들으며 그 말을 이해 할 수 있을 것 같았다. 매일 반복되는 다람쥐 체 바퀴 돌듯이 돈 버는 기계와 같은 삶이 요즘은 정말 싫증이 났다. 아침 해장을 마친 우리는 택시를 타고 현장으로 돌아왔다. 아침에 보는 바다는 깨끗해 보였다. 아직은 밀물 때라 만조가 되어 있는 바다는 고기를 잡아 만선을 이루고 오는 배와 그 주위를 날아 다니는 갈매기의 모습이 어우러져 한 폭의 수채화를 보는 듯하다. 바다를 메우고 만든 매립지는 끝없이 광활하게 넓어만 보였다. 이른 아침이라 아직 시작 되지 않은 현장은 소음이 없어 조용했지만 파도소리와 갈매기의 울음소리는 소음이라기보다는 한 편의 뮤직 비디오와 함께 살아 있는 음악 그 자체였다. 나는 그 아름다운 아침바다를 뒤로하고 서울로 향했다. 떠날 때 차소장은 어제 밤에 있던 일을 처형이나 처에게는 비밀로 해야 된다고 신신당부 하는 것이었다.

나는 아내가 차려 주는 저녁식사를 마친 후 피곤한 몸을 쉬고 싶었다. 어제 저녁 술을 마시고 늦게까지 잠을 못자고 운전을 하고 와서 그런지 몸이 피곤해 잠시 누웠다. 누워 있는 나를 보고 있는 아내의 눈이 못마땅한 눈치다. 그러자 어제 밤의 일이 마음에 걸린다. 퇴근하면 늘 피곤하다며 눈길 한 번 주지 않던 아내에게 미안한 마음이 든 것이다. 그동안 아이들에게 시달리고 적은 봉급으로 이리저리 쪼개어 지금의 집도 장만하고 나에게 쏟아주는 정성을 생각하니 아내가 측은하게 느껴졌다. 오늘은 아무리 피곤하여도 아내와 함께 자야겠다는 생각을 했다. 나는 오늘은 일찍 자자고 아내에게 청했다. 아내는 싫지 않은 듯 눈을 흘긴다. 그날 밤 나는 아내와 뜨겁게 사랑의 행위를 나누었다. 그리고 곤한 잠에 빠져 들었다. 그러나 그것이 나의 결정적인 실수였다. 아무 일 없이 지난 며칠 후 화장실에 소변을 보러 갔다. 소변을 보는 중 나는 기절초풍을 해야만 했다. 계속 그곳이 가려워 일을 하면서도 그 부분을 긁기만 했는데 화장실에서 확인한 결과는 놀랄만한 일이 벌어지고 있었던 것이다. 그 부분에 오돌 도돌 뭔가가 돋아나고 있었다. 나는 두려워 누구에게도 말을 할 수가 없었다. 일손이 잡히지를 않았다. 별안간 차소장이 원망스러워진다. 그때였다. 휴대폰의 벨소리가 울렸다. 액정에 새겨진 이름을 보니 아내였다. 가슴이 철렁 내려앉는다.

"그렇다면 이 사람도...."

나는 불안해 전화를 받을 수가 없었다. 도둑이 제발 저리다고  하더니 지금 내가 그 짝이다. 아내의 전화는 간단했다. 퇴근하는 대로 빨리 들어오라는 것이었다.

"이젠 죽었구나. 이 일을 어쩌면 좋단 말인가."

그러나 어차피 피할 수  없는 일이었다. 나는 그날 출장 가서 피운 바람의 대가를 아내에게 뼈저리게 받아야 했다.

"흥, 집에 들어오면 늘 피곤하다며 꿔다 논 보릿자루 취급을 하더니 다른 년과 지랄을 해보니 좋았던 모양이지. 꼴좋다, 마누라까지 이 지경을 만들어 놓고 이제 어떻게 할 거야?"

아내는 말하는 투가 분명히 병원에 다녀온 듯 했다. 아내의 성격은 처형과는 달리 활달한 성격이라 이런 일에는 과격한 표현을 서슴지 않았다. 아내는 길길이 뛰면서 전에는 보지 못했던 험한 말까지 마구 해댔다. 나는 입이 열 개라도 할 말이 없었다. 아내가 토해내는 말들을 고스란히 들을 수밖에 없었다. 그 다음날부터 아내와 함께 치료를 받기 위해 병원에 다니게 되었다. 이런 경험이 처음인 나는 큰 종합병원이 좋을 듯해 대학병원을 찾았다. 피부비뇨기과에 접수를 하고 기다린 후에 호명에 따라 진찰실로 들어가니 새파란 젊은 의사들이다. 정식 의사라기보다 실습을 나온 인턴들이라고 보는 것이 맞는 표현이었다. 나는 그들을 보면서 우선 믿음이 가질 않았지만 어쩔 수 없는 상황이라 그대로 맡길 수밖에 없었다. 그들은 아내부터 진료 후 치료로 들어갔다. 그러나 이것은 치료를 하는 것이 아니고 사람을 잡는 소리가 들렸다. 아내의 비명소리가 내 귀에도 생생히 들렸다. 아내가 나온 후 다음은 내가 치료를 받았지만 고통이 말이 아니었다. 그렇게 며칠을 다녔지만 낫기는 커녕 더 심해진 것 같았다. 아내의 원망하는 소리는 깊어만 가고 병은 낫지를 않고 고민은 깊어만 갔다. 그날도 치료 후 약을 타서 오는 길인데 통증이 심해 걷기가 힘이 들었다. 그 고통이란 튀어 나온 부분을 전기 고주파기로 잘라내는 과정에서 생긴 상처가 고통을 주는 것이었다. 집으로 돌아오는 길에도 아내는 통 말이 없다. 나는 내가 지은 죄가 있기에 아내가 무슨 말을 하던 입을 함구할 수밖에 없었다. 이 일로 인하여 아내와의 관계는 악화 일로일 수밖에 없었다. 병원에 세 번 정도를 다녔지만 차도는커녕 병만 더 키운 것 같았다. 이 병은 나와 아내의 몸에 붙어 생전 떠날 것 같지 않은 생각마저 들게 했다. 그러던 어느 날 고등학교 동창을 우연히 길에서 만나게 되었다. 그는 학교 다닐 때부터 같은 학교 여학생과 바람을 피우다 들켜 퇴학을 당했던 친구였다. 반가움에 서로의 안부를 묻던 중, 화제는 자연스럽게 바람둥이였던 그 친구 이야기로 바뀌었다.

"지금도 그렇게 바람을 피우니?"

"그 버릇 개주겠냐? 하하하"

나는 이때가 찬스라고 생각해 넌지시 그에게 물었다.

"그런데 성병 같은 것은 어떻게 치료해야 빠르게 치료할 수 있나?"

그 친구는 나를 쳐다보며 의아한 표정으로 묻는다.

"야, 지금이 어느 시대인데 아직도 그런 치료법을 모르니. 허긴 자네야 예전과 조금도 변한 것이 없으니 그럴 만도 하겠다."

사실이 그랬다. 나는 설치고 다니던 그들과 달리 공부에만 매달렸었다. 그러나 급한 것은 과거가 중요한 것이 아니라 지금 발등에 떨어진 불을 끄는 것이 중요했다.

"아니 그런데 자네 같은 샌님이 바람을 피웠을 리는 없고 누가 그렇대?"

나는 가슴이 철렁 내려앉는 기분을 느끼며 얼른 둘러댈 수밖에 없었다.

"직장 동료인데 대학병원에 가서 치료를 받아도 도무지 낫지를 않는다며 고민하고 있더라고."

그는 별 것도 아닌 걸 가지고 고민을 한다며 자세히 가르쳐 준다.

"그러고 보니 나 같은 바람둥이도 써 먹을 때가 있구먼, 별 것 아니야. 사창가 근처의 피부비뇨기과에 가면 주사 한 대면 간단하게 나을 수가 있다고 그래."

나는 그 친구와 헤어진 뒤 아내와 함께 청량리 근처의 피부비뇨기과 의원을 찾아가게 된 것이었다.

병원에 다녀 온지 며칠이 지났다. 평생 낫지 않을 것 같던 병은 정말 그 친구의 말대로 주사 한 대로 뚜렷한 호전 기미를 보이더니 일주일 정도가 되어 완전히 나은 상태가 되었다. 병원에 다녀온 뒤로 매일 볶아 댈 줄 알았던 아내의 잔소리는 그 병의 소멸과 함께 사라졌다. 그동안 여자의 기분과 개구리의 튀는 방향은 아무도 모른다고 하더니 언제 어느 방향으로 폭발할지 모르는 아내의 기분에 따라 심판 받는 죄인처럼 하루하루를 일희일비해야 했던 시간이었다. 그날 밤이었다. 아내는 안주와 소주 한 병을 소반에 받쳐 들고 들어왔다. 눈치를 보니 화난 표정은 아니다. 가만히 눈치만 보고 있는 나에게 아내는 잔에 소주 한잔을 따라 건넨다.

"자, 한잔 들어요."

나는 아내가 따라주는 잔을 받아 홀짝 마시고 아내에게 한잔 권했다. 아내는 아무 말 없이 잔을 받아 내가 따라준 잔을 비운다. 이렇게 몇 순배 잔이 돌아가고 나니 어느 정도 취기가 오른다. 아내도 취가 도는지 얼굴이 붉다.

"당신이 병을 옮긴 것을 알았을 때는 정말 화가 났어요. 그런데 요즈음 경제난으로 인하여 모든 남자들이 직장에서 언제 그만 짤릴지 몰라 걱정들이 많다는데 당신이라고 달랐겠어요? 그래서 당신에게 용기를 좀 주려고 형부에게 부탁을 했던 것인데 그것이 내 잘못이었는지 아니면 남자들의 위로 방법이 그런 것이었는지 모르지만 책임은 나에게도 있었다는 걸 알았어요."

나는 아내의 뜻밖의 말에 뭐라고 말을 해야 할지 몰랐다.

"여보, 미안해, 뭐라 할 말이 없어."

나는 마음이 평화로워졌다. 내 앞에 앉아 있는 아내가 지금까지 함께 살았던 사람 같지가 않다.

"여보, 당신이 다니는 직장에 최선을 다하되 목을 매고 연연하지는 말아요. 아이들도 어느 정도 컸고 당신과 내가 힘을 합한다면 산 입에 거미줄 치겠어요. 형부야 성공 했다고 말 할 수 있겠지만 나는 그렇게 생각지 않아요. 당신이 건강하고 성실했기에 우리 가정이 따뜻하잖아요. 성공이란 눈에 보이는 것만 가지고 말 할 수는 없는 거라 생각해요. 당신이야말로 자랑스러운 아이들 아빠고 우리 집 가장입니다."

오늘 따라 아내가 크게 보이는 것 같다. 오늘 밤 나는 아내를 실컷 사랑해 주고 싶다.

–끝–

봉필현 단편소설 모음

**천국엔 천사가 없다**

초판인쇄일 | 2020년 3월 25일
초판발행일 | 2020년 3월 31일

지은이 | **봉 필 현**
발행인 | **이 형 중**

발행처 | **도서출판 동 강**
주　소 | **서울시 성동구 성수2가 3동 277-1**
전　화 | **02-2277-0423**
팩　스 | **02-2277-0423**
이메일 | sjmj0423@hanmail.net

ISBN | 978-89-956259-8-9 03810

정가 15,000원